中公文庫

麻布襍記

附・自選荷風百句

永井荷風

中央公論新社

目次

麻布襍記……5
雨瀟瀟 7
雪解 40
春雨の夜 68
二人妻 75
芸者の母 150
寐顔 161
花火 169
砂糖 180
写況雑記 185
十年振 195
梅雨晴 211
十日の菊 220

偏奇館漫録 231
隠居のこごと 272
自選荷風百句 355
春之部 357
夏之部 361
秋之部 365
冬之部 369
巻末エッセイ　偏奇館の高み　須賀敦子 374

麻布襍記《あざぶざっき》

叙

麻布襍記収むるところの小説雑録随筆のたぐい皆そのおりおり月刊文学雑誌の嘱を受けて一時の責を塞ぎしものに過ぎず。五とせ以前築地より麻布に移りすみてここに筆をとりしもの多ければかくは名づけたるなり。思えば麻布に移りてよりこの五とせが間には悲しきことの多かりき。厳師森夫子は千朶《せんだ》山房《さんぼう》に簀《さく》を易《こ》えたまい又莫逆の友九穂井上君は飄然として道山に帰りぬ。爾来われは教を請うべき師長もなくまた歓び語るべき伴侶もなし。衰病の孤身うたた寂寞のおもいに堪えやらず文筆の興も従って亦日に日に索然たり。されば復び拙著を刊行する心もあらざりしが春陽書楼の主人震災の後頻に訪来りてすすむるものから遂にこばみがたく拙劣の一集またここに成るを見たり。大正十三年甲子の歳仲夏荷風病客麻布窮巷の陋居にしるす。

雨瀟瀟《あめしょうしょう》

その年の二百十日はたしか涼しい月夜であった。つづいて二百二十日の厄日も亦それとは殆ど気もつかぬばかり、いつに変らぬ残暑の西日に蜩《ひぐらし》の声のみあわただしく夜になった。夜になってからは流石厄日の申訳らしく降り出す雨の音を聞きつけたものの然し風は芭蕉も破らず紫苑をも鶏頭をも倒しはしなかった——わたしはその年の日記を繰り開いて見るまでもなく斯く明《あきらか》に記憶しているのは、其夜の雨から時候が打って変ってとても浴衣一枚ではいられぬ肌寒さにわたしはうろたえて襦袢を重ねたのみか、すこし夜も深けかけた頃には袷羽織《あわせばおり》まで引掛けた事があるからである。彼岸前に羽織を着るなぞとはいかに多病な身にもついぞ覚えたことがないので、立つ秋の俄《にわか》に肌寒く覚える夕《ゆうべ》といえば何とも つかず其の頃のことを思出すのである。

その頃のことと云ったとて、いつも単調なわが身の上、別に変った話のあるわけではない。唯その頃までわたしは数年の間さしては心にも留めず成りゆきの儘《まま》送って来た孤独の境涯が、つまる処わたしの一生の結末であろう。此れから先わたしの身にはもうさして面白いこともない代りまたさして悲しい事も起るまい。秋の日のどんよりと曇って風もなく雨にもならず暮れて行くようにわたしの一生は終って行くのであろうというような事をいわれもなく感じたまでの事である。わたしはもう此の先二度と妻を持ち妾を蓄え奴婢を使い家畜を飼い庭には花窓には小鳥縁先には金魚を飼いなぞした装飾に富んだ生活を繰返す事は出来ないであろう。時代は変った。禁酒禁煙の運動に良家の児女までが狂奔するような時代に在って毎朝煙草盆《たばこぼん》の灰吹《はいふき》の清きを欲し煎茶の渋味と酒の燗の程よきを思うが如きは愚の至りであろう。衣は禅僧の如く自ら縫い酒は隠士を学んで自ら落葉を焚いて暖むるには如《し》かじと云うような事を、不図《ふと》ある事件から感じたまでの事である。

十年前新妻の愚鈍に呆れてこれを去り七年前には妾の悋気《りんき》深きに辟易して手を切ってからこの方わたしは今に独《ひとり》で暮している。興動けば直に車を狭斜の地に駆るけれど家には唯蘭と鶯《うぐいす》と書巻とを置くばかり。いつか身は不治の病に腸と胃とを冒さるるや寒夜に独り火を吹起して薬飲む湯をわかす時なぞ親切に世話してくれる女もあらばと思う事もあったが、然しまだまだ其頃にはわたしは孤独の佗しさをば今日の如くいかにするとも忍び難いものとはしていなかった。孤独を嘆ずる寂寥悲哀の思《おもい》は却て尽きせぬ詩興の泉となっていたからである。わたしは好んで寂寥を追い悲愁を求めんとする傾《かたむき》さえあった。忘れもせぬ或年……矢張《やはり》二百二十日の頃であった。夜半滝のような大雨の屋根を打つ音にふと目を覚すとどこやら家の内に雨漏の滴り落るような響を聞き寝就かれぬ儘起きて手燭《てしょく》に火を点じた。家には老婢が一人遠く離れた勝手に寝ているばかりなので人気のない家の内は古寺の如く障子襖や壁畳から湧く湿気が一際鋭く鼻を撲《う》つ。隙漏《ひまも》る風に手燭の火の揺れる時怪物のようなわが影は蚰蜒《げじげじ》の匐《は》う畳の上から蠑螈《やもり》のへばり付いた壁の上に蠢《うごめ》いている。わたしは寝衣《ねまき》の袖に手燭の火をかばいながら廊下のすみずみ座敷々々の押入まで残る隈なく見廻ったが雨の漏る様子はなかった。枕に聞いたそれらしい響は雨だれの樋から溢れ落ちるのであったのかも知れぬ。わたしは最後に先考《せんこう》の書斎になっていた離れの一間の杉戸を開けて見た。紫檀《したん》の唐机《とうづくえ》水晶の文鎮《ぶんちん》青銅の花瓶黒檀の書架。十五畳あまりの一室は父が生前詩書に親しまれた当時のままになっている。机の上にひろげられた詩箋《しせん》の上には鼈甲《べっこう》の眼鏡が亡き人の来るを待つが如く太い片方の蔓を立てていた。本棚の蠹《しみ》を防ぐ樟脳《しょうのう》の目にしむ如き匂いは久しくこの座敷に来なかったわたしの怠慢を詰責するもののように思われた。わたしは斑竹の榻《とう》に腰をおろし燭をかざして四方の壁に掛けてある聯《れん》や書幅《しょふく》の詩を眺めた。

　　碧樹如ㇾ煙クノ覆フ二晩波ヲ一。清秋無ㇾ盡クル客重テ過グ。
　　故園今即如シ二煙樹ノ一。鴻雁不ㇾ来ラ風雨多シ。

　これは今猶記憶を去らぬ書幅の中の一首を記したに過ぎない。わたしはいつか燭もつき風雨も夜明けと共に鎮まる頃まで独り黙想の快夢に耽っていた。

正月二日は父の忌辰《きしん》である。或年の除夜翌朝父の墓前に捧ぐべき蠟梅《ろうばい》の枝を伐ろうとわたしは寒月皎々たる深夜の庭に立った。その時もわたしは直にこの事を筆にする気力があった。

長年使い馴れた老婢がその頃西班牙《スペイン》風邪とやら称えた感冒に罹って死んだ。それ以来これに代わるべき実直な奉公人が見付からぬ処からわたしは折々手ずからパンを切り珈琲を沸しまた葡萄酒の栓をも抜くようになった。自炊に似た不便な生活も胸に詩興の湧く時はさして辛くはなかった。わたしは銀座の近辺まで出掛けた時には大抵精養軒《せいようけん》へ立寄ってパンと缶詰類を買って帰る。底冷のする雪もよいの夜であった。二斤《きん》程買ったパンは焼いたばかりのものと見えて家へ帰るまで抱えた脇の下から手の先までをほかほかと好い工合に暖めてくれた。精養軒の近処は夜となれば芸者の往来がはげしい。わたしは曽《かつ》て愛誦した春濤《しゅんとう》詩鈔《しきん》中の六扇紅窓掩不レ開――妙妓懐中取レ暖来という絶句を憶い起すと共に妓を擁せざるもパンを抱いて歩めば亦寒からずと覚えず笑を漏らした事もあった程である。

詩興湧き起れば孤独の生涯も更に寂寥ではない。貧苦病患も例えばかの郎子阮《ろうしげん》が車馬雖レ嫌レ僻。鶯花不レ棄レ貧といい、白居易《はくきょい》が貧堅志士節。病長高人情。というが如き句あるを思い得ば又聊《いささ》か慰めらるる処があろう。然し詩興はもとより神秘不可思議のもの。招いて来らず叫んで応えるものでもない。されば孤独のわびしさを忘れようとして只管《ひたすら》詩興の救《すくい》を求めても詩興更に湧き来らぬ時憂傷の情ここに始めて惨憺の極に到るのである。

詩人平素独り味い誇る処のかの追憶夢想の情とても詩興なければ徒《いたずら》に女々《めめ》しき愚痴となり悔恨の種となるに過ぎまい。

　わたしは街を歩む中《うち》呉服屋の店先に閃く友禅の染色に愕然目をそむけて去った事もあった。若き日の返らぬ歓びを思い出すまいと欲したが為である。隣の家から惣菜の豆煮る匂いの漂い来るにわたしは腹立たしく窓の障子をしめた事もあった。曽てはわれも知った団欒の楽しみを思い返すに忍びなかったからである。庭に下りて花を植る時、街の角に立って車を待つ時、さては唯窓の簾《すだれ》を捲《ま》かんとする時吹く風に軽く袂《たもと》を払われても忽《たちまち》征人《せいじん》の郷《きょう》を望むが如き感慨を催す事があった。かくては風よりも月よりも虫の声よりも独居の身に取って雨ほど辛いものはあるまい。わたしは或日の日記に

　久雨《きゅうう》尚《なお》歇《や》まず軽寒腹痛を催す。夜に入つて風あり燈を吹くも夢成らず。そゞろに憶ふ。雨のふる夜はたゞしん〳〵と心さびしき寝屋の内、これ江戸の俗謡なり。一夜不レ眠孤客耳。主人窓外有二芭蕉一。これ人口に膾炙《かいしゃ》する小杜《しょうと》の詩なり。また憶ふ杜荀鶴《とじゅんかく》が、半夜燈前十年事。一時随レ雨到二心頭一。然り雨の窓を打ち軒に流れ樹に滴《したた》り竹に濺《そそ》ぐやその響《ひびき》人の心を動かす事風の喬木《きょうぼく》に叫び水の渓谷に咽《むせ》ぶものに優る。風声は憤激の声なり水声は慟哭《どうこく》なり。雨声に至りては怒るに非ず嘆くに非ず唯語るのみ訴ふるのみ。人情千古易《かわ》らず独夜枕上これを聴けば何人か愁《うれい》を催さゞらんや。況《いわん》やわれ病あり。雨三日に及べば必ず腹痛を催す。真に断腸の思《おもい》といふべき

なり。王次回《おうじかい》が疑雨集《ぎうしゅう》中の律詩にいへるあり。

病骨真成験雨方。　呻吟燈背和啼螿。
凝塵落葉無妻院。　乱帙残香独客牀。
附贅不嫌如巨瓠。　徒瘖安忍累枯腸。
唯応《まさ》三復南華語。　鑑井蛢蠏是薬王。

この詩正しくわれに代つて病中独居の生涯を述ぶるもの。故に復《また》これを録す。

その年二百二十日の夕から降出した雨は残りなく萩の花を洗流《あらいなが》しその枝を地に伏せたが高く延びた紫苑をも頭の重い鶏頭をも倒しはしなかった。その代り二日二晩しととと降りつづけた揚句三日目になっても猶晴れやらぬ空の暗さは夕顔と月見草の花のおずおず昼の中から咲きかけた程であった。物の湿ることは雨の降る最中よりも却て甚しく机の上はいつも物書く時手をつくあたりの取分け湿って露を吹き筆の軸も煙管《きせる》の羅宇《らお》もべたべた粘《ねば》り障子の紙はたるんで隙漏る風に剝れはせぬかと思われた。彼岸前に袷羽織を取出す程の身は明日も明後日も若《も》し此のような湿っぽい日がつづいたならきっと医者を呼ばなければなるまい。病骨は真に雨を験するの方《ほう》となる。然しわたしは床の間に置き捨てた三味線《さみせん》の不図心付けば不思議にもその皮の裂けずにいたのを見ると共に、わが病軀もその時は又幸《さいわい》例の腹痛を催さぬ嬉しさ。三日ほど雨に閉籠められた気晴しの散歩かたがたわたしは物買いにと銀座へ出掛けた。

わたしはその雅号を彩牋堂《さいせんどう》主人と称えている知人の愛妾お半《はん》という女が又本《もと》の芸者になるという事を知ったのは、鳩居堂《きゅうきょどう》で方寸千言《ほうすんせんげん》という常用の筆五十本線香二束《にそく》を買い亀屋の舗《みせ》から白葡萄酒二本ぶらさげて外濠線《そとぼりせん》の方へ行きかけた折であった。

曇った秋の日は暮れるに早い。家の門を明けると軒にはもう灯がついていた。わたしは抱えて戻った葡萄酒の栓を抜いて直様《すぐさま》夕飯をすますと煙草ものまずに巻紙を取り上げた。

拝呈其後は御無音《ごぶいん》に打過ぎ申訳も無之候《これなくそうろう》。諸処方々無沙汰の不義理重なり中には二度と顔向けさへならぬ処も有之《これあり》候程なれば何卒礼節をわきまへぬは文人無頼の常と御寛容の程幾重にも奉願上《ねがいあげたてまつり》候。実は小生去冬風労《きょとうふうろう》に悩みそれより滅切り年を取り万事甚懶《はなはだものう》く去年彩牋堂竣成祝宴の折御話有之候薗八節《そのはちぶし》新曲の文章も今以てそのまゝ筆つくること能《あた》はず折角の御厚意無に致《いたし》候不才の罪御詫《おわび》の致方《いたしかた》も無御座《ござなく》候。されば本業の小説も近頃は廃絶の形にて本屋よりの催促断りやうも無之儘《これなきまま》一字金一円と大きく吹掛け居《おり》候ものの実は少々老先心細くこれではならぬと時には額に八の字よせながら机に向つて見る事も有之候へども一二枚書けば忽《たちまち》筆渋りて癇癪ばかり起り申候間まづ〳〵当分は養痾《ようあ》に事寄せ何も書かぬ覚悟にて唯折節《おりふし》若き頃読耽りたる書冊埒《しょさつらち》もなく読返して僅《わずか》に無聊《ぶりょう》を慰め居候次第に御座候。寝ては起き起きては物食ひその日〳〵を送行《おくりゆ》く事さへ実は辛くて成らぬ心地致され候。それ故三味線も切れたる糸掛換《かけか》へるが面倒にてそのまゝ打捨て鶯も先日鳥屋へ戻し遣《やり》申候。有楽座《ゆうらくざ》始め諸処の演奏会は無論芝居へも意気な場所へも近頃はとんと顔出し致さず従て貴兄の御近況も承る機会なく此の事のみ遺憾に堪《たえ》申さず候。然しその後は薗八節再興の御手筈だん〳〵と御運びの事と推察 仕《つかまつり》居候処実は今夕偶然銀座通にてお半様に出遇《であ》ひ彩牋堂より御暇になり候由承り、あまりと云へば事の意外なるに驚愕仕候次第。もとより往来繁き表通の事わけても雨もよいの折柄とて唯両三日中には鑑札が下りませうからとのみ如何なる訳合にや一向合点が行き申さず。余りに不思議に候まゝ御無沙汰の御詫に事寄せくだ〳〵しくお尋申上候も兎角人の噂聞きたがるは小説家の癖と御 許 被下度《おゆるしくだされたく》いづれ近々参堂御機嫌 伺 上度《うかがいあげたく》先《まず》は御無沙汰の御詫まで匆々不一《そうそうふいつ》

九月　日　金《きん》阜《ぷ》散《さん》人《じん》拝

彩《さい》牋《せん》堂《どう》雅《が》契《けい》

封筒に切手を張って居る時折好く女中が膳を取片づけに襖を開けた。食事をしたせいか燈火のついたせいか或は雨戸を閉めたせいでもあるか書斎の薄寒さは却て昼間よりも凌ぎ易くなったような気がした。然し雨はまたしても降出したらしい。点滴の音は聞えぬが足駄をはいて女中が郵便を出しにと耳門《くぐり》の戸をあける音と共に重そうな番傘をひらく音が鳴

きしきる虫の声の中に物淋しく耳についた。点滴の音もせぬ雨といえば霧のような糠雨《ぬかあめ》である。秋の夜の糠雨といえば物の湿《し》ける事入梅にもまさるが常とてわたしは画帖や書物の虫を防ぐため煙草盆の火を掻き立てて蒼朮《そうじゅつ》を焚き押入から桐の長箱を取出して三味線をしまった。そのついでに友人の来書一切を蔵《おさ》めた柳行李を取出し其中から彩牋堂主人の書《しょ》柬《かん》を択《えら》み分けて見た。雨の夜のひとり棲みこんな事でもするより外に用はない。

彩牋堂主人とは有名な何某《なにがし》株式会社取締役の一人何某君の戯号である。本名はいささか憚《はばかり》あればここには妓輩の口吻に擬してヨウさんと云って置こう。わたしとは二十年程前米国の或大学で始めて知合になった。ヨウさんは日本の大学に在った頃俳人としてその道の人には知られていた。今でも折々名句を吐くので若しヨウさんの俳号をいえばこの方でも知る人は必ず知って居るに違いない。然し彩牋堂なる別号は恐らく私の外には誰も知らないであろう。況や今では彩牋堂なるその家は在っても住むものなくヨウさんは再びその名を用ゆる折がなくなってしまったのである。彩牋堂の由来は左の書簡中に自ら説明せられてある。

拝啓御新作出勤の途次車上にて拝読致候。倉皇《そうこう》の際僅に前半の一端を窺ひたるのみに御座候得共錦繍《きんしゅう》の文章直に感嘆の声を禁じ得ず身屢《そうらえ》自動車の客たる事を忘れ候次第忙中却てよく詩文の徳に感じ申候。目下新緑晩鶯《ばんおう》の候明窓浄几《こうめいそうじょうき》の御境涯羨望の至《いたり》に有之候。扨旧臘《さてきゅうろう》以来種々御意匠を煩はし候赤坂豊狐祠畔《あかさかほうこしはん》の草庵やっと壁の上塗も乾き昨日小半新橋《こはんしんばし》を引払い候間《あいだ》明後日夕景よりいつもの連中ばかりにて聊《いささ》か新屋《しんおく》落成のしるしまで一酌《いっしゃく》致度《いたしたく》存候間乍御迷惑《ごめいわくながら》何卒御枉駕《ごおうが》の栄を得たく懇請奉《たてまつり》候。当夜は宮薗千斎《みやぞのせんさい》は無論の事宇治紫仙《うじしせん》都吾中《みやこごちゅう》等も招飲致候間お互に親類のおつきあひ其の御覚悟十分然るべく候。電話も今明日中には通ずべき筈芝〇〇番に御座候由乍御面倒貴答に接するを得ば幸甚々々

彩牋堂主人

金阜先生硯北《けんぼく》

二伸　かの六畳土庇《どびさし》のざしき太鼓張襖紙思案につき候まゝ先年さる江戸座の宗匠より売付けられ候文化時代吉原遊女の文殻反古張《ふみがらほごばり》に致候処妾宅には案外の思付に見え申候。依てかの家を彩牋堂とこじつけ候へども元より文藻《ぶんそう》に乏しき拙者の出鱈《でたら》目《め》何か好《よ》き名も御座候はゞ御示教願はしく万々面叙《ばんばんめんじょ》を期し申候

ヨウさんは金持であるが成金ではない。品格もあり学問もあり趣味には殊に富んでいる。わたしの処へ寄越す手紙にはその用件の次第によって時々異った雅号が書かれてあるが其れを見てもヨウさんの趣味と学識の博い事が分る。いつぞやわたしが天明時代の江戸の書家東江源鱗《とうこうげんりん》の書帖《しょじょう》の事について問合した事があった時ヨウさんはその返事に林檎庵頓首《りんごあんとんしゅ》

と書いて来た。沢田東江の別号来禽堂《らいきんどう》から思いついた戯れであろう。自動車が衝突した時見舞の返書に富田塞南《とんださいなん》と書いて来た事もあった。次に録する手紙に半兵衛とあるのは口舌《くぜつ》八景《はっけい》を稽古していた為めと又芸者小半の事にかかわっているからであろう。

昨夜はまた〳〵無理に御引留致しさぞかし御迷惑の段御容赦被下度《くだされたく》候。人生五十の坂も早や間近の身を以て娘同様のものいつも側に引付けしだらもなき体たらく耻し気もなく御目にかけ候傍若無人の振舞いかに場所柄とは申乍《もうしなが》ら酒醒めては甚赤面の至に御座候。然し放蕩紳士が胸中を披瀝致候も他日雅兄小説御執筆の節何かの材料にもなるべきかと昨夜は下らぬ事包まずお尋のまゝ懺悔致候次第に御座候。明後日は会社の臨時総会にて残念ながら半輪亭《はんりんてい》のけいこ休みと致候。但《ただし》当月中には是非とも口舌八景上げたきつもり貴処もせいぜい御勉強の程願はしくお花半七掛合今より楽しみに致居候

半　兵　衛　よ　り

金　阜　先　生　さ　ま

その頃までは何の彼のといっても私にはまだ若い気が残っていた。四十の声を聞いて日記雑録等筆を執る毎に頻に老来の嘆をなしたのも、思えば猶全く老いるには到らなかった証拠であろう。愚痴不平をいう元気のある中はまだ真に絶望したとはいわれない。今の芸者の三味線などは聞かれたものでないなぞと人前で耻し気もなくそんな事が言われたのは

まだ色気もあり遊びたい気も失せなかった証拠である。遊びたい気があれば勉学の心も失せない訳である。述作の興味も湧くわけである。一夜或人の薗八節を語るを聞きわたしもその古調を味い学びたいと思立って薬研堀《やげんぼり》の師匠の家に通っていた事がある。その時分ふとした話から旧友のヨウさんも長唄哥沢清元《うたざわきよもと》といろいろ道楽の揚句が薗八となり既に二三年も前から同じ師匠を木挽町《こびきちょう》の待合半輪という へ招き会社の帰掛け稽古に熱心している由を知って互にこれは奇妙と手を拍って笑った。それからわたしはヨウさんに勧められるまま朝の稽古通いを止めて夕刻木挽町の半輪へ出向く事にしたのであった。

ヨウさんは稽古の日といえば欠さず四時半頃に会社からお抱の自動車で馳けつけ稽古をすますと其儘わたしを引留め贔屓の芸者を呼んで晩餐を馳走した。そして十時半というと規則正しく帰り支度をする。雨の降る晩なぞわざわざわたしの家の門前まで自動車で送って来てくれる事もあった。ヨウさんの座敷に呼ばれる芸者は以前は長唄清元などその名取連《なとりれん》も交えられていたそうであるがその頃は自然河東一中《かとういっちゅう》薗八という組のものばかりに限られていたので若いといっても二十五六より下はない。既に芸者とよりは師匠らしく見える老妓もあった。さればその頃初めて十九になったとやらいう小半の姿は正に万緑叢中《ばんりょくそうちゅう》の紅一点あまり引立ち過ぎて何となく気の毒にも見えまた問わずしてこの女がヨウさんの御世話になっているものと推量されるのであった。

小半はいかにも血色のよい大柄ながっしりした身体付《からだつき》。眼はぱっちりして眉も濃く生際《はえぎわ》もよいので顔立は浮彫したようにはっきりしている代り口の稍《やや》大きく下腭《したあご》の少し張出している欠点も共に著しく目に立って愛嬌には至って乏しく愁《うれい》もまずきかぬ顔立であった。豊艶な女をばいつの時代にも当世風とするならば小半も勿論その型の中に入れべきものである。当世風の小半がヨウさんの持物である事を知った瞬間にはわたしは実をいえば意外な気がしないでもなかった。然しその心持は小半が年に似ず当世風に似ず薗八の三味線も大分その流儀になっている事を知るに及んで直に取消されてしまった。

或晩いつもの如く稽古をすましてから勧められる儘座敷をかえてヨウさんと盃を交した。小半を始めいつも来るべき筈の芸者はいずれも歌舞伎座に土地の芸者のさらいがあるとやらで九時近くまで一人も姿を見せず、其晩は又師匠までが少し風邪の気味だからと稽古をすますと直様車を頂戴して帰ってしまった。ヨウさんとわたしは女中に酌をさせながら却て話に遠慮のいらぬのを幸《さいわい》江戸俗曲の音楽としての価値及びその現代社会に対する関係から将来の盛衰に就てまで、互に思う処を論じ合った。三味線は言う迄もなく二世紀以前売色の巷に発生し既に完成し尽した繊弱悲哀なる芸術である。現代の社会に花柳界と称する前代売色の遺風が其まま存在している間は三味線も亦永続すべき力があろう。三味線は浮世絵歌舞伎劇等と同じく現代一般の社会観道徳観を以て見るべき芸術ではない。生きた現代の声ではない。過去の呟きであるが故に愁あるもの此を聞けば却て無限の興趣と感慨とを催す事恰も商女不ㇾ知亡国恨。隔ㇾ江独唱後庭花の趣がある。是当に江戸俗曲の現代に於ける価値であろう。これは以前からわたしの持論である。ヨウさんは日日職務の労苦を慰める娯楽としては眼《み》に看る書画の鑑賞よりも耳に聞く音楽が遥に簡易である。豊太閤は茶を立てたが茶よりも浄瑠璃がよい。浄瑠璃も諸派の中で最もしめやかな薗八に越すものはない。薗八節の凄艶にして古雅な曲調には夢の中に浮世絵美女の私語を聞くような趣があると述べた。二人の言う処は何れにしても江戸の声曲を骨董的に愛玩するという事に帰着するのである。

女中が欠伸をそっと噛みしめながら銚子を取替えにと座を立った時ヨウさんは何か仔細らしくわたしの名を呼んだ。そして、「実はこの間からおはなししたいと思っていたのです。あの、小半のことです。小半はどうでしょう。うまく成るでしょうか。みっしり薗八を稽古させて行々《ゆくゆく》は家元の名前でも継がせて見たいと思っているのですが、どんなものでしょう。」

薗八節は他派の浄瑠璃とは異り稽古するものの少い為め今の中《うち》どうにかして置かなければ早晩断滅しはせぬかと危ぶまれているものである。ヨウさんがその趣味と其の富とによって衰滅せんとする江戸の古曲を保護しようという計画には異議のあろう筈がない。又小半の腕前もその年齢に似ず望を嘱するに足るべき事はわたしもとくに認めていたので、其の通り思う処を述べるとヨウさんは徐《おもむろ》に一盞《いっさん》を傾けつつ事の次第を話した。

「何ぼ何でもこの年になって色気で芸者は買えません。芸でも仕込んで楽しむより仕様がない。あなたの前だから遠慮なく気燄《きえん》を吐きますが僕はこう見えても此でなかなか道徳家のつもりです。今の世の中の紳士や富豪は大嫌です。富豪も嫌いなら社会主義者も感心しません。真面目な事を言ったって用いらるべき世の中じゃありませんから、わたしは寧ろそれをいい事にして毎晩こうして遊んでいるんですが……まアそんな事はどうでもいいとして……わたしが芸者に芸を仕込んで見ようなぞと柄にもない事を思い付いたのはいささか訳があります。茶碗や色紙に万金を擲《なげう》つのも道楽だ。芸者に芸を仕込むのも道楽にかわりはありますまい。

わたしはこれまで随分大勢の人を世話しました。真面目に世話をしましたがその結果は要するに時勢の非なるを悟るに過ぎません。現に家には書生が三人居ます。惣領の忰も来年は大学にはいる筈です。わたしは人の世話をしたからとて其人から礼を言われたいなぞとそんな卑劣な考えは微塵も持っては居ません。失敗成功そんな事はわたしの深く問う処でない。唯いつまでも心持よく話の出来るような人物になってもらいたい。わたしの世話をしたものは皆成功しています。然しわたしには其の成功振りが甚だ気に入らんのです。

名前は言いませんがもう七八年前の事です。人から頼まれ又わたし自身も将来有望と思って或青年の画家に経済的援助を与えた事がありました。蕪村《ぶそん》とか崋山《かざん》とかいうような清廉な画家になるだろうと思ったら大ちがいでした。展覧会で一二度褒美を貰い少し名前が売れ出したと思うともう一廉の大家になりすました気で大に門生を養い党派を結び新聞雑誌を利用して盛んに自家吹聴をやらかす。まるで政治運動です。然しその効能はおそろしいもので、素寒貧の書生は十年ならずして谷文晁《たにぶんちょう》が写山楼《しゃざんろう》もよろしくという邸宅の主人になりました。

もう一人成功した家の書生でわたしの閉口しているものがあります。これは教育家です。大学に通っている時分或日わたしに俳句を教えてくれというからわたしももともと嫌いな道ではないので蔵書も貸してやる。又時には此方からどうだ句はまだ出来ないかと催促して直してやった事もありました。然し後になって考えて見ると其の男は別に俳句が好きというのではない、わたしが時々句をよむから御気に入ろうと思ってそんな事をきいたのでしょう。兎に角そういう抜目のない男の事ですから学士になって或地方の女学校の教師になると間もなく其の土地の素封家《そほうか》の婿養子になって今日では私立の幼稚園と小学校を経営して大分評判がよい。それ丈の話なら何も悪くいう処はない。わたしも大に感心しなければならんのですがどうも気に入らないのはその男のやり方です。教育の事業をまるで商店か会社の経営と心得ているらしい。毎年東京へ来て朝野の有力者を訪問する。三年目には視察と称して米国へ出掛け半年位たって帰って来ると盛んに演説をして廻る。まアそれも結構です。わたしの甚だ気に入らないのは去年の事だ。やっと四十になったかならずの年輩でありながら自分の銅像を其地方の公園に建て己れの功績を誇ろうとした事です。天下の糸平《いとへい》の石碑がいかに大きかろうがそれは子孫のやった事だから致し方がない。自分の道楽からわが銅像をわが家の庭に立てる位の事なら差支えないがその男の遣方《やりかた》はそれとなく生徒の父兄を説いて金を出させ地方の新聞記者を籠絡して輿論を作り自分は泰然としているように見せ掛けるのだから困ります。

わたしは一体に今の人達の立身出世の仕方が気に入りません。失敗して金を借りに来ても心持さえさっぱりしていれば、わたしは喜びます。いくら成功しても正義堂々としていないものはいやです。わたしはそれ等の事から真面目に人の世話をするのがいやになり馬鹿々々しくなりました。それ等の事が直接の原因という訳ではありませんが小半に薗八の稽古をさせている中わたしはいつか此の女を自分の思うような芸人に仕立てて見たらばと柄にもない気を起すようになったのです。世の中を相手にする真面目な事は皆駄目でしたから今度は芸人を養成しようかというのです。今の芸人は男も女も御存じの通りで皆仕様がありません。この先名人上手の出よう筈もない。それに薗八なぞは長唄や清元とはちがって今の師匠がなくなれば一寸その後をつぐべきものも無いような始末ですから、もし小半がわたしの思うようにみっしり修業を積んでくれればわたしの道楽も真面目くさって云えば俗曲保存の一事業にもなろうというわけです。」

ヨウさんが小半をひかせる事に話をきめ妾宅の普請に取かかったのはそれから三月《みつき》程後のことである。その折の手紙を見ると、

御風邪《ごふうじゃ》の由心配致し居候。蒲柳《ほりゅう》の御身体時節柄殊に御摂生第一に希望致し候。実

は少々御示教に与り度き儀有之昨夜はいつもの処にて御目に掛れる事と存じ居候処御病臥の由面叙の便を失し遺憾に存じ候まゝ酒間乱筆を顧みずこの手紙差上申候。御相談と申すはかの妾宅の一件御存じの如く兼々諸処心当りへ依頼致置候処昨日手頃の売家二軒有之候由周旋屋の手より通知に接し会社の帰途一応見歩き申候。一軒は代地河岸一軒は赤坂豊川稲荷横手裏に御座候。本来は築地辺一番便利と存じ最初より註文致置候処いまだに頃合の家見当り申さぬ由あまり長延《ながびき》候ては折角の興も覚め勝になる恐《おそれ》も有之候間御意見拝聴の上右浅草か赤坂かの中いづれにか取極め度き考えに御座候。当人の小半は代地は場所柄とて便利なだけ定めし近隣の噂もうるさかるべく少し場所はわるけれど赤坂の方望ましきやう申居候。赤坂の売家は庭古びて樹木もあれど家屋はまずツブシと存ぜられ候。代地の方は建具造作《ぞうさく》の入替位にてどうにか住まへるかと存じ候へども場所柄だけあまり建込み日当あしく二階からも一向に川の景色見え申さず値段も借地にて家屋丈建坪三十坪程にて先方手取一万円引ナシとは大層な吹掛様と存じ候。江戸向は庭はなくとも我慢は出来申候へども川添ならでは奇妙ならず。

さて赤坂の方はこの辺もと〳〵成金紳士の妾宅には持つてこいといふ場所なれば買つた上でいやになれば却て値売の望も有之候由周旋屋の申条に御座候。地所七十坪程家屋付一万五千円の由坂地なれば庭平ならぬ処自然の趣面白く垣の外すぐに豊川稲荷の森に御座候間隠居所妾宅にはまづ適当と存ぜられ候。昨日見に参《まいり》候折参詣人の柏手《かしわで》拍《う》つ音小鳥の声木立を隔てゝかすかに聞え候趣大に気に入り申候。地勢東北は神社の森かげとなりまず西南向に相見え候間古家建直しの折西日さへよけるやうにすれば風通しも宜かるべくまさか田福《でんぷく》が「わが宿は下手《へた》のたてたる暑《あつさ》かな」の苦しみも無かるべくと存じ候。兎に角山の手は御存じの如く都の中にても桃隣《とうりん》が「市中《いちなか》や木の葉も落す富士颪《おろし》」の一句あり冬の西風と秋の西日禁物に有之候。方角は磁石失念の為しかとわからず今一応検分のつもり何卒貴下御全快を待ち御散歩かた〴〵御鑑定希望の至に御座候。とんだ御迷惑甚恐縮しかし昔より道楽は若い時に女。中年に芸事。老いては普請庭つくり。これさへ慎めば金が出来るとやら申す由なれど小生道楽の階程《かいてい》も古人の戒《いましめ》に適合致候は誠に笑止に御座候。とてもの事に道楽の仕納《しおさ》めには思ふさま凝つた妾宅建てたきもの何卒御暇の節御意匠被下まじくや。同じ江戸風と申しても薗八一中節《そのはちいっちゅうぶし》なぞやるには梅暦《うめごよみ》の挿絵に見るものよりはも少し古風に行きたく春信《はるのぶ》の絵本にあるような趣ふさはしきやに存ぜられ候。江戸趣味は万事天明振ありがたし〳〵

冬来るや気儘頭巾《きままずきん》もある世なら

御病気御全癒の程この際一日千秋の思に御座候。

十一月　日　　　　半兵衛より

　その頃世の中は欧州戦争のおかげで素破《すば》らしい景気であった。株式会社が日に三ツも四ツも出来た位なので以前から資本のしっかりしているヨウさんの会社なぞは利益も定めし莫大であったに相違ない。贅沢品は高ければ高い程能《よ》く売れる。米が高いので百姓も相場をやるという景気。妾宅の新築には最も適当した時勢であった。その頃旧華族が頻に家宝の入札売立《にゅうさつうりたて》を行ったのもヨウさんの妾宅新築には甚好都合であった。ヨウさんは地形《じぎょう》もまだ出来ぬ中から売立のある毎にわたしを誘って入札の下見に出掛けた。勿論俳味を専《もっぱら》とする処から大きな屏風や大名道具には札を入れなかったが金燈籠、膳椀、火桶、手洗鉢《ちょうずばち》、敷瓦《しきがわら》、更紗《さらさ》、広東縞《かんとんじま》の古片《こぎれ》なぞ凡て妾宅の器具装飾になりそうなものは価を問わずどしどし引取った。やがて普請が出来上ると祝宴の席でわたしは主人を始め招かれた芸人達にも勧められ辞退しかねて彩牋堂の記なるものを起草した。それのみならず薗八節新曲の起稿をも依頼される事になった。

　その翌日からわたしは早速新曲の資材となるべき事蹟を求めたいと例の燕石十種《えんせきじっしゅ》を始めとして国書刊行会飜刻本の中に蒐集された旧記随筆をあさり初めた。そしてこれはと思う事蹟伝説が見当ったならすぐにも筆を執る事ができるように毎夜枕元に燈火を引寄せ松の葉を始め色竹蘭曲集《いろたけらんきょくしゅう》都羽二重十寸見要集《みやこはぶたえますみようしゅう》のたぐいを読み返した。その頃わたしには江戸戯作者のする様な斯うした事が興味あるのみならず又甚《はなはだ》意義ある事に思われていたので既に書かけていた長篇小説の稿をも惜まず中途にしてよしてしまった。二葉亭四迷出て以来殆ど現代小説の定形の如くなった言文一致体の修辞法は七五調をなした江戸風詞曲の述作には害をなすものと思ったからである。このであるという文体についてはわたしは今日猶古人の文を読み返した後など殊に不快の感を禁じ得ないノデアル。わたしはどうかしてこの野卑蕪雑なデアルの文体を排棄《はいき》しようと思いながら多年の陋習遂に改むるによしなく空しく紅葉一葉の如き文才なきを歎じている次第であるノデアル。わたしはその時新曲の執筆に際して竹婦人《ちくふじん》が玉菊追善水調子《たまぎくついぜんみずちょうし》「ちぎれ〳〵の雲見れば」或は又蘭洲《らんしゅう》追善浮瀬《うかぶせ》の「傘持つ程になけれども三ツ四ツ濡るゝ」と云うような凄艶なる章句に富んだものを書きたいと冀《こいねが》った。既にその前年一度医者より病の不治なる事を告げられてからわたしは唯自分だけの心やりとして死ぬまでにどうかして小説は西鶴美文は也有《やゆう》に似たものを一二篇なりと書いて見たいと思っていたのである。

　鶉衣《うずらごろも》に収拾せられた也有の文は既に蜀山人《しょくさんじん》の嘆賞措《お》かざりし処今更後人の推賞を俟つに及ばぬものであるが、わたしは反復朗読する毎に案を拍って此文こそ日本の文明滅びざるかぎり日本の言語に漢字の用あるかぎり千年の後と雖《いえど》も必ず日本文の模範となるべきものとなすのである。其の故は何かというに鶉衣の思想文章ほど複雑にして蘊蓄《うんちく》深く典故《てんこ》によるもの多きはない。其れにも係わらず読過其調の清明流暢なる実にわが古今の文学中その類例を見ざるもの。和漢古典のあらゆる文辞は鶉衣を織成《おりな》す緯《い》と成り元禄以後の俗体はその経《けい》をなしこれを彩るに也有一家の文藻《ぶんそう》と独自の奇才とを以てす。渾成《こんせい》完璧の語ここに至るを得て始て許さるべきものであろう。わたしがヨウさんに勧められ彩牋堂の記を草する心になったのも平素鶉衣の名文を慕うのあまりに出でたものである。彩牋堂記の拙文は書終ると直様立派な額にされたが新曲は遂に稿を脱するに至らずその断片は今でも机の抽《ひき》斗《だし》に蔵《しま》われてある。

わたしが新曲に取用いようと思い定めた題材は江戸名所図会《ずえ》に記載せられた浅草橋場《あさくさばしば》采女《うね》塚《めづか》の故事遊女采女が自害の事であった。ヨウさんの賛成を待って筆をつけようと思った時は丁度七月の盆に近く稽古は例年の通り九月半まで休みになる。ヨウさんは家族をつれて大磯の別荘に行く。わたしは暑気にあてられて十日程寝る。秋涼を待ち彩牋堂の稽古が始まる頃にもなったら机に向おうと思って居ると、今度は師匠が病気になった。十月に入って師匠が稽古に出られる頃にはその年は折悪しく主人のヨウさんが会社の用で満韓へ出張という次第。帰京すれば間もなく歳暮に近くそれから正月一ぱい此れは又芸人の習慣で稽古は休みである。

心中采女塚はそんな事ですっかり執筆の興が失せてしまった。二月に至って彩牋堂から稽古始めの勧誘状が来たが毎年わたしは余寒のきびしい一月から三月も春分の頃までは風のない暖かな午後の散歩を除いては成るべく家を出ぬことにしているので筆硯《ひっけん》多忙と称して小袖の一枚になる時節を待った。独居の生涯は日頃人一倍気楽なかわり病に臥した折の不自由もまた人一倍である。それもいっそぐっと寝就いてしまう程の重患なれば兎や角云う暇もないが看護婦雇うほどでもない微恙《びよう》の折は医者の来診を乞う折にもその車屋にやるべき祝儀も自身に包んで置かねばならず医者の手を洗うべき金盥や手拭の用意もあらかじめ女中に命じて置かねばならぬ。養痾《ようあ》の為めに却って用事が多くなるわけなので風邪引かぬ用心に寒気を恐るる事は宛《さなが》ら温室の植物同然の始末である。

　その年は矢張り凶年であった。日頃の用心もそのかいなく鳥啼き花落ちる頃に及んで却って流行感冒にかかりつづいて雨の多かった為か新竹伸びて枇杷《びわ》熟する頃まで湯たんぽに腹あたためぬ日とてはなく食事の前後数うれば日に都合六回水薬粉薬取交《とりま》ぜて服用する煩わしさ。臥して書を読もうにも繙く手先早くつかれ坐して筆を把《と》ろうにも興を催すによしなく、わずかに書肆《しょし》の来《きた》って旧著の改版を請うがまま反古にもすべき旧稿の整理と添删《てんさん》とに日を送れば却って過し日の楽しみのみ絶え間もなく思い返されるばかり。しばしば朱筆を抛《なげう》って、

収㆓拾シテ残書㆒剰ス㆓幾篇ヲ㆒。
軽狂ノ蹤跡廿年前。
笑テ傾ク㆓犀首ニ㆒花間ノ盞。
酔テ扶ク㆓蛾眉ノ㆒月下ノ船。

黄祖怒ル時偏自喜シ。
紅児癡処絶テ堪タリ憐レムニ。
如今興味銷磨シレ尽ス。
剰愛ス銅鑪一炷ノ烟。

と疑雨集中の律詩なぞを思い出して、僅に愁を遣る事もあった。かくては手ずから三味線とって、浄瑠璃かたる興も起ろう筈はない。彩牋堂へはそのまま忘れたように手紙の返事さえも出さず一夏を過して、秋もまた忽ち半に及んだ其の日の夕。わたしは突然銀座通りで小半の彩牋堂を去った由を知るやおのれが無沙汰は打忘れただ事の次第を訝《いぶか》ったのであった。

点滴の樋をつたわって濡縁《ぬれえん》の外の水瓶《みずがめ》に流れ落る音が聞え出した。もう糠雨ではない。風と共に木の葉の雫《しずく》のはらはらと軒先に払い落される響も聞えた。先程から焚きつづけた蒼朮と、煙草の煙の籠り過ぎたのに心づいてわたしは手を伸ばして瓦塔口《かとうぐち》の襖を明けかけた時彩牋堂へ宛てた手紙を出しに行った女中がその帰りがけ耳門の箱にはいっている郵便物を一摑みにして持って来た。郵便物は皆しっとり濡れていた。葉書が三枚その中の二枚は株屋の広告一枚は往復葉書で貴下のすきな芸者と料理屋締切までに御返事下さい抔《など》と例の無礼千万な雑誌編輯者の文言。その外に書状が二通あった中の一通は書体で直様彩牋堂主人と知られた。わたしは此の際必ずお半の一条が書いてあるに相違ないと濡れたままの封筒を干す間もなく開いて見た。

久しく御消息に接せず御近況如何《いかが》に候哉。本年は残暑の後意外の冷気に加へて昨今の秋霖《しゅうりん》御健康如何やと懸念に堪へず候。この分にてもう二三日晴れやらずば諸河《しょか》汎濫《はんらん》鉄道不通米価いよ〳〵騰貴可致《とうきいたすべし》と存候。扨《さて》突然ながらかのお半事この程いさゝか気に入らぬ仕儀有之彩牋堂より元の古巣へ引取らせ申候。古人既に閑花只合閑中看。一折帰来便不鮮。とか申候間兎や角評議致すは却て野暮の骨頂なるべく又人に聞かれては当方の耻にも相成申《もうす》可き次第。と申せば大通の貴兄大抵は早や御推察の事かと存じ候。拙者とて芸者に役者はつきものなり大概の事なれば見て見ぬ度量は十分有之候。況《いわん》や外の芸事とはちがひ心中物ばかりの薗八節けいこ致させ惚《ほれ》ねばならぬ殿ぶりに宵の口説《くぜつ》をあしたまで持越し髪のつやぬけて抔申すところは取分け情をもたせて語る様日頃註文致居候事とて口舌八景の口舌ならねど色里《いろざと》の諸わけ知らぬ無粋なこなさんとは言われぬつもりに候へども相手が誰あらう活動の弁士と知れ候ては我慢成難《なりがた》く御払箱に致申候。同じいやなものにても壮士役者か曽我《そが》の家《や》位ならまだ〳〵どうにか我慢も出来可申候へども自動車の運転手や活動弁士にてはいかに色事を浄瑠璃模様に見立てたき心はありても到底色と意気とを立てぬいて八《はち》丈縞《じょうじま》のかくし裏なぞといふやうな心持には成兼《なりかね》申候。この辺の心事は貴下平素の審美論にも一致致すべき次第一層御同情に値する事かと愚考罷在《まかりあり》候。お半二度左褄《ひだりづま》取る気やら又晴れて活弁と世帯でも持つか其の後の事はさつぱり承知致さず。折角の彩牋堂今は主なく去年尊邸より頂戴致候秋海棠《しゅうかいどう》坂地にて水はけよき為め本年は威勢よく西瓜の色に咲乱れ居候折柄実の処銭三百落したよりは今少し惜しいやうな心持一貫三百位と思召被下《おぼしめしくださる》べく候。まづは御笑草まで委細如レ件《くだんのごとし》

月　日　　　　　　　　　　彩牋堂旧主

金阜先生

雨はやっと霽《は》れた。霽れさえすれば年の中で最も忘れがたい秋分の時節である。残暑は全く去って単衣《ひとえ》の裾はさわやかに重ねる絽《ろ》の羽織の袂もうるさからず。簾打つ風には悲壮の気満ち空の色怪しきまでに青く澄み渡るがまま隠君子《いんくんし》ならぬ身もおのずから行雲《こううん》の影を眺めて無限の興を催すもこの時節である。曇って風静まれば草の花蝶の翅《はね》の却て色あざやかに浮立ち濠の水には城市の影沈んで動かず池の水溝の水雨水の溜りさえ悉く鏡となって物の影を映すもこの時節である。

昨来ノ風雨鎖ス二書楼ヲ一。
得テ二此ノ新晴ヲ一簾可シレ鉤。
籬菊未レ開山桂落ツ。

雁来紅《ハ》占《ム》一園《ノ》秋。

思出すまま先人の絶句を口ずさみながら外へ出た。足の向くまま彩牋堂の門前に来て見ると檜《ひのき》の自然木を打込んだ門の柱には□□寓とした表札まだそのままに新しく節板《ふしいた》の合せ目に胡麻竹《ごまだけ》打ち並べた潜門《くぐりもん》の戸は妾宅の常としていつものように外から内の見えぬようにぴったり閉められてあった。久しく訪わなかったのでいわれなく入って見たいような気がした。普請の好きなわたしは廊下や縁側の木地《きじ》にも幾分かさびが出来たであろう。庭の土も落ちつき石にも今年は雨が多かったので苔《こけ》がついたであろう。わたしの家から移植えた秋海棠の花西瓜の色に咲きたる由書越《かきこ》された手紙の文言を思出しては猶更我慢がならず耳門《くぐり》の戸に手をかけるとすらすらと明いたのみならず、内にはいれば此れはいかに、萩垣《はぎがき》の彼方から聞える台広《だいひろ》の三味線。丁度二を上げて一撥《ひとばち》二撥当てた音締《ねじめ》。但し女にあらず。女にあらずとすれば正《まさ》しく師匠の千斎《せんさい》である。わたしは二の糸の上った様子から語っているのは何かと耳を傾けるとも知らず内ではおもむろに

おもひきらしやれもう泣かしやんな――

と主人が中音。さては浮橋縫之助《うきはしぬいのすけ》互《たがい》に「顔と顔とを見合せて一度にわつと」嘆きさえすれば後は早間《はやま》に追込んで鳥辺山《とりべやま》の一段はすぐさま語り終られると知るものから、わたしは無遠慮に格子戸《こうしど》明けて中座させるも心なき業《わざ》と丁度目についた玄関の庇《ひさし》に秋の蜘蛛一匹頻に網をかけているさまを眺めながら佇《たたず》んでいた。

「いや君実に馬鹿々々しい話さ。活弁に血道を上げるとは実にお話にならない。あれは全く僕の眼鏡ちがいだった。活弁の一件がないにしてもあの女は行末望みがないようだ。芸者をしている時分芸事には見込があるように思われたのはつまり非常に勝気な女で何事によらず人にまける事が嫌いだからそれで自然稽古にも精を出したものらしい。だから商売をやめたとなると競争する張合がない。一月《ひとつき》二月とたつ中《うち》三味線の稽古はわたしへの義理一方という事になった。初めはわたしもいろいろ小言を云った。生れつき質のわるい方ではないのだから今の中みっしりやって置けと云聞かしても当人には自分の天分もわからず従って芸事の面白味も一向に感じないらしい。たとえば用がなくて退屈だという時何という気もなく手近の三味線を取上げて忘れた手でも思出して見ようという気にはならないらしい。それなら何が好きなのかというと別に之と云って好きなものもないらしい。針仕事は勿論読み書きも好きではない。唯芝居へ行って友達と運動場をぶらぶらするとか三越や白木へ出掛けて食堂で物を食い浅草の活動写真を見廻るといったような事がまず楽しみらしい。小言を云うと遂には反抗する。面倒な思をして三味線の師匠なぞになった処で何が面白いと云わぬばかりの様子を見せるようになった。これでは到底望がないと思って暇をやった訳だが然しこれはあの女ばかりに限った話ではない。今の若い女は良家の女も芸者も皆同じ気風だ。会社で使っている女事務員なぞを見ても口先では色々生意気な事をいうが辛い処を辛抱して勉強しようという気は更にない。今の若い芸者に蘭八なんぞ修業させようとしたのは僕の方が考えれば間違っていたとも云える。家の娘は今高等女学校に通わしてあるがそれを見ても分る話で今日の若い女には活字の外は何も読めない。草書も変体仮名も読めない。新聞の小説はよめるが仮名の草双紙は読めない。薗八節稽古本の板木は文久年間に彫ったものだ。お半は明治も三十年になってから後に生れた女だ。稽古本の書体がわからないのはその人の罪ではない。町に育った今の女は井戸を知らない。刎釣瓶《はねつるべ》の竿《さお》に残月のかかった趣なぞは知ろう筈もない。そういう女が口先で「重井筒《かさねいづつ》の上越した粋な意見」と唄った処で何の面白味もない訳だ。「盛りがにくい迎駕籠《むかえかご》」といったところで何の事だかわかりはしない。分らない事に興味の起ろう筈はない。五元集《ごげんしゅう》の古板《こはん》は其角《きかく》自身の板下《はんした》だからいくら高くてもかまわない買いたいと思うのは吾々の如き旧派の俳人の古い証拠で、新傾向の俳人には六号活字しか読めないのだから木板の本はいらない訳だ。今の芸者が三味線をひくのは唯昔からの習慣と見ればよい。丁度新傾向の俳人が其の吟咏《ぎんえい》にまだ俳句という名称を棄てずにいるのと同じようなものだ。僕はもう事の是非を論じている時ではない。それよりか吾々は果していつまで吾々時代の古雅の趣味を持続して行く事ができるか、そんな事でも考えたがよい。僕の会社でもいよいよ昨夜から同盟罷工《ひこう》が始った。もう夕刊に出る時分だが今日はそんな騒《さわぎ》で会社は休みも同然になったのでもっけの幸と師匠を呼んで二三段さらったわけさ。」

ヨウさんは溜池《ためいけ》の三河屋《みかわや》へ電話をかけわたしに晩餐を馳走してくれた。わたしは家へと帰る電車の道すがら丁度二三日前から読みかけていたアンリイ、ド、レニエーが短篇小説

MARCELINE OU LA PUNITION FANTASTIQUE

の作意とヨウさんの話とを何がなしに結びつけて思い返したのであった。レニエーの小説というのは新妻の趣味を解せざる事を悲しみ憤る男の述懐である。男は日頃伊太利亜《イタりあ》もヴニズの古都を愛していたので新婚旅行をこの都に試みたが新妻は何の趣味をも感じない。男は或骨董店で昔ヴニズの影絵芝居で使った精巧な切子人形を見付け大金を惜まず買取ってやがて仏蘭西《フランス》の旧邸へ帰る。夫婦の仲はだんだん離れて来る。新妻の友達に下卑ていながら妙に女の気に入る医者があって主人をば精神病の患者と診断し新妻は以後主人を狂人扱いにする。或日主人は外から帰って見ると先祖代々住古した邸宅は一見新に建直されたのかと思うばかりその古びた外観を改め又昔の懐しい家具は椅子卓子《テーブル》に至るまで悉く巴里《パリー》街頭の家具店に見られるような現代式のけばけばしい製造品に取替えられている有様、男は憤怒のあまり周囲のものを打壊して卒倒してしまう…………わたしはヨウさんに別れて家に帰ると直様読掛けたこの小説の後半をば蚊帳の中で読んだ。……篇中の主人公がヴニズの骨董店で買取った秘蔵の人形は留守中物置の中に投込まれていたが折から照り渡る月の光に動き出して話をしだす。感情の興奮している主人公は夢とも現ともわけが分らなくなって遂にはどうやら自分ながらも日頃周囲のものの云っていたように真の狂人であ

るが如き心持になってしまう——というのが此の小説の結末であった。

蚊帳の外に手を延ばして燈火を消した時遠く鐘の音が聞えた。数えると二時らしかった。秋の夜毎にふけ行く夜半過わけて雨のやんだ後とて庭一面蟀《こおろぎ》の声をかぎりと鳴きしきるのにわたしは眠つかれぬままそれからそれといろいろの事を考えた。一刻も早く眠りたいと思いながらわけもなく思いに耽ける思いである。あくる日起きてしまえば何を考えたのやら一向に思い出す事の出来ない取留めのない思いである。

その後わたしは年々暑さ寒さにつけて病をいたわる事のみにいそがしく再び三味線のけいこをするような気にもならず又強て著作の興を呼ぶ気にもならなくなった。生きがいもなき身と折々は憂傷悲憤に堪えなかった其思いさえも年と共に次第に失せ行くようである。たまたま思当るのはフェルナングレイが詩に、

J'ai trop pleuré jadis pour des légères !
Mes Douleurs aujourd'hui me sont étrangères……
Elles ont beau parler á mots mysteriéux……
Et m'appeler dans l'ombre leurs voix légères;
Pour elles je n'ai plus de larmes dans les yeux.

Mes Douleurs aujourd'hui me sont des inconnues;
Passantes du chemin qu'on eut peut-être aimées,
Mais qu'on n'attendait plus quand elles sont venues,
Et qui s'en va la-bas comme des inconnues,
Parce qu'il est trop tard, les âmes sont fermées.

わけなき事にも若き日は唯ひた泣きに泣きしかど。
その「哀傷」何事ぞ今はよそ〳〵しくぞなりにける。
哀傷の姫は妙《たえ》なる言葉にわれをよび、
小《お》ぐらきかげにわれを招ぐもあだなれや。
わがまなこ涙は枯れて乾きたり。

なつかしの「哀傷」いまはあだし人となりにけり。
折もしありなば語らひやしけん辻君《つじぎみ》の、
寄りそひ来ても迎へねば、
わかれし後《のち》は見も知らず。
何事もわかき日ぞかし心と心今は通はず。

成程《なるほど》情は消え心は枯れたにちがいない。欧洲乱後の世を警《いまし》むる思想界の警鐘もわが耳にはどうやら街上飴を売る翁の簫《ふえ》に同じく食うては寝てのみ暮らすこの二三年冬の寒からず夏の暑からぬ日が何よりも嬉しい。胃の消化よく夢も見ず快眠を貪《むさぼ》り得た夜の幸福はおそらく美人の膝を枕にしたにも優っているであろう。然しふと思立ってわたしは生前一身の始末だけはして置こうものとまず家と蔵書とを売払って死後の煩《わずら》いを除いた。閑中いささか多事の思をなしたのは唯この時ばかりであった。

住み馴れた家を去る時はさすがに悲哀であった。明詩綜《みんしそうの》載する処の茅氏《ぼうし》の絶句にいう。

壁ニ有リ二蒼苔一甑ニ有リレ塵。
家園一旦属ス二西隣ニ一。
傷心畏ルレ見ルヲ門前柳。
明日相看レバ是レ路人。

その中売宅記《ばいたくき》とでも題してまた書こう。

大正十年正月脱稿

雪解《ゆきどけ》

兼太郎《かねたろう》は点滴の音に目をさました。そして油じみた坊主枕から半白の頭を擡《もた》げて不思議そうに鳥渡《ちょっと》耳を澄した。

枕元に一間の出窓がある。その雨戸の割目から日の光が磨硝子《スリガラス》の障子に幾筋も細く糸のようにさし込んで居る。兼太郎は雨だれの響は雨が降っているのではない。昨日午後《ひるすぎ》から、夜も深けるに従ってますます烈しくなった吹雪が夜明と共にいつかガラリと晴れたのだという事を知った。それと共にもう彼れこれ午近くだろうと思った。正月も末、大寒の盛にこの貸二階の半分西を向いた窓に日がさせば、そろそろ近所の家から鮭か干物を焼く匂のして来る時分だという事は、丁度去年の今時分初めてこの二階を借りた当時、何もせずにぼんやりと短い冬の日脚を見てくらしたので、時計を見るまでもなく察しる事が出来るのであった。それにつけても月日のたつのは早い。又一年過ぎたのかなと思うと、兼太郎は例の如く数えて見ればもう五年前株式の大崩落に家倉をなくなし妻には別れ妾の家からは追出されて、今年丁度五十歳の暁とうとう人の家の二階を借りるまでになった失敗の歴史を回想するより外はない。以前は浅草瓦町の電車通に商店を構えた玩具雑貨輸出問屋の主人であった身が、現在は事もあろうに電話と家屋の売買を周旋する所謂千三屋《せんみつや》の手先とまで成りさがってしまったのだ。昨日も一日吹雪の中をあっちこっちと駈け廻って歩く中一足しかない足駄の歯を折ってしまった事やら、ズブ濡にした足袋のまだ乾いていよう筈もない事なぞを考え出して、兼太郎はエエままよ今日はいっそ寝坊ついでに寝て暮らせと自暴な気にもなるのであった。もともと家屋電話の周旋屋というのは以前瓦町の店で使っていた男がやっているので、一日や二日怠けた処で昔の主人に対して小言の云えよう筈もなく解雇される虞《おそれ》もない……。

窓の下を豆腐屋が笛を吹いて通って行った。草鞋の足音がぴちゃぴちゃと聞えるので雪解のひどい事が想像せられる。兼太郎は寝過して却ていい事をしたとも思った。突然ドシーンとすさまじい響に家屋を震動させて、隣の屋根の雪が兼太郎の借りている二階の庇へ滑り落ちた。つづいて屋根裏の方で物干竿の落ちる音。どうやら寝ても居られないような気がして兼太郎は水洟《みずばな》を啜りながら起上った。すぐに窓の雨戸を明けかけたが、建込んだ路地の家の屋根一面降積った雪の上に日影と青空とがきらきら照輝くので暫く目をつぶって立ちすくむと、下の方から女の声で、

「田島さん。家の物干竿じゃありませんか。」

兼太郎のあけた窓の明りで二階中は勿論の事、梯子段の下までぱっと明くなった処から此の家の女房は兼太郎の起きた事を知ったのである。

「どうだか家じゃあるまいよ。」と兼太郎はそんな事よりもまず自分の座敷の火鉢に火種が残って居るか否かを調べた。

「田島さんもうじきお午ですよ。」

襖の外で言いながら、おかみは梯子段を上り切って突当りに一間ばかり廊下のようになった板の間から、すぐと裏屋根の物干へ出る硝子戸をばビリビリ音させながら無理に明けようとしている。いつも建付けの悪いのが今朝は殊更雪にしめって動かなくなったのであろう。

此の硝子戸から物干台へ出る間の軒下には兼太郎の使料《つかいりょう》になっている炭と炭団《たどん》を入れた箱にバケツが一個と洗面器が置いてある。

「あら、まア田島さん。炭も炭団もびしょぬれだよ。昨夜の中にどうにかしてお置きなされアいいのにさ。」

物干竿を掛直したかみさんは有合う雑巾で赤ぎれのした足の裏を拭き拭き此度は遠慮なくがらりと襖を明けて顔を出した。眉毛の薄い目尻の下った平顔の年は三十二三。肩のいかった身体付のがっしりした女であるが、長年新富町の何とやらいう待合の女中をしていたとかいうので襟付の紡績縞に双子の鯉口半纏《こいぐちはんてん》を重ねた襟元に新しい沢潟屋《おもだかや》の手拭を掛け、藤色の手柄をかけた丸髷《まるまげ》も綺麗に撫付けている様子。まんざら路地裏の嬶《かかあ》とも見えない。以前奉公先なる待合の亭主の世話で新富座の長吉と贔屓の客には知られている出方の女房になって、この築地二丁目本願寺横手の路地に世帯を持ってからもう五年ほどになるがまだ子供はない。

「おかみさん。湯に行って暖たまって来よう。今日は一日楽休みだ。」と兼太郎は夜具を踏んで柱の釘に引掛けた手拭を取り、「大将はもう芝居かえ。一幕のぞいて来ようかな。」

「播磨屋《はりまや》さんの大蔵卿、大変にいいんですとさ。」

「おかみさんまだ見ないのか。」

「お正月は御年始廻りや何かで家の人がいそがしいもんだから。」と女房は襟にかけた手拭を姉さまかぶりにして兼太郎の夜具を上げ、

「ゆっくり行ってお出なさい。綺麗に掃除して置きますよ。田島さん、そうそう持って来るのを忘れてしまった。牛乳が火鉢の処に置いてありますよ。」

「今朝はもう牛乳はぬきだ。日が当っていてもやっぱり寒い。」と兼太郎は楊枝をくわえて寝衣《ねまき》のまま格子戸を明けて出た。

路地の雪はもう大抵両側の溝板《どぶいた》の上に掻き寄せられていたが人力車のやっと一台通れる程の狭さに、雪解の雫は両側に並んだ同じような二階家の軒からその下を通行する人の襟《えり》頸《くび》へ余沫《しぶき》を飛している。それを避けようと思って何方《どちら》かの軒下へ立寄ればいきなり屋根の

上から積った雪が滑り落ちて来ないともわからぬので、兼太郎は手拭を頭の上に載せ、昨日歯を割った下駄を曳摺《ひきず》りながら表通へ出た。向側は一町ほども引続いた練塀に、目かくしの椎の老木が繁茂した富豪の空屋敷。此方《こなた》はいろいろな小売店のつづいた中に兼太郎が知ってから後自動車屋が二軒も出来た。銭湯も此間にある。蕎麦屋もある。仕出屋もある。待合もある。ごみごみした其等の町家の尽る処、備前橋の方へ出る通との四辻に遠く本願寺の高い土塀と消防の火見櫓《ひのみやぐら》が見えるが、然し本堂の屋根は建込んだ町家の屋根に遮られて却って目に這入らない。区役所の人夫が掻き寄せた雪を川へ捨てにと車に積んでいるのを、近処の犬が見て遠くから吠えて居る。太い電燈の柱の立って居るあたりにはいつの間に誰がこしらえたのか大きな雪達磨が二つも出来ていた。自動車の運転手と鍛冶屋の職人が野球の身構で雪投げをしている。

兼太郎は狭い路地口から一足外へ踏み出すと、別にこれと見処もない此の通をばいつもながらいかにも明く広々した処のように感じるのであった。そして折々自分はどうしても路地に生れて路地に育った人間ではない、死ぬまでにいつか一度元のように表通に住んで見たいものだと思う事もあるのであった。兼太郎がこの感慨は湯屋の硝子戸を明けて番台のものに湯銭を払う時殊更深くなる事がある。

築地の此の界隈にはお妾新道《めかけじんみち》という処もある位で妾が大勢住んでいる。堅気の女房も赤い手柄をかける位の年頃のものはお妾に見まがうような身なりをして居る。兼太郎は番台越しに女湯で着物をぬぎかける女の中に、小作りのぽっちゃりした年増盛のお妾らしいものを見ると、以前代地河岸に囲って置いた自分のお妾の事を思い出すのである。名はお沢《さわ》といった。大正三年の夏欧洲戦争が始まってから玩具雑貨の輸出を業とした兼太郎の店は大打撃を受けたので、其の取返しをする目算で株に手を出した。とんとん拍子に儲かったのが却って破滅の本であった。四五年成金熱に浮かされて居る中、講和条約が締結され一時下った相場は又暫く途拍子もなく絶頂に達したかと思うと忽にして又崩落した。兼太郎は親から譲られた不動産までも人手に渡して本妻の実家へ子供をつれて同居するという始末、代地河岸に囲ってあったお妾のお沢は元の芸者の沢次になった。幸い妾宅の家屋はお沢の名儀にしてあったので、両人話合の末それを売って新に芸者家沢の家の看板を買う資本にした訳である。兼太郎は本妻との間に其の時八つになる男と十三になる娘があったにも係らず、いつか沢の家に入りびたりとなった。本妻の実家は資産のある金物問屋の事とて兼太郎の身持に呆れ果て子供を引取って養育する代り本妻お静の籍を抜きやがて他へ再縁させたという話である。

丁度そんな話のあった頃から兼太郎は沢次の家にもどうやら居辛いようになって来た。初めの中は旦那の落目に寝返りをした抔と言われては以前の朋輩《ほうばい》にも合す顔がない。今までお世話になった御恩返しをするのはこれからだと沢次は立派な口をきいていたが、一年二年とたつ中いつか公然と待合にも泊る。箱根へ遠出にも行く。兼太郎は我慢をしていたが、遂には抱えの女供にまで厄介者扱にされ出したのでとうとう一昨年の秋しょんぼりと沢の家を出た。流石に気の毒と思ったのか沢次は其の時三千円という妾宅を売った折の金を兼太郎に渡した。以後兼太郎はあっちこっちと貸間を借り歩いた末、今の築地二丁目の出方の二階へ引っ越して来た時には、女から貰った手切の三千円はとうに米屋町で大半《あらかた》なくしてしまい、残の金は一年近くの居食《いぐい》にもう数えるほどしかなかった。

雪は止んだ。裸虫《はだかむし》の甲羅《こうら》を干《ほ》すという日和も日曜ではないので、男湯には唯一人生花の師匠とでもいうような白髭の隠居が帯を解いて居るばかり。番台の上にはいつも見る婆も小娘もいない。流しの木札の積んである側に銅貨がばらばらに投出した儘になって居るのは大方隠居の払った湯銭であろう。兼太郎も湯銭を投出して下駄をぬごうとした時、ガラガラと女湯の戸をあけて入って来た一人の女がある。

色糸の入った荒い絣の銘仙に同じような羽織を重ねた身なりと云い、頤《あご》の出た中低《なかびく》な顔立と云い、別に人の目を引くほどの女ではないが、十七八と覚しいその年頃とこの辺では余り見かけない七三に割った女優髷とに、兼太郎は何の気もなく其の顔を見た。娘の方でも番台を間に兼太郎の顔を見るといかにも不審そうに、手にした湯銭をそのまま暫く土間の上に突立っていたが、やがて肩で呼吸《いき》をするように、

「まあお父さんしばらくねえ。」と云ったなり後は言葉が出ぬらしい。

「お照《てる》。すっかり見ちがえてしまったよ。」

兼太郎は人の居ないのを幸い番台へ寄りかかって顔を差伸した。

「お父さんいつお引越しになったの。」

「去年の今時分だ。」

「じゃ、もう柳橋じゃないのね。」

「お照、お前は今どこにいるのだ。御徒町のお爺さんの処に居るんじゃないのか。」

お照は俄に当惑したらしい様子で、「今日はアノ何なの——鳥渡そこのお友達の内へ遊びに来ているんですよ。」

「何しろここでお前に逢おうとは思わなかった。お照、すぐそこだから帰りに鳥渡寄っておくれ。お父さんはすぐそこの炭屋と自転車屋の角を曲ると三軒目だ。木村ッていう家にいるんだよ。曲って右側の三軒目だよ。いいか。」

その時戸を明けて貸自動車屋の運転手らしい洋服に下駄をはいた男が二人、口笛でオペラの流行唄をやりながら入って来たので兼太郎はただ「いいかねいいかね。」と念を押しながら本意なくも下駄をぬいで上った。お照は気まりわる気に軽く首肯いて見せるや否や男湯の方からは見えないズット奥の方へ行ってしまった。

茶の間の長火鉢で惣菜を煮ていた貸間のかみさんは湯から帰って来た兼太郎の様子に襖

の中から、

「田島さん。御飯をあがるんなら蒸して上げますよ。煮くたれててよければお汁もあります。どうします。」

「お汁は沢山だ。」と兼太郎は境の襖を明けて立ちながら、「おかみさん、不思議な事もあるもんだ。まるで人情ばなしにでも有りそうな話さ。女房の実家《さと》へ置き去りにして来た娘に逢ったんだ。女湯もたまにゃア覗いて見るものさ。」

「へえ。まア――。」

「その時分女房は三十越していい年をしていやがったが、よくよくおれに愛想をつかしやアがったと見えて他へ片付いてしまやアがったんで、つい娘や子供の事もそれきり放捨《うっちゃ》って置いたんだがね、数えて見るともう十八だ。」

「この辺においでなさるんですか。まアこっちへお入んなさい。」

「湯ざめがしそうだから着物を着て来よう。おかみさん娘が尋ねて来る筈なんだ。あんまりじじむさい風も見せたくないよ。」

兼太郎は二階へ上り着物を着換えてお照の来るのを待った。午飯を食べてしまったが一向格子戸の明く音もしない。兼太郎は窓を明けて腰をかけ口に啣《くわ》えた敷島に火をつける事も忘れて、路地から表通の方ばかり見つめていたが娘の姿は見えなかった。お照は矢張おれの事をよく思っていないと見える。人情のない親だと思うのも無理はない。尋ねて来ないのも尤もだ。手の甲で水洟をふきながら首をすっ込めて窓をしめると、何処かの家の時計が二時を打ち、斜に傾きかけた日脚はもう路地の中には届かず二階中は急に薄暗くなった。長い間窓に腰をかけていたので湯冷もする、火鉢の火を掻立てて裏の物干へ炭団を取りに行くとプンプン鳥鍋の匂がしている。隣家は木挽町の花柳病院の助手だとかいう事で、つい去年の暮看護婦を女房に貰ったのである。二階から此方の家の勝手口へ遠慮なく塵を掃き落すというので出方のかみさんは田舎者は仕様がないとわるく言切っている。兼太郎は雪に濡れた炭団をつまんで独り火を起す其身に引くらべると、貰って間もない女房と定めし休暇と覚しい今日の半日を楽しく暮す助手の身の上が訳もなく羨ましく思われたので、聞くともなく物干一つ隔てた隣の話声に耳をすました。すると物干の下なる内の勝手口で、

「おかみさん、留守かい。おかみさん。」と言う男の声。物干の間から覗いて見ると紺の股引に唐桟縞の双子の尻を端折り、上に鉄無地の半合羽を着て帽子も冠らぬ四十年輩の薄い痘痕のある男である。

「伊三《いさ》どん、大変な道だろう。さアお上り。」水口の障子を明けたかみさんは男の肩へ手をやって、

「今日は二階にいるんだからね。」と小声に言った。

「そうか。貸間の爺かい。じゃ又来ようや。」

「何、いいんだよ。さア伊三どん。おお寒い。」

男を内へ上げた後、かみさんは男の足駄を手早く隠してぴったり水口の障子をしめた。男は伊三郎という新富町見番の箱屋で、何でもここの家のおかみさんが待合の女中をしていた時分から好い仲であったらしい。兼太郎は去年の今頃は毎日二階にごろごろしていたので様子は委しく知っているのであった。その時分には二人は折々二階へ気を兼ねて別々に外へ出て行った事もあった。

兼太郎は炬燵に火を入れて寝てしまおうかと思ったが今朝は正午近くまで寝飽きた瞼の閉じられよう筈もないので、古ぼけた二重廻を引掛けてぷいと外へ出てしまった。本より行くべき処もない。以前ぶらぶらしていた時分行き馴れた八丁堀の講釈場の事を思付いて、其処で時間をつぶした後地蔵橋の天麩羅屋で一杯やり、新富町の裏河岸づたいに帰って来ると、冬の日は全く暮果て雪解の泥濘は寒風に吹かれてもう凍っている。

格子戸をあけると、わざとらしく境の襖が明け放しになっていて、長火鉢や簞笥や縁起棚などのある八畳から手水場の開戸まで見通される台処で、おかみさんはたった一人後向になって米を磨いでいた。

「おかみさん。とうとう来なかったか。」

「ええ。お出になりませんよ。」とかみさんは何故か見返りもしない。

兼太郎はわけもなく再びがっかりして二階へ上るや否や二重廻を炬燵の上へぬぎすて其の儘ごろりと横になった。向う側の吉川という待合で芸者がお客と一所に三千歳を語っている。聞くともなしに聞いている中、兼太郎はいつかうとうととしたかと思うと、「田島さん、田島さん。」と呼ぶ声。

階下《した》のかみさんは梯子段の下の上框《あがりかまち》へ出て取次をしている様子で「お上んなさいましよ。きっと転寝でもしておいでなさるんだよ。まだ聞えないのか知ら。田島さん。田島さん。」

兼太郎は刎起きて、「お照か。まアお上り。お上り。」と云いながら梯子段を駈下りた。お照は毛織の襟巻を長々とコートの肩先から膝まで下げ手には買物の紙包を抱えて土間に立っていた。兼太郎は手を取らぬばかり。

「お照。よく来てくれたな。実はもう来やしまいと思っていたんだ。おれも今方帰って来た処だ。さア二階へお上り。」

「じゃ御免なさいまし。」とかみさんの方へ何とつかず挨拶をしてお照は兼太郎につづいて梯子段を上った。

「お照、ここがお父さんのいる処だ。お父さんも随分変ったろう。」と兼太郎は火鉢の火を掻き立てながら、「ぬがないでもいいよ。寒いから着ておいで。」

けれどもお照は後向になってコートと肩掛とを取乱された六畳の間の出入口に近い襖の方に片寄せながら、

「さっき昼間の中来ようと思ったんですよ。だけれどお友達と浅草へ行く約束をしたもんだから。」

「そうか、活動か。」と兼太郎は小形の長火鉢をお照の方へと押出した。

「お父さん、これはつまらないものですけれど、お土産なの。」

「何、お土産だ。それは有難い。」と兼太郎は真実嬉しくてならなかったので、お照が火鉢の傍へ置いた土産物をば膝の上に取って包紙を開きかける。土産物は何かの缶詰であった。

「お父さん、やっぱり御酒を上るんでしょう。浅草にゃ何も無いのよ。」

「ナニ此アお父さんの大好きなものだ。」

兼太郎は嬉涙《うれしなみだ》に目をぱちぱちさせていたがお照は始終頓着なくあたりを見廻す床の間に二合壜が置いてあるのを見ると自分の言った事が当っているので急に笑い乍ら、

「お父さん、やっぱり寝る時に上るんですか。」

「何だ。はははは。とんだものを見付かったな。何、これア昨夜雪が降ったから途中で一杯やったら、もういいと云うのに間違えて又一本持って来やがったから其儘懐中《ふところ》へ入れて来たんだ。」

「お父さん、今夜はまだなの。お上んなさいよ。わたしがつけて上げましょう。」

丁度手の届くところに二合壜があったのでお照はそれをば長火鉢の銅壺の中に入れようとして、

「この中へ入れてもいいんでしょう。」

兼太郎は唯首肯《うなず》くばかり、いよいよ嬉しくて返事も出来ず涙ぐんだ目にじっとお照の様子を見詰るばかりである。お照が二合壜を銅壺の中に入れる手付きにはどうやら扱い馴れた処が見えた。

兼太郎は昼間湯屋の番台で出逢ったその時から娘の身の上が聞きたくてならなかった。然し以前瓦町に店があった時分から子供の事は一切母親のお静にまかしたなり、ろくろく顔を見た事もなかった位。朝起きる時分には娘はもう学校に行っている。娘が帰って来る時分には兼太郎は外へ出て晩飯は妾宅で食べ十二時過ぎでなければ帰っては来なかったので、今日突然こんなに成長した娘の様子を見ると、父親としてはいかにも済まないような心持もするし又何となく恨んで居はせまいかと恐ろしいような気もして、兼太郎はききたい事も遠慮して聞きかねるのであった。

実際その時分には兼太郎は女房の顔を見るのがいやでいやでならなかったのだ。気がきかなくてデブデブ肥っている位ならまだしもの事生れ付きひどい腋臭があったので嫌い抜いたあまり自然その間に出来た子供にまでよそよそしくする様になった訳である。兼太郎がその頃目をつける芸者は岡目には貧相だと言われる位な痩立な小作りの女ばかり。旅籠町へ遂に妾宅まで買ってやった沢次《さわじ》の外に、日本橋にも浅草にも月々きまって世話をした女があったが、いずれも着痩のする小作な女であった。大柄な女はいかほど容貌がよく押し出しが立派でも兼太郎はさして見返りもせず、ああいう女は昔なら大籬《おおまがき》の華魁《おいらん》にするといい、当世なら女優向きだ、大柄な女は大きなメジ鮪をぶっころがしたようで大味だと冗談をいっていたのも其の筈、兼太郎は骨格はしっかりしてはいたが見だての無い小男なので、自分よりも丈の高い女房のお静が大一番の丸髷姿を見ると、何となく圧服されるような気がしてならないのであった。

それこれと当時の事を思い出すにつけて兼太郎は娘のお照が顔立は母に似ているが身体付は自分に似たものかそれ程デクデクもしていないのを見ると共に、あの母親の腋臭はどうなっただろうと妙な処へ気を廻した。然しそれは折から階下のかみさんが焼き初めた寒餅の匂にまぎらされて確かめる事が出来なかった。

お照は火鉢へ差かざす手先に始終お燗を注意していたが寒餅の匂に気がついたものと見え、「お父さん御飯はどうしているの。下でおまかないするの。」

「家にいる時はそうするがね。毎日桶町まで勤めに行くからね、昼は弁当だし帰りにゃ花村かどこかで一杯やらアな。」

「お父さん。それじゃ今は勤め人なの。」

「碌なものじゃないよ。お前は子供だったから知るまいが、瓦町の店へ来た桑崎という色の黒い太った男だ。それが今成功して立派な店を張っているんだ。そこへ働きに行くのさ。」

「桑崎さん、覚えているわ。どこだかお国の人でしょう。此の頃はどこへ行ってもお国の人ばかりねえ。お国の人が皆成功するのねえ。」

「お父さん見たようになっちゃ駄目だ。御徒士町《おかち》のおじいさんも江戸ッ児じゃないよ。」兼太郎は話が自然にここへ巡って来たのを機会に其後の様子を聞こうと、「お照。お前母さんがお嫁に行く時なぜ一所について行かなかったんだ。連れ児はいけないと云うはなしでもあったのか。」

「そうでもないけれど……。」とお照は兼太郎の見詰める視線を避けようとでもするらしく始終伏目になっていたが、「お父さん、もうお燗がよさそうよ。どうしましょう。」

指先で二合壜を摘み出して灰の中へそっと雫を落している。

「お照、お前どこでお燗のつけ方なんぞ覚えたんだ。」

「もう子供じゃないんですもの。誰だって知ってるわ。」と猫板の上に載せながら、「お父さんお盃はどこにあるの。」

兼太郎は肝腎な話をよそにして夜店で買った茶棚の盃を出し、

「どうだお前も一杯やるさ。お燗の具合がわかる処を見ると一杯位はいけるだろう。」

「わたしは沢山。」とお照は壜を取上げて父の盃へついだ。

「お照、お前にめぐり遇った縁起のいい日だからな。」とぐっと一杯干して、「お父さんがお酌をしよう。飲めなければ飲むまねでもいいよ。」

「そう。じゃついで頂戴。」

お照は兼太郎が遠慮して七分目ほどついだ盃をすぐに干したばかりか火鉢の縁で盃の雫を拭って返す手つき、いよいよ馴れたものだと兼太郎は茫然とその顔を見詰めた。

「お父さん。いやねえ。先刻から人の顔ばかり見て。わたしだっていつまでも子供じゃないわ。」

「お照、お前、お母さんがお嫁に行ってから会ったか。」

「いいえ、東京にゃ居ないんですって、大阪にお店があるんですとさ。」

「角太郎《かくたろう》はどうしている。お前が十八だと角太郎は十三だな。」

「角ちゃんは今だってちゃんと御徒士町にいるでしょう。男ですもの。」

「女だと居られないのか。」

「居られないって云うわけもないけれど、わたしが悪かったのよ。おじいさんの言う事をきかなかったから。」

「そんなら謝罪ればいいじゃないか。謝罪ってもいけないのか。」

「外の事と違うから、今更帰れやしませんよ。こうしている方が呑気だわ。」

「外の事とちがう。どんな事なんだ。」

「どんな事ッて、その中に言わなくっても分りますよ。お父さんも道楽した人に似合わないのね。」

「わかったよ。だが、どうも未だよくわからない処があるな。お照、何も気まりをわるがる事はねえや。そんな事をいった日にゃお父さんこそ、お前に合す顔がありゃしない。お前がちゃんとおとなしく御徒士町の家にいた日にゃア途中で逢ったって話も出来ない訳なんだ。そうだろう。乃公《おいら》は女房や子供をすてた罰で芸者家からもとうとうお履物にされちまった。それだから、斯うしてお前と話もしていられるんだ。」

「それアそうねえ。わたしが御徒士町の家を出たからってお父さんが先のように柳橋にいたら、やっぱり何だか行きにくいわね。お父さん、何故柳橋と別れたの。」

「別れたんじゃない。追出されたんだ。もうそんな過ぎ去った話はどうでもいいや。それよりか、お照、お前の話を聞こう。表のお湯屋で逢ったんだからこの近所にゃ違いなかろうが、何処にいるんだえ。お嫁にでも行ったのか。」

「ほほほほ。お父さん。わたしまだやっと十八になったばかりよ。」

「十八なら一人前の女じゃないか。お嫁にだって何だって行けるぜ。自分でもさっきもう子供じゃ無いって言ってたじゃないか。」

「それアいろんな心配もしたし苦労もしたんですもの。」

「お燗はつけるしお酌はできるし、隅にゃ置けなそうだな。お父さんに似ていろんな事を覚えたんだろう。はははは。当《あて》て見ようか。お茶屋の姐さんにしちゃ髪や風俗がハイカラだ。まずカッフェーかバーという処だが、どうだ。お照、笑ってばかりいないで教えたっていいじゃないか。」

「てっきりお手の筋ですよ。」

「やっぱりカッフェーか。どうもそうだろうと思った。この近処にゃ然し気のきいたカッフェーはねえようだが、何処だい。」

「この間まで人形町の都バーにいたんですよ。だけれどももうよしたの。先に日比谷にいた時お友達になった姐さんがこの先の一丁目に世帯を持っているから二三日泊りながら遊びに来ているのよ。もう随分遊んだからそろそろまた働かなくちゃならないわ。」

「カッフェーは随分貰いがあるという話だがほんとかい。月にいくら位になるもんだね。」

「そうねえ、一番初めまだ馴れない時分でも三四十円にはなってよ。銀座にいた時には矢ッ張場所だわね。百円はかかさなかったわ。だけれども急がしい処は着物にかかるからつまり同じなのよ。」

「ふーむ偉いもんだな。どうしても女でなくちゃ駄目だ。お父さんなんか毎日足を棒にして歩いたっていくらになると思う。やっと八十円だぜ。その中で二十円は貸間の代に、それから毎日食べて行かなくちゃならないからな。そこへ行くと三十円でもくらしが出なけれア楽だ。」

「だから残そうと思えば随分残るわけなのよ。中には五百円も六百円も貯金している人もあるけれど、何の彼のって蓄ったかと思うとやっぱり駄目になるんですとさ。だからわたしなんぞ貯金なんかした事はないわ。有る時勝負で芝居へ行ったり活動へ行ったりして使っちまうのよ。」

「お客様に連れて行って貰うような事はないのかい。カッフェーだって同じだろう。お茶屋や待合の姐さんと同じように好いお客や旦那があるんだろう。」

「ある人はあるし無い人はないわ。お父さんもう此でおつもりよ。」

お照は二合壜を倒にして盃につぎ、「何時でしょう。わたしもうそろそろお暇しなくちゃ成らないわ。二三日中に行くところがきまったら知らせるわ。」

「まだいいやな。あの夜廻は九時打つと廻るんだ。」

「今夜これから襦袢の襟をかけたりいろいろ仕度しなくちゃならないのよ。明日の晩にでもまた来ますよ。お酒と何かおいしそうなものを持って来ますよ。」とお照は立ちかけて、

「お父さん、ここのお家、厠《はばかり》はどこなの。」

お照は約束たがえず翌日の晩、表通の酒屋の小僧に四合壜の銀釜正宗《ぎんがままさむね》を持たせ、自身には銀座の甘栗一包を白木屋の記号《しるし》のついた風呂敷に包んで、再び兼太郎をたずねて来た。甘栗は下のおかみさんへの進物にしたのである。この進物でかみさんはすっかり懇意になり、お照が鉄瓶の水を汲みにと、下へ降りて行った時袖を引かぬばかりに、

「お照さん、あなた、お燗をなさるんならこの火鉢をお使なさいましよ。銅壺に一杯沸い

ていますよ。何いいんですよ。家じゃ十一時でなくっちゃ帰って来ませんからね。いっその事今夜はここでお話しなさいましよ。田島さん、ねえ、田島さん。」と後からつづいて手水場へと降りて来た兼太郎にも勧めたので、二人はそのまま長火鉢の側へ坐った。

かみさんとお照はかき餅と甘栗をぼりぼりやりながら酌をする。兼太郎はいつになく酔払って、

「お照、お前がおいらの娘でなくって、もしかこれが色女だったら生命も何もいらないな。昔だったら丹さんという役廻りだぜ。はははは。」

「丹さんて何のこと。」

「丹さんは唐琴屋《からことや》の丹次郎《こんじろう》さ。わからねえのか。今時の娘はだから野暮で仕様がねえ。おかみさんに聞いて御覧。おかみさんは知らなくってどうするものか。」

「あら、わたしも知りませんよ。御酒の好きな人の事を丹次郎ッていうんですか。アアわかりましたよ。赤くなるからそれで丹印《たんじるし》だっていう洒落なんですね。」

「こいつは恐れ入った。はははは。恐入谷《おそれいりや》の鬼子母神《きしもじん》か、ははは。」

「のん気ねえ。ほんとにお父さんは。」

「酒は飲んでも飲まいでもさ。いざ鎌倉という時はだろう、はははは。然し大分今夜は酔ったようだな。」

「お酒のむ人は徳ねえ。苦労も何も忘れてしまうんだから。」

「だから昔から酒は憂《うれい》の玉箒《たまぼうき》というじゃないか。酒なくて何のおのれが桜かなだろう。お酒さえ飲んで居れァお父さんはもう何もいらない、お金もいらない。おかみさんもいらない。」

「そんな事いったって、お父さん、一人じゃ不自由よ。いつまで斯うして居られるもんじゃない事よ。」

「居ても居られなくっても最《も》う仕様がないやな。まアお照そんな話はよしにしようよ。折角今夜はお正月らしくなって来たところだ。お照、お父さんのお箱を聞かせてやろうか。蓄音機で稽古したんじゃねえよ。」

やがて亭主が帰って来た。役者の紋をつけた双子縞の羽織は着ているが、どこか近在の者でもあるらしい身体付から顔立まで芝居者らしい所は少しもない。どうやら植木屋か何かのようにも見れば見られる男で、年は女房とさして違ってもいないらしいが、しょぼしょぼした左の目尻に大きな黒子があり、狭い額には二筋深い皺が寄っている。かみさんは弟にでも物言うような調子で、

「お前さん。田島さんのお嬢さんだよ。頂戴物をしてさ。」

「そうかい。それアどうも。」と言ったきり亭主は隅の方へ坐って耳朶へはさんだエヤシップの吸残りを手に取ったが、火鉢へは手がとどかないのか、そのまま指先で火を消した煙草の先を摘んでいる。

「どうです。芝居は毎日大入りのようですね。」と兼太郎は酔った揚句の相手ほしさに、

「一杯献じましょう。今年の寒は又別だね。」

「ありがとう御在ます。お酒はどうも……。」と出方は再びエヤシップを耳にはさんでもじもじしている。

「田島さん。駄目なんですよ。奈良漬もいけない位なんですよ。」

「そうかい。ちっとも知らなかった。酒なんざ呑まないに越した事アないよ。呑みやァつい間違いのもとだからね。おかみさん、いい御亭主を持ちなすってどんなに仕合せだか知れないよ。」

かみさんは何とも言わずに台所へと立って膳拵えをしはじめた。

路地の内は寂としているので、向側の待合吉川で掛ける電話の鈴の音のみならず、仕出しを注文する声までがよく聞える。

「お父さん、それじゃわたし明日から又先にいた日比谷のカッフェーへ行きますからね。通りかかったらお寄んなさいよ。御馳走しますよ。」とお照は髪のピンをさし直してハンケチを袂に入れた。

兼太郎は酔っていながら俄に淋しいような気がして、「寒いから気をつけて行くがいいぜ。今夜はやっぱり一丁目の友達のところか。」

「どうしようかと思っているのよ。今夜はこれからすぐ日比谷へ行こうかと思っているの

よ。今日お午過ぎ鳥渡行って話はして来たんだし、それに様子はもうわかって居るんだから。」

「今夜はもう晩いじゃないか。」

「まだ十二時ですもの。電車もあるし、日比谷のバァは随分おそくまでやってるわ。夏の中はどうかすると夜があけてよ。」

お照は出方の夫婦と兼太郎に送り出されて格子戸を明けながら、

「まアいいお月夜。」

建込んだ家の屋根には一昨日の雪がその儘残っているので路地へさし込む寒月の光は眩しいほどに明るく思われたのである。

「成程いいお月夜だ。風もないようだな。」と上り框から外をのぞいた兼太郎は何という事もなくつづいて外へ出た。兼太郎は台処の側にある手水場へ行くよりも格子戸を明けて路地で用を足す方が便利だと思っているので寝しなにはよく外へ出る。

お照は二三歩先に佇んで兼太郎を待っていたが、やがて思出したように、「お父さんあの人が芝居の出方なの。どうしてもそうは見えないわね。」

「むッつりした妙な男だ。もう一年越し同じ家にいるんだが、ろくぞっぽ話をしたこともないよ。」

「何だが御亭主さん見たようじゃないわね。わたし気の毒になっちまったわ。」

路地を出ると支那蕎麦屋が向側の塀の外に荷をおろしている。芸者の乗っているらしい車が往来するばかりで人通は全く絶え、表の戸を明けているのは自動車屋に待合ぐらいのものである。銭湯は今方湯を抜いたと見えて、雨のような水音と共に溝から湧く湯気が寒月の光に真白く人家の軒下まで漂っている。

「今夜は馬鹿に酔ったぜ。そこまで送って行こう。」

「お父さんソラあぶない事よ。」

「大丈夫、自分で酔ったと思ってれァ大丈夫だ。」

「ねえ、お父さん。あのおかみさんは、わたし御亭主さんに惚れていないんだと思うのよ。」

「何だ。また家のはなしか。」

「惚れていない人と一緒になると皆ああなんでしょうか。いやなものなら思切って別れちまった方がよさそうなものにねえ。」

「色と夫婦とは別なものだよ。惚れた同士は我儘になるからいけないそうだ。お前なんぞはこれからが修行だ。気をつけるがいいぜ。」

「お父さん。わたしが銀座にいた時分から今だに毎日々々きっと手紙を寄越す人があるのよ。わたしの頼むことなら何でもしてくれるわ。随分いろんなものを買って貰ったわ。」

「そうか。若い人かね。」

「二十五よ慶応の方なのよ。この間一緒に占いを見てもらいに行ったのよ。そうしたらね。一度は別れるような事があるッて言うのよ。だけれど末へ行けばきっと望通りになれるんですッて。」

「いい家の坊ちゃんかね。」

「ええお父さんは銀行の頭取よ。」

「それじゃ大したものだ。あんまり好すぎるから親御さんが承知しまいぜ。」

「だから占を見て貰いに行ったのよ。だけれどね、お父さん。もしどうしても向のお家でいけないッて言ったら、その時は一所に逃げようッていうのよ。お父さん、もしそうなったら、お父さんどうかしてくれて。二階へかくまって下さいな。」

兼太郎は返事に困って出もせぬ咳嗽《せき》にまぎらした。いつか酒屋の四つ角をまがって電車通へ出ようとする真直な広い往来を歩いている。

「大丈夫よ。お父さん、わたしだって其様《そんな》向見ずな事はしやしないから大丈夫よ。カッフエーに働いて居さえすれば誰の世話にならなくっても、毎日会って居られるんだから。いっそ一生涯そうしている方がいいかも知れないのよ。」

「お照、お前怒ったのか。」と兼太郎は心配してお照の顔色を窺おうとした時電車通の方から急いで来かかった洋服の男が擢れちがいにお照の顔を見て、

「照ちゃんか。日比谷だっていうから行ったんだよ。」

「これから行く処なの。」とお照は男の方へ駈寄って歩きながら此方を見返り、「お父さんそれじゃ左様なら、もういいわ。左様なら、おかみさんによろしく。」

取残された兼太郎は呆気に取られて、寒月の光に若い男女が互に手を取り肩を摺れ合して行く其の後姿と地に曳く其の影とを見送った。

見送っている中に兼太郎はふと何の聯絡もなく、柳橋の沢次を他の男に取られた時の事を思出した。沢次と他の男とが寄添いながら柳橋を渡って行く後姿を月の夜に見送ってもういけないと諦をつけた時の事を思出した。思出してから兼太郎はどうして今時分そんな事を思出したのだろうと其理由を考えようとした。

お照と沢次とは同じものではない。同じものであるべき筈がない。お照は不届《ふとどき》至極《しごく》な親爺の量見違いから置去りにされて唯一人世の中へほうり出された娘である。沢次は家倉はおろか女房児までも振捨てて打込んだ自分をば無造作に突き出してしまった女である。事情も人間も全然ちがっている。然し夜もふけ渡った町の角に自分は唯一人取残されて月の光に二人連を見送る淋しい心持だけはどうやら似ているといえば言われない事もない。

お照はそれにしても不人情なこの親爺にどういうわけで酒を飲ませてくれたのであろう。不思議なこともあればあるものだ。それが不思議なら、あれほど恩になった沢次が自分を路頭に迷わすような事をしたのも矢張不思議だといわなければならない。

帽子もかぶらずに出て来たので娘が飲ませてくれた酒も忽醒めかかって来た。赤電車が表通を走り過ぎた。兼太郎は路地へ戻って格子戸を明けると内ではもう亭主がいびきの声に女房が明ける簞笥の音。表の戸をしめて兼太郎は二階へ上り冷切った鉄瓶の水を飲みながら夜具を引卸した。

路地の外で自動車が発動機の響を立て始めたのは、大方向側の待合からお客が帰る処なのであろう。

大正十一年一月—二月稿

春雨の夜

雨戸がしまったので午後から降出した雨の音は殆ど聞えなくなった。

女中の知らせに老夫婦は八畳の茶の間へ来て、膳の前に置かれた座布団に坐ると二人ともに言合したように身のまわりを見廻した。

昨日まで——昨日の夕飯の時までこの八畳の茶の間にはもう一脚膳が出されてあったのだ。然し今夜はもうその膳は出されていない。寅雄《とらお》という一番末の男の子は今朝米国へ留学に行った。

去年の秋三番目の女の清子《きよこ》が嫁に行くまで此の八畳の茶の間は時折さわがしいほど賑であった。寅雄と清子とは日頃仲がよかったので却てよく喧嘩をした。

清子が嫁に行くその前の年に生来病身であった二番目の娘が流行感冒で死んだ。その時から既に茶の間の膳は一つ減っていた訳であるが、その折には老夫婦はそれほど淋しい気にもならなかった。勿論娘の死を悲しみはしたものの其の悲しみは月日と共に諦のつく悲しみであった。また容易に他の事にまぎらされる悲しみであった。何故というに年中薬を飲みながら二十を越すまで生きていたのが、両親には寧ろ不思議に思われた位であったからである。家に残った三番目の清子と末子の寅雄が元気のいい笑声はいつも家中を賑にする力があったからである。

老人は静に箸を取って、「寅雄も今頃は船の食堂で食事をしているだろう。」

「雨が降出しましたけれど、船はいかがで御在ましょう。」

「いや三月になれば航海は穏かだ。わしが始めて洋行した時分の事を思えば船は三層倍も大きいし、心配する事はない。」

「寅雄の洋行ですっかり忘れて居たので御在ますが、あの今日はお父様の御命日で御在ました。」

「三月十日……そうだったな。」

「あなたが寅雄を送りにいらしった後で気がついたので御在ます。明日お墓へ行って参りましょう。」

「何年になるかな十三回忌の法事をしたのが先一昨年《さきおととし》だったな。」

「お母様の方が来年丁度十年目だと思いました。」

「それでは其の中法事をしよう。」と老人は吸物を啜って、「この白魚は大変うまい。おかわりを貰おうか。」

「どうぞ。沢山御在ますから。」と老妻は給仕に坐っている女中を見返って、「掻き廻すと中のものが崩れますから丁寧によそっておいでなさい。」

「先代も晩年には白魚と豆腐がお好きであったな。老人になると皆そういうものかな。」

老人はその亡き父と母とが静な燈火の下に現在の自分と同じように物食うて居られた時の様を思い浮べた。亡き父亡き母の事を思出す瞬間だけ老人はおのれの年齢を忘れて俄に子供になったような何ともいえぬ懐しい心になる。けれどもそれは全く其の瞬間だけのことである。老人はもう六十八、其妻は五十九になった。亡き父母の享年よりも既に数年を越えている。官職に在る事二十年実業界に在る事又更に十幾年、退隠してから既に早や三年になった。啻《ただ》に父母のみではない。自分より年上のものは叔父も叔母も知友も皆世を去った。児女は成長して一人一人に膝下を去り今は遂に居残るものもない。

長男は結婚すると間もなく新に家を建てて別居した。次男は地方の県庁に勤めている。三男は今日の朝洋行した。娘は二人とも嫁に行った。庭ばかりでも二百坪からある広い邸内に残るものは老夫婦二人のみである。

老人は白魚の吸物を二杯までかえたが、飯は軽くよそって二杯ときまっているので食事は忽ち済んでしまう。夫婦とも歯が悪いので香の物はたべない。給仕の女中は十六の時から今年二十三になるまで使われているので、二杯目の御飯をよそうと黙って飯櫃から先に片付けて行く。老夫婦が湯呑から番茶を一口飲み火鉢の火に手をかざした時には膳は二つとも既に運去られて、八畳の間は一際がらりとしたように思われた。二人は再び顔を見合した。

雨は夜と共に降増って来たものと見えて、一時杜絶えた点滴の音のみならず庭樹を揺る風の音につれて雨戸ががたがたしだした。

「大分風が出た。また電燈が消えなければよいが。」

「この位な風なら大丈夫で御在ましょう。それよりか何ですかいやに蒸すようで御在ますから、地震でもなければよう御在ます。」

「梅の散る時分にはどうも時候が狂うものだ。いつだったか彼岸前に雪の降った事があったな。」

老人はその時鼠の走る音に天井を見上げた眼を床の間の方に移した。床の間には松飾に雪のつもった画幅の懸けられてある下に、盆栽の木瓜がもう散るばかりになっている。

「これは正月の掛物だ。すっかり取替るのを忘れていた。」

「わたくしも、どうしたんで御在ましょう。今年は清子がいませんから加留多会もしませんし御雛様もないものですから。」

「気のついた時取替えて置こう。また忘れてしまうから。わたしの座敷から何か持って来てくれんか。何でもよいよ。画より字の方がよいだろう。」

老妻は静に座を立って縁側の端なる老人の居間から箱に入れた掛物を二本ほど持って来

た。

「どれがよろしいのかわかりませんから。」

老人は目を細くして箱の蓋を燈火にかざしながら、「これでよい。小島男爵の書もしばらく拝見せんから。これにしましょう。」

老妻は正月の画幅を下して箱の中にしまうと、老人は新に掛けた書幅の文字を読下しながら、

「男爵も此の時分はまだ御盛《ごさかん》であったな。丁酉《ていゆう》の歳季春《としきしゅん》というとわしが辞職する前の年だ。」

小島男爵というのは老人が勤めていた官省の次官で後に大臣にもなった。現在は宮中顧問官である。老妻も首をのばして床の間を眺めていたが、

「去年の今時分で御在ましたね。あの新聞の騒ぎは。何ですか今だに真実のことだとは思えません。」と言った。

男爵の令嬢が書生と家出した事件は一年過ぎた今日に至っても時折婦人雑誌の紙面を賑す材料にされているのである。

「魔がさすというのはああいう事だろう。」

「それを思うと宅なぞはほんとに仕合せでございます。不足をいう事は御在ません。」

「そうさ。娘は二人とも無事に片付いてしまったのだからな。」

風の向が変ったのか雨戸一面に雨の吹付ける音がした。老人は不安らしく振返ったが、また独語のように、「片付くとはよく云ったものだ。清子が嫁に行く時は荷物が一ぱいで廊下もうっかり歩かれん位だったな。」

「ほんとにそうで御在ます。長雄《ながお》がお嫁を貰います時も随分大騒ぎで御在ました。」

「そうさ。然しもう皆片付いてしまった。わしとお前二人きりならもうこんな広い家にいる必要もないだろう。」

「そうで御在ます。それに此頃は世間でも何ですか人の住む家や地面がないと云っているようで御在ますから。いっそ小じんまりした家の方がよいかも知れません。」

「そうさな。この屋敷を買った時分には長雄が嫁でも貰ったら建増しが出来るようにと思って裏の空地まで一所に買って置いたのだが、いらん事だった。」

「この節の若い夫婦はみんな自分の好きな新しい家の方がいいと申しますから仕方が御在ません。」

「寅雄も洋行から帰って来て嫁を貰ったら矢張別に家を持つだろうな。」

「それは無論そうで御在ましょう。姑と一緒だなぞと申しましたら此頃では嫁に来るものは御在ますまい。」

「そうして見ると妙なものだな。小島さんのお宅のことなぞは、何が仕合せになるか知れん。此の間も男爵家へ出入をする医者の話だが、家出をしたお嬢さんは今では別の人のようになったというじゃないか。御両親の傍で女中と一緒に家の用をして居られるという事だが、妙な事になるものだ。」

「家の子供や娘はあんまり学問ばかりさせ過ぎたせいかも知れません。為子《ためこ》も此頃は日曜日でもさっぱり遊びに参りませんね。」

「子供が二人になったからいそがしいのだろう。そう又実家《さと》へ遊びに来るようでも心配だろう。」

「それもそうで御在ます。」

二人は顔を見合せて再び淋しく笑った。奥の間から置時計の鳴る音につづいて鉄瓶の湯のたぎる音が聞え出した。

「すっかり忘れていた。紹介状を頼まれていた。」

老人は火鉢の縁に両手をつき、退儀そうに座布団から腰を上げた。老妻は火鉢の火を丁寧に埋めた後茶の間の電燈を消し、奥の間の障子から縁側へとさす燈火をたよりに足音しずかに居間の方へと歩いて行った。

大正十一年四月稿

二人妻

一

耳元近く目白の鐘が夜半過の一時を打ったのも早や小半時も前のことである。女中は仲働に小間使の二人とも十二時を打った時先へやすまして、千代子はたった独り、八畳の間に敷延べた夜具の傍の置炬燵に、二月半の夜の寒さを凌ぎながらまんぢりともせず良人の帰りを待っていた。

今朝出掛けに良人は横浜まで行く用事があるから帰宅はおそくなる。待たずに先へやすんでいるようにと言ったのであるが、どうしてなかなか先へ寝られるものではない。夜の静になるにつれて目はいよいよ冴えて来るばかり。心あたりの待合へも既に二三軒電話をかけて見た。気がいら立ち目が冴えるにつれて千代子には良人の横浜行がだんだん虚言らしく思われて来る――忽ち又打って変って良人の身に何か間違でも出来たのではあるまいか。汽車か電車に間違でもあったのではなかろうかと居ても立っても居られないような心持になって来るのであった。

あたりには都新聞に報知やまと朝日なぞの夕刊が五六種と、演芸雑誌の外に歌集や小説も幾冊となく散乱しているが、いずれも宵の口から読みあかしぬいた後である。羊羹もお煎餅も黒砂糖のブッ切飴も水菓子も、もう甘ずっぱいおくびの込み上げて来る口へは入れようがない。針仕事は昼一日肩の凝るほどしてしまった。良人の部屋の掃除は畳のささくれまで挘《むし》って机の抽斗までも片づけた。厠の手拭も取り変えてしまった。電気燈の球と笠も拭いてしまった。もう今更気をまぎらす仕草はない。時計の音が恐しいほど音高く耳につくと共に、深夜の寒気が剃刀で撫るように襟元に浸み渡る。さっきから幾度火鉢へ炭をついだかわからない。その度にどれほど鉄瓶へ水をさしたかわからない。炭取はまたしても空になった。炬燵の火も今はどうやらぬるくなって来た。

千代子は火鉢へさした火箸を取って、掛蒲団をまくり埋めた火を搔立てようとすると、櫓の上から琉球紬に浴衣を重ねた良人の寝衣の片袖が、だらりと女優髷に結った千代子の顔の上に落ちかかったので、静にそれをのけようとすると、どうしたはずみか、袖口の縫糸が髷のピンにからまってなかなか取れない。稍しばらくしてやっと顔を上げた時、千代子はきりきり歯ぎしりをして、良人の寝衣を力まかせに引摺り出し、びりびりと半分ほども其の袖を引き破って夜具の上に叩きつけた。あまり力一ぱい叩きつけたので、千代子は中腰に立上った身体の中心を失い、寝衣と共に前へのめって倒れた。そのまま千代子は寝衣にしがみついて幽に声を立てて泣き出した。

千代子は今年二十五である。三年前二十二の時、其の父とは同業の弁護士藤川法学博士の長男藤川俊蔵の妻になった。俊蔵は市俄古大学の出身で父と共に関口の屋敷から南佐柄木町の法律事務所に通っていたのである。最初竹川町の交詢社に催された音楽会で見合をした時、俊蔵の方では千代子のすらりとした姿の殊に撫肩の形よく、真珠とルビイの指環をはめた指先の長くしなやかな処は日本の女には珍らしいようにも思った。また其の面長の色白く鼻の高い容貌は愛嬌には乏しいかも知れぬが、泣脹したような一重瞼の睫毛《まつげ》の長い潤みのある眼とまたきりりとした口尻にも泣べそを作ったような処のあるのが、全体の表情に言われぬ幽愁の趣を帯びさせている。それはこの婦人の感情も官覚も共に平凡遅鈍でない証拠のようにも思われた。今でこそ却てあれがヒステリイ性の特徴だったと少し後悔もしているが、初めて見た時には俊蔵はまずこの女なら友達に見せても恥しくはあるまいと思ったのである。

千代子の方でも俊蔵の丈高くあまり痩せてもいず肥満しても居ない釣合のいい体格に、仕立のいいモオニングコオトを着た風采、眉の濃い目の大きい色の浅黒いきりりとした面立、貴族らしくもあれば外交官らしくも見え、心から理想の人だと思込んだのである。それに加えて藤川の家には老父母の外には間もなく大学を卒業しようという弟が残っているばかり、一人の妹は既に他へ縁付いているとの事。千代子はこんな良縁は他をさがしても又とあるべきものではないと思った。結婚した冬に舅の老博士は死しつづいて其の翌年に姑も亦世を去った。弟は去年の秋或銀行の上海支店へ行ったので、後は全く夫婦二人ぎりとなった家庭の幸福は誰の眼にも羨しく見えてよい筈である。それは千代子自身にもよくわかっている。よくわかって居るだけ千代子はいつからともなく良人の帰宅が兎角晩くなり勝ちになって来た事が、堪え難いばかり気にかかってならないようになった。一時自分ほど幸福なものは世にあるまいとまで思った其の反動として、今は殆ど理由なく際限なく自分ほど不幸な悲惨なものはないような気がして来るのである。漠然として恐しい悲運が前途に横っているような心持がするのである。良人の帰宅のおそいのは交際や所用の為めばかりでない事はもう言わずとも知れきっている。然し三年過ぎた今日まで、千代子はいろいろに手を廻して探っては見たが、まだどうしても確とした事情がわからない——これはと思う芸者も女優も見当らないのであった。

千代子は手足の先が凍えてしまうのもかまわず良人の寝衣にかじり付いて泣いて居たが、涙と水洟とを啜り上げる途端、ふと焦げくさい匂がしたので、流石に驚いて起き直った。先刻のさわぎで掛蒲団の端が消えかかった炬燵の火の中に這入っていたのである。千代子は障子を明け掛蒲団を縁側に抱え出して焼焦しを揉み消していた。すると突然深夜の寂寞を破る自動車の響に犬の驚いて吠える声。門のくぐりを明ける音と砂利を踏む靴の音。千代子は夢中に玄関へかけ出して障子を明けた。風のない凍った夜の中にパッとさす家の燈火に良人は稍驚いたように、

「千代子、まだ起きていたのか。」とすぐさま大股に敷台へ歩み寄った。

「あなた。」と声をふるわして言ったきり、千代子は良人が不意を喰ってすこしよろめいた程力まかせに抱きついた。ばたりと西洋櫛がはずみを打って石の上に飛ぶと共に、女優髷が男の胸の上に崩れかかる。帯はいつか解けて羽織の下から引ずっていた。

俊蔵は眉をひそめて、「おい、誰か来るといかんよ。」と言ったが、何と思ったかすぐに優しい調子に変えて、「千代子、さぞ寒かったろう。」

軽く千代子の背を叩きながら、とても靴をぬぐ事はできないので俊蔵は千代子の身を抱きかかえながら土足のまま玄関の上へあがって、無理に胸の上から千代子の顔を押放して接吻しようとした。

「いいえ。」と千代子は駄々をこねる赤児のように首を振り、「お義理にそんな事して下さらなくっても能う御在ます。」

「そんなに怒るもんじゃないよ。酒くさくも何ともないじゃないか。今日はお前呑むどころの騒ぎじゃない。」と編上靴の紐をとき始めて独言のように、「終列車に乗ったもんだから、万世橋にゃタクシも何もないんだ。実に驚いたよ。やっと見つけて乗ったら江戸川でパンクさ。こんなに晩くなると思えば始めっから家の車をよこして貰うんだった。」

「いつだってお迎の車はいらないんですから。いっそよした方が宜うござんす。ほんとに無駄ですもの。」

千代子も矢張独言のように言いながら敷台に置いた良人の折革包と自分の落ちた櫛とを取上げたが、その時誰か起きて来るような物音がしたので、二人はそのまま静に寝部屋へ這入った。

障子が一枚明放しになっていて、炬燵の蒲団は裏返しに縁側へ投出され、夜具の上には寝衣がさんざんになっている。この有様に驚いたのは俊蔵よりも寧ろ千代子自身であった。俊蔵にはこの位の狼藉はもうさして珍しくはない。千代子は玄関先の寒い風に当って大分気も静った今となっては、流石に気まりもわるく、又何ぼ何でも良人に対して申訳がないような気になり、座敷の入口の屏風の前に立ちすくんで崩れた髷を押えながらそっと俊蔵の気色を窺った。

俊蔵は外套をぬぎすてながら軽く笑って、「女中が起きていなくって仕合だ。乃公《おいら》はいいがお前が笑われるからね。」と蒲団のない炬燵櫓を却て便利だというように腰をかけてボタンをはずし始めた。

千代子はしおしお歩み寄って良人の膝に手を載せ、「あなた。堪忍してください。」

俊蔵はこれで事が済めばまず無事だと思ったばかりではない。いつも脹れぼったいような一重瞼の眼に一ぱい涙をたたえて、じっと見上げる其の横顔と髪も姿も乱れた形、艶しくもあれば又気の毒にもなって、膝に縋った其の手を握り、

「お前、どうしてそんなに淋しがるんだろう。途中で電話をかけようかと思ったんだけれ

ど、外に人もいたし用もあったもんだからね。」

千代子の眼からは長い睫毛をつたわって涙が一滴頬の上に流れた。俊蔵は千代子が其の袂を取るより早く片手でハンケチを取出して拭いてやりながら、

「千代子、もう早くおやすみ。洋服は明日の朝でいいよ。いつまで起きていても仕様がない。風邪を引くよ。」

「いいえ、大丈夫です。あなたのお寝衣をあっためましょう。これじゃ召されませんもの。」

千代子は良人のハンケチを取ってすっかり涙を拭いてしまうと、忽ち別の人のようになって、炭取と鉄瓶とを両手にいそいそと隣の茶の間の方へと立ちかけながら振返って、

「あなた、何にも召上りたくはありませんか。」と言った。

二

俊蔵は毎朝九時に関口台町の家から抱車で南佐柄木町の法律事務所へ通う。時々は飯田橋から有楽町まで院線電車に乗ったり、また江戸川端からあまり乗客の雑沓しない時には市内の電車に乗ることもあるが、いずれにしても時間がかかって不便な処から、いっそ他へ引移《ひっこ》したいとも思っていた。然しそれは控訴院の判事をしている頑固な叔父が、故なく

父の旧邸を売るのはよくないと反対するのでまだ其の儘になっている。いまだに自動車を買入れないのも矢張この叔父の手前を憚った為めであった。もともと俊蔵の父は弁護士には似もつかぬ極めて質素な学者肌の人物だったので、南佐柄木町の事務所の如きも明治初年に建てられた煉瓦造の二階家を借りて内だけ造作を変えたばかり、年々近所の家屋が改築されるにつれて今では随分見すぼらしく見えて来たが、然し其の業務に至っては、さすがに人望と信用のあった老博士が多年基礎を固めて置いたおかげで、言わば若輩なる俊蔵の代になっても以前と少しの変りもなく、二三の大会社や商店から法律顧問の依頼をも其のままに受継いでいる。

尤も事務所には父のいた時分から既に年輩の弁護士が二人通勤している。二人共もとは父の家の学僕であったが、その一人の佐竹というのは学生の頃から秀才といわれた男で、博士にはならぬが私立大学の講師をも嘱託されている。又熱心な基督《キリスト》教の信者で世間にも名を知られ同業者の間にも重じられている処から、藤川の法律事務所も佐竹の居る間は信用の落る気遣はないと評するものもある位であった。これは俊蔵もないない気がつかないのではない。俊蔵はもともと高等学校の入学試験に合格する事が出来なかった処から、私立の或大学をも中途でよして米国へ留学したような訳なので、勤直な佐竹の目から見ると、業務に対しても決して怠るという程でもないが然しまた熱心ともいわれない。まずあり来りの事務をあり来りのように取扱って行くというの外はない。

佐竹は殊に俊蔵が職業以外の宴会や倶楽部なぞには誘われれば大抵出掛けて行きながら、肝腎な弁護士大会を始め政治的社会的使命を帯びた集会にはほんの義理一片に顔を出すだけで何の意見も吐いた事はなく、唯にやにや笑っているばかりなのを見て、今の世の中は何につけ最少し積極的に乗り出さなければ損だからと、いつもそれとなく忠告したり激励したりするのであった。議員選挙の候補にも其の成敗は兎に角一度は立って見た方がよくはないかと勧めた事もあった。弁護士なぞという商売はいつも世間に名を知られる機会を逸しないように気をつかっていなければならないと云うのである。この意見に対して俊蔵は決して反対した事はないが、さりとて実行しそうな風も見せないのであった。

事務所にはもう一人鶴崎という弁護士がいる。矢張以前は藤川家の書生であった。女中の袖を引張る癖があったので度々博士の夫人に心配をかけた男だけになかなかの遊手である。鶴崎は俊蔵の優柔不断な事を貴族的だと褒めている。吾々苦学生のように生活と奮闘することの出来ないのは無理もない話だと同情らしいことも言っている。老先生がウンと財産を作って置かれたのだからもうそんなに齷齪《あくせく》する必要はない。既に恒産あるものが働かずにいるのはつまり此れから恒産を作ろうとするものにそれだけの余地を残す理窟だから、それも云わば社会奉仕の一端かも知れぬと面と向って冗談もいう。又或時は「どうです、俊君。今日あたりは、お宅の方さえお差支がなかったら行って見ようじゃありませんか。」なぞと正面から遊びをすすめる事もある。

事はない。

然し俊蔵は勤直な佐竹の忠告通りにならないように、鶴崎の誘惑にもおいそれと乗った

「何だね君、待合も席料を取るならもう少し畳を掃除して置いてもらいたいね。足袋の裏が汚れてたまらない。」と言ったり、「芸者も物価につれて実に高くなったものさね。」或は又、「今時分行ったって碌な芸者は来なかろう。」などと文句だらだら、結局行くにしても自分から進んで行くのではない。附合で已むを得ないというような態度をするのが俊蔵の癖であった。

然し鶴崎は兎に角クリスチャンの佐竹とは違って何の遠慮もいらない処から俊蔵には却て打明けばなしの相手になる事も少くなかった。

「今日は何だか眠くていけない。昨夜はまた弱らせられた。」と俊蔵はその日丁度佐竹が早昼飯をすませて私立大学の講義にと出掛けて行った午後のこと、事務も大抵すんでしまったのでデスクを向合せにした鶴崎へ話しかけた。

何やら謄写版で摺った書類を見ていた鶴崎は伸びをするように反り返って両手に頭を抱えながら、「昨夜お出かけでしたか。」

「横浜へ呼ばれていたじゃないか。帰りの電車で辰龍と桃助とそれからまだ二三人居た……。」と俊蔵は次の間に給仕の書生か誰かいはせぬかと首を伸しながら椅子を立って、「横浜の芝居へ行った帰りだっていうのだ。新橋へ来てから鳥渡《ちょっと》寄ったもんだからね、家

へ帰ったのはとうとう一時過さ。非常な低気圧だったな。」

「どういう訳でしょうな。そんなに気になさらんでもいいんですがな。家の鼻と比較しちゃ失礼かも知れんが、家の奴なぞは今じゃもうぼけて居ますがね、先の中でもそうやかましく言いませんでした。尤も僕があんまり烈しくやるせいで麻痺してしまったのかも知れません。」

「君のところは子供が大変だからね。余程ちがう。」と瓦斯ストオブの傍へ佇立んで葉巻に火をつける。

「お宅ではまだどうして出来ないんでしょう。僕の知っている限りでは、あなたはまず健全でしょう。奥様の方があんまり神経質のせいかも知れませんな。」

「去年あたりから殊にはげしくなったようだな。少しおそくなるとどうもいかん。」

「それじゃ滅多にお屋敷へは伺えませんな。暫く御無沙汰して居りますが、大先生の時代から信用のない事は夥しいものですからな。」

「もうそんな事はない。機嫌のいい時はさばけた事を言っているから。」

「そうですか。然し御婦人のさばけたのは実は当になりません。心からさばけてしまえば却てさばけた事なんぞ殊更に言わないようになるものです。」

「うむ。それア真理らしいね。」

「そこへ行くと女よりも男の方が余程正直です。うまく聞かれると男は調子に乗って泥をはいてしまいますがね、僕の経験じゃ女にほんとの事を言っちゃいけませんな。見え透いた虚言でもかまわ無いから、嬉しがるような事を言っているのにかぎりますな。」

「ははは。それで君の家庭は平和なんだね。」

「平和という事もないですが兎に角邪魔にもなりませんな。僕は酔払って帰ろうがよし又泊ったにした処が決して遊びに行ったとは言わないのです。その方がたしかに結果がいいです。」

「佐竹君の家もなかなか猛烈だったそうだね。此頃はもういいだろうが。」

「あれは例外ですな。あの勤直家をつかまえて何の彼のと言っていたんですからな。ああなっちゃもう病気ですな。どうも。」

梯子段を上って来る麻裏草履の音がして十四五になる書生が扉を明けて、

「女の人が来ました。」

出し抜に言われたので俊蔵も鶴崎も驚いたようにその方を見返った。

「あの……新聞の広告を見て来たんだそうです。」

「何だ。募集した事務員か。」と鶴崎は書類の上に落ちた巻煙草の灰をはたきながら、それを片寄せて、「どんな女だ。これまで居た坂田見たような女か。」

書生は困ったような面持で、「もっと痩せているようです。」

「兎に角会って見よう。」と頤で隣の間へ通すように言いつけて椅子を立ち、「たいして経験がなくてもいいでしょうな。電話の取次さえはっきり出来たら。」

「そうさ。」

「給料も先の位でいいでしょう。尤も会って見た上の事ですが。」

隣の応接間へ通る跫音がしたので鶴崎は咳払をしながら事務室を出て行った。

俊蔵はやはりストオブの傍に立って窓の外を見ていたが、電話の鈴の鳴り出す音に壁際へ立寄って受話器を取り、

「もしもし……ああ千代子か……私だよ……これから出掛けるのか……そうか……もう別に用もなさそうだから、わたしも時間を計って行こう……それでは左様なら。」

俊蔵は前々からその日は妻の千代子と帝国劇場へ行くことになっていたので、電話を切ると共に時計を見た。

三

幕が下りると舞台の横手に休憩二十分という掲示が出た。幕毎に席を立つ癖のついた帝国劇場の見物は、ぞろぞろ廊下へとあふれ出して思い思いに場内の飲食店へ入込む。俊蔵と千代子も群集に押されながら食堂へ下りて行った。然し食卓はもう大抵ふさがっている。あいているのにはお客の名をれいれいしく書いた先約の札が立ててある。

千代子は入口の階段から中を見渡して、「掛けられそうもありませんね。二階の方へ行って見ましょうか。」

「どこも込んでいるだろう。まア這入って見よう。」と俊蔵は駄目とは知りながら階段を降りた。

俊蔵は独りこの帝国劇場ばかりには限らない、芝居はどこへ行っても食事の不便なのと粗悪なのに閉口している処から、今日はあらかじめ事務所を出る前、時間も丁度三時過ぎた頃であったのを幸、風月堂からサンドイッチを取寄せ、鶴崎と二人で黒ビィルを一本飲んで来たのでまだ空腹にはならない。それに又俊蔵はさして芝居がすきというではない。来て見れば相応に面白いと思う事もあるが、自分から進んで見ようという気はないので、芝居見物はまず細君を慰める良人の義務としているのである。

「よしましょう。あなた、後でまた来ましょう。」と千代子は良人が洋服の袖を引張った。千代子はボオイが自分等二人が立っているのを見ても一向に空いた食卓を見付けようともせず、又俊蔵が二三度通りがかりのものを呼んでも、急しそうに行ってしまうので、殊には椅子にかけている人達から一度に見られるような気もする処から一度下りた入口の階段をまた上りかけた。その時廊下の方から此れも其の良人らしい人と連立った二十四五の丸髷に結った女が千代子の姿を見て、

「あら、しばらく。もうお済みになりましたの。」

「いいえ、あんまり一ぱいですから。」

「それじゃ、あなた。あたくし達のテェブルが取ってある筈ですから、おいやでなかったら、御一緒になさいましな、わたくしと家の人だけで御在ますから。」と丸髷の婦人は千代子と俊蔵の二人のみならず其の良人の意向をも伺うように等分に三人の顔を見た。

「ありがとう御在ます。後でもよろしいんですよ。」と千代子も亦俊蔵の様子と共に相手の良人の様子を見た。

二人の細君はもともと女学校からの友達で同じ年に卒業して各結婚してしまった後も学校の同窓会で一年に一度は会う機会がある。今日のように偶然芝居や三越なぞで会った事もあれば、同じ電車に乗り合した事もあった。然し結婚した先へはお互にまだ尋ねに行った事はなかったので、従って其の良人達にはまだ知合いにはなって居なかった処から、どうしたものかと躊躇した訳である。

良人の方でも一人は弁護士一人は病院長という異った職業柄、各自その細君からの話でわずかに其の名前位を知っているのに過ぎなかった。然し女同士の親密な様子に自然と遠慮なく先に口をきったのは院長である。

「御一緒にいただきましょう。さ、どうぞ此方へ。」

「それじゃ御迷惑でもそう願いましょう。」と俊蔵も快活に返事をした。

院長はボオイを呼止め其の案内で、川橋様と先約の札をつけたずっと奥の方の食卓へと俊蔵夫婦を導いた。

「始めてお目にかかります。お名前は承知して居りますが……。」

「いや、わたくしも。今日はいい機会でした。」

二人は挨拶して椅子につきながら細君達にも一寸会釈して明い食堂の灯にそれとなく其の様子を眺めた。男の目には他人の細君は大抵自分のものより一段よく見えるが常とて、川橋院長の眼には千代子が裾に模様のある濃いオリイブ色の紋付に荒いお召の二枚襲を着た姿は舞台に見る女優よりも晴れやかに艶麗に見えた。それと同じように川橋の細君玉子の、年にしてはすこしジミ過るかと思われる藍縞小紋の羽織に飛白縞の金紗お召の二枚襲、藤色の手柄をかけた少し薄手の丸髷は、俊蔵の眼にはいかにもしとやかに可愛らしい女のように映じた。それも無理ではない。二人はまるで異った型の女である。千代子のすらりと痩立なのに対して玉子は十四五の小娘ほどの身長しかない極く小作りの女で、顔も手先も身体に応じて皆小さく出来ているが、然し肉付は却て千代子よりも豊であるらしい。皮膚のこまかい色の白い円顔の頬は物言う毎に靨《えくぼ》のよるほどふっくりとしているし、頤《あご》は二重のくくり頤である。かなり衣紋をつくっているが髷の髱《たぼ》が彼の襟元へつかえるので頸《くび》も短いらしく、何処となしに精巧な御所人形を見るような心持のする愛嬌に富んだ女である。

良人の院長も変り地のモオニングコオトが長々と見える程身長の低い肥った人で、小児科専門という其の商売柄かも知れぬが始終にこにこしている円顔は、額の広い上に髪も大

分禿げ上っているので一層円く見える。然しその血色や軽快な挙動から年はまだ四十にはなるまい。元気のいい調子で、

「藤川さん。何か上りませんか。日本酒はいかがです。何か飲むものがないと淋しいですな。」

「私はウイスキイか何かにしましょう。」

「そうですな。とてもこの様子じゃゆっくり一杯という訳にも行かなそうですな。」と院長は椅子から少し腰を浮して頻にボオイを呼ぶ。

「玉子さん。赤さんは。さぞかわゆくお成りでしょうね。」

千代子の言葉を機会に俊蔵も始めて玉子に話しかけた。

「おいくつにおなりです。」

「丁度三つになりました。」と玉子も良人と同じように始終にこにこ笑いながら、「牛乳ばかりでやって居りますけれど、それでも手がかかりまして仕様が御在ません。」

「いや、それアお楽しみです。」

「お宅では。お幾人です。」と院長がきいた。

「まだ一人も御在ませんの。」

「そうですか。道理でお美しい筈だ。女は子供が出来るとどうしてもふけますからな。」

「ほんとで御在ますよ。全く千代子さんはお変りになりませんね。いつ見ても羨しいよう

なお髪《ぐし》ですわ。」

「あなたこそ。ほんとにいい格好ですわね。玉子さんにお目にかかると、わたしもほんとに日本髪に結って見たいと思うんですけれど、家の近処にはいい髪結さんがありませんし。」と千代子は首を伸して隣の椅子にかけた玉子の丸髷を後の方から覗くように見ながら、

「失礼ですけど何処でお結い遊ばすの。」

「新橋で御在ます。」と玉子は一寸鬢《びん》を撫でながら髷の形を見せるように横を向きながら、

「私の方から出掛けますけれどなかなか込みますから一仕事で御在ます。」

「それでもお宅からならお近いじゃありませんか。築地で御在ましょう。」

「築地でも、あなた。明石町ですから近いことも御在ません。」

ボオイがやっと食物を持運んで来た。

幕の明く知らせのベルが鳴った時、各自の席は二階と下とに分れていたので二組の夫婦は「また後程」と言いながら廊下で別れた。次の幕間にまた席を立った俊蔵は千代子が化粧室へと這入って行ったので、一人廊下の人中に立止って煙草をのんでいたが、二人の雛妓が手を引合いながら行過ぎるのを何心なく見送る途端、出口へ近い廊下の壁に背をよせ掛けるようにして、誰やらハイカラに結った女と話をしている川橋院長の姿を見つけた。俊蔵は二三歩その方へと歩きながら行来の人の間から其の女の横顔を見ると何やら見覚が

あるような気がした。

五六年前までこの劇場の舞台に出ていた池原亀子という女優に相違ない。其の時分俊蔵は新橋辺の宴会で度々その女優とは口をきいた事もあったので、今川橋院長が話をしていたとて少しも不思議な事はない。けれども俊蔵は歩きながら不図《ふと》亀子が女優をよしたのは洋行帰りの或ドクトルと深くなって子供が出来た為めだとかいう噂のあった事を思出すと共に、何の理由もなく其のドクトルというのはあの川橋君ではないか知らという気がした。急に其の場に立止ると同時に女優は肩掛を掛け直しながら人込を分けて急しそうに出口の方へと出て行った。

俊蔵は自分が遠くから見て居たとは少しも気がつかぬらしい川橋院長の様子に、却て後から行って呼びかけるのも気の毒なような心持がしたので、反対の方へと歩いて行くと、正面の出入口からつづいた広い廊下の方から千代子と玉子とが絵葉書と簪とを買って歩いて来るのに出会った。

四

学校に通っていた頃には千代子と玉子とはそれほど親密な仲でもなかった。千代子は在学四年の間優れて成績の良い方であったが玉子はまずわるくもなく良くもないという方で、それに又家庭も全くちがっていた——千代子は弁護士の娘であり玉子は株式仲買の娘で、通学の道順も一人は麻布の狸穴、一人は日本橋箱崎町に住んでいた処から学校の門を出ればすぐに右と左へ分れるような訳で、互に訪問し合った事は在学中わずかに一度か二度ぐらいに過ぎなかった。

然し二人とも結婚して、一人は早くも母親になってから、偶然帝国劇場で互に其の良人達とも知合になって見ると、二人は以前よりも却て一倍心安くなったような気がした。それと共に過去った娘時分の話もしみじみとして見たいような心持になって、四五日たった或日の午後、まず玉子の方から先に千代子を尋ねに行った。

二月も早や二三日を余すばかりなので、千代子は丁度昼飯をすました後小間使と仲働を手助けに土蔵から雛人形を運出して、茶の間の床に雛段を組み立てて居るところであった。「あら、どうしたらいいだろう。髪もこんなだし、手もマア真黒……。」と千代子は土蔵の中の塵にまみれた両方の掌を膝の上にひろげて眺めたが、すぐ急しそうな調子で、「応接間へお通し申してね。火鉢やお茶を持って行く前に瓦斯ストオブを焚くんですよ。人気のないお座敷は寒うござんすからね。」

いつもの癖とて千代子は微細《こまか》い処にまで気をつかって一人でせかせかしながら、茶の間に残って雛の箱の塵を払っていた仲働のお由を顧み、

「由や、その箱はそのままにしてお置き。また後で手伝って貰うから、早く手を洗うお湯

を持って来ておくれ。」

千代子はいそいで手を洗って羽織だけ着換え、その紐を結びながら応接間の方へ立って行った。

応接間は十畳の日本座敷へ堺段通を敷詰め柳の枝で編んだ小判形の卓子に揃いの肱掛椅子四五脚、瓦斯暖炉の側には長椅子が据えてある。

玉子は椅子にかけて待っている間それとなく見廻す座敷の様子。床の間にいけてある小米桜に木瓜の花は自分達が学校にいた時分習った流派と同じである事から、たしかに千代子が活けたものだと思った。綺麗にいろいろな物を載せた書棚の上の一輪挿に、白いカアネエションの花のさしてあるのをも玉子は直に以前から千代子の大好きな花であった事を思合せた。長椅子の上に小蒲団がいくつも載せてある中に千代子が慰みに縫ったとおぼしい花形の刺繍をしたのが目に立つ。取分け良人のネキタイらしいものを丹念に縫合はして作った小蒲団を見た時、玉子はいかに千代子がこの家の主婦として幸福平和な月日を送っているかを想像したのである。

閉めきった障子には二月末の静な日光が庭木の影をうつしている。下町に住む玉子の目には障子の紙の塵にも汚れず新しいままになっているのも何となく物珍しいまで心持よく思われる折柄。さらさらと竹に戦ぐ風の音と共に、見えない庭の方で小鳥の囀る声。

「ほんとにお静でよう御在ますわね。」と玉子は千代子の姿を見ると、挨拶よりも先に住居の事をほめた。玄関前にある山椿の花の見事なことをもほめた。

「お庭はさぞお広いんで御在ましょうね。」

「いえ、そんなでも御在ません。冬中は掃除も何もいたしませんから。」と言ったが、然し千代子は園芸の趣味もあり、又何事によらず人まかせにはして置けない性質から寒い日でも折々草箒を持つこともあるので、少しは得意の気味で障子を明けて庭を見せた。

庭は多年舅の博士が存命中絶えず植木屋に手入をさせていたので、今では全体に古びて錆がついているばかりか、年々生茂る樹木に隣の家の屋根や垣根もかくれ、往来の電信柱も遮られて見えない処から一層幽邃《ゆうすい》に見受けられた。梅は日当のよい縁先に早やちらほら咲きかけ、手水鉢の鉢前には南天の実が日の光を浴びて染めたように赤く輝いている。

「まア、ほんとに気がせいせいしますわね。」と椅子から立った玉子は障子際に歩み寄って暫く目を庭に移していたが、「あんまり静かすぎて夜なんぞお寂しくはありませんか。」

「馴れて居りますからそれ程にも思いませんですよ。」

「わたしでしたら、先から臆病で御在ますからね、昼間はよう御在ますけれど、夜雨でも降ったらとてもお留守番はできませんわ。」

「お宅はさぞお賑かで御在ましょうね。」

「病院と一緒で御在ますから一日ごたごたして居ります。そのくせ別に用という用もないんですけれど……。」言いながら玉子は再び椅子に腰をかけ、「ほんとに何処も彼処も綺麗にお掃除が出来て居りますね。よっぽどマメでいらっしゃるんですね。感心してしまいました。この刺繍もレエスも皆あなたがなすったんでしょう。」

「一日用が御在ませんもの。子供はありませんし良人《うち》一人ぎりで……それに夜がおそう御在ますからね。」

千代子はいつぞや良人の帰りの晩かった時蒲団の刺繍をしてやっと気をまぎらした事があったので、何の気もなく口に出して、すぐに心付き少し顔を赧《あか》めながら玉子の顔を見たが、すると玉子は却て相手の言葉に釣り出されたらしい様子で、

「宅でも随分おそう御在ますの。然し何か言っても仕様がございませんから黙って居りますけれど……女はほんとに損で御在ますね。」

こう言われると、虚栄心の強い勝気な千代子も今は兎や角反省している暇はない。日頃誰にも訴える事のできなかっただけに今はつもりつもった胸の思惑を一時に打明けてしまいたいような気になった。

「ほんとに女ほどつまらない見じめなものは御在ませんよ。」とじっと玉子の顔を見ながら、

「そうして見ると家ばかりじゃ無いんで御在ますね。どうして男の方はみんなそうなんで御在ましょうね。」

「それも、あなた。時たまお遊びにいらっしゃる位の事なら、それア男の方ですから仕方

がないと諦めますけれど、内証でお妾なんぞ置いたりなんかされますと、ほんとに心持がわるう御在ます。」

「お妾がお有りあそばすの。まア。」と千代子はわが事のように目を睜ったが、「先日お目にかかった時の御様子じゃ、そんな方のようには見えませんでしたけれどねえ……。」

「わたくしの片付かない前から深い関係があったのだという話なんで御在ますよ。子供もあったとかいう噂ですから今更どうしようも御在ません。」

「まァお子さんまで。」と言ったが千代子は急に動悸がして来るような気がしたので胸に手を当てながら、「やっぱり何処かの芸者……。」

「いいえ、帝劇の女優さん……今はやめて居りますの。愛宕下に囲われて居るので御在ます。」

玉子のはなしを聞いて居る中千代子はますます不安な心持になって来た。良人の俊蔵にも、今までこれぞという芸者や女優の噂も聞いた事がない処から思合せて、もしやそういう隠し妻がありはしないかという疑念が起って来たからである。

「玉子さん。あなた。最初にどうしてその事を御感付きになりましたの。」と千代子は参考の為にまずこういう質問を出した。

玉子は込入った事件の何から先に話そうかと思案するらしく上目づかいに其の眼を瞬きながら、「何しろ上手に隠しぬいていたんで御在ますからね。つい去年の暮やっとわかりましたの。大阪へ用があると申しまして出て行ったので御在ますよ。大抵月に一二度は病家や何か用をこしらえて長い時は一週間も旅行するんで御在ますがね。その時は良人が立ちました其日の事なんで御在ますよ。家の払いが御在ますから女中を銀座の銀行まで使にやりますと、じきに帰って参りまして、唯今銀行で綺麗な女の方が旦那様のお名前の書いてある小切手を持ってお金を取りに来ていらっしゃいましたと言うじゃ御在ませんか。どうしてそんな事がわかったのかと聞きますと、銀行の窓の処へ並んでいましたから何の気なしにその方の小切手を見たのだというんで御在ます。知れる時は何もかも一度に知れてしまうもので御在ますよ。いつもぼんやりした女中のくせに其の時はあなた、其の女の人が小切手の裏へ名前と所を書いているのまで、家の女中がすっかり傍で見て忘れずに覚えていたんで御在ましょう。もっとも田村町三丁目だけで番地は分らなかったんで御在ますがね、池原亀子という名前が分って居りますし、先から怪しいと思った事がちょいちょい御在ましたからね、その日の晩そっと出掛けて交番や何かできいて、とうとう探し当てましたの。」

千代子は知らず知らず椅子を前へ進めた。

「門はありましたけれど格子戸づくりの二階家で御在ましたからね。うちの人の声も聞えましたし子供の泣く声もみんな聞えましたの。」玉子はここまで語りつづけて咽喉が乾いてしまったか頻に茶を飲込みながら俯向いてしまった。

「あなた。それからどう遊ばして。お宅がお帰りになってから其の事をそう仰有いましたか。」

「どうしたらいいだろうと思いましてね。叔母の家へ相談に行きましたの。実家へ行ってそんな話をするのもいやで御在ますからね、心安い叔母の家へ参りまして其の話をいたしますと、この場合は我慢に我慢をして事を荒立てってはいけないと申しますの。女の方から強いて夫のわるい事をあばき出したように思われると却て男は意地になるものだからとそう申しますから、万事叔母にまかしましたけれど、今じゃ、あなた。その叔母ももう呆れ返って居ります。わたくしもその後は随分面と向ってひどい事も言ってやるんで御在ますよ。そのせいですか其後はあんまり泊って来ないようになりましたけれど、やっぱり手は切れませんの。」

「玉子さん。それでもあなた。ほんとによく我慢していらっしゃるわね。お察し申します。」

「考えるとしみじみ情無くなりますけれど、仕様が御在ません。今更わたくしの方からはどうする事もできないのを承知の上でして居るので御在ますからね。そうそう焼持らしい事を言っても却ていやがられるばかりでしょうし……。」

「ですけれど、あなた。良人の品行ばかしは外のこととはちがいますからね。」

「わたくしの宅なぞから見れば、ほんとに此方のお宅などはお羨しいようですわ。」

「傍から見ればそうかも知れませんけれど、内へ這入って見れば同じ事で御在ますよ。外で勝手なことをして来ながら少し何か申しますと、すぐにヒステリイだの何だのと反対に攻撃ばかりいたしますからね。男には女の真情はどうしてもわからないもんだと見えますわね。」

「何にも知らない時分の方がよう御在ましたね。もう一度学校に行っていた時分のような心持になって見たいと、しみじみそう思うことが御在ます。」

「全くですわねえ。」

二人は顔を見合わして同時に深い息をついた。静な庭の方で鴉が啼いている。

五

「あらまた時計。いけませんよ。」と枕元の懐中時計を引寄せようとした男の手を遮り押えたのは辰龍という芸者である。

一つ夜具の中に腹匐になっていた俊蔵はそのまま頤を枕の上に載せながら、「時間を見たっていいじゃないか。まだ帰るとも何ともいやしない。」

「そんなら時計なんぞ見ないで頂戴。いつだってちゃんとお帰しするじゃないの。え、フウさん。気がせくからちゃんとしてお休みなさいったら。」

「うむ。」と言ったが俊蔵は矢張り枕の上にその頤を載せていた。

「いくらお留めしたいと思ったってね。わたしにはそんな我儘を言う資格がない位の事はね、何ぼ馬鹿でもわかってますからね。安心していらっしゃいよ。」

「もう御免だよ。厭味はよせというのに。」

「お引留めしないからいい事よ。少し位いい事よ。」

「あんまりよくもないよ。折角遊びに来てさんざ厭味を言われてさ……。」

「お宅へお帰りになって奥様にですか。ああ口惜しい。」

「あ痛いッ。乱暴だなア。」

「痕がつくと大変でしたわね。」

「それこそ罪悪露見だぜ。」

「ほんとに大丈夫か知ら。御免なさい。」と辰龍は男の二の腕に残った自分の歯の痕を撫でながら眺めた。

「察しるがいいよ。僕の身になって御覧。遣瀬がない。」

「口先ばっかり。それでも今夜は珍らしく電話がかからないことね。」

「今夜は有楽座へ行っているから。」

「あらそう。何があるの。」

「研精会か何かだろう。」

「それじゃ十一時頃までいいわね。たまだからほんとにさ。少しゆっくりしていらっしゃいよ。」

「十時としよう。その代りこの次は昼間から来よう。」

「ええどうぞ。お気が向いたら。当にしずに待って居るわ。」

「馬鹿に信用がないんだな。」

「普段の仕付がよくないからよ。女は正直ですからね、何でも初が肝腎なのよ。」

「それじゃ始ッからこんな正直なお客はありゃしない。泊れない理由もちゃんと始ッから打明けてあるしさ。公明正大なものだ。」

「まったくね。お宅の首尾をかこつけにして、わきへ行らっしゃるような、そんな悪い事は決してなさいませんからね。」

「おや、妙なことを言出したな。」

「今までわるいから黙っていたのよ。然し随分口惜しかったわ。」

「日本橋の一件ならとうに止めちまったから何と言われても平気だ。」

「虚言ばっかり。あなたの方がよす気でも先が承知しませんとさ。ちゃんと知ってますよ。」

「それでもよしたのは止したと言うより仕様がないだろう。日本橋の人に聞いて御覧。」

「どうしておやめになったの。」

「別に理由はないさ。もともと何でもないんだから。」

「あんまり仲が良過ぎたせいでしょう。お互に痴話がこうじたのね。そうでしょう。」

「何をいうんだ。実はそう方々遊び歩いても居られないからな。それでよしたのさ。」

「フウさん、一体あなた幾人お馴染がおあんなさるの。」

「一人きりさ。お前だけだよ。」

「よして頂戴よ。誰がほんとにするもんですか。」

「そら御覧。いくら真実の事をいっても皆うそにしてしまうじゃないか。冗談は置いて全くもうそんなに遊んで居たくないんだよ。日本橋は始から義理で行ったのだからね。待合も義理。芸者も義理。お客もああなると辛いさね。」

「義理であの位なら、どうでしょう。義理でなかったら大変ね。」

「まずお前と乃公《おいら》見たようなものだろう。来るたんびさんざん厭味を言われながら懲りずに来るようなものだ。傍から見たら見っともない話さ。」

「まったくね。芸者のくせに厭がられながらくッついてるなんて、全く見っともないわ。」

「いい加減にお前もよした方がいいかも知れないね。」

「何ですフウさん。そんなに私の事が御迷惑なの。」

「怒ったのか。冗談だよ。」

「半分は冗談、半分は本気でしょう。ちゃんとわかってますよ。私が何か面倒な事でも言やしないかと義理で入らっしゃるのはよく分ってますよ。ねえフウさん、こんなつまらない芸者でもね、あなたの御迷惑になるような事は決して致しませんからね。おいやならお厭でかまいませんよ。はっきり男らしく仰有って下すった方が心持がようござんす。」

「お前の方からそう妙なことばかり言うなら仕様がない。僕の方じゃ何とも言わないのに。」

「口で言われるより仕打で見せられる方がつらいものよ。」

「お前今夜余程どうかしているぜ。兎に角その話はこの次にしよう。今夜はもう勘弁してくれ。」

俊蔵は階下の時計が十時を打つと女にはかまわず先へ起きてさっさと帰る支度をした。この二三日引きつづいて暖過る程の陽気に、俊蔵は車もいいつけずその辺から電車に乗ろうと歩いて行く道すがら、あの芸者もああいろいろな事を言出すようになってはもういけない。気の毒だがもうそろそろ河岸をかえる時分だろうと思った。

俊蔵の芸者というものに対する希望は飽くまでたわいなく面白可笑しく遊びたいというのである。殊更情事の関係なぞも見透いて軽薄にならない限り又情味を損わない限り何処までも淡白洒落であってほしい。男の方からは強いて女の秘密を探ったり訐《あば》いたりしない代り、女の方からも事の起った場合あんまりムキになって怒ったり泣いたりなぞしないようにして貰いたい。万事さばけて垢抜がしていなければ芸者の値打はない。あの辰龍はもう呼ぶまい。その中待合のかみさんに頼んで綺麗に手切をやって貰おう……丁度数寄屋橋まで来たので川向を見ると、有楽座にはまだ灯がついていた。長唄研精会はまだ済まないと見える。俊蔵は千代子よりも今夜は先に家へ帰れる訳だと思うと、自然に気がゆっくりして、巻煙草に火をつけながら空いた電車の来るのを待っていた。

「若先生。」とその時後から呼ぶものがあるので振返ると事務所の佐竹弁護士である。

「どちらへ。」と問われて俊蔵はまさか待合からの帰りとも言われないので、

「君は。」と問い返した。

「つい其処の教会で講演会があったもので、その帰りです。」

「何か演説したのかね。」

「はあ。法律の制裁と国民道徳の精神という題で一時間ばかり弁じました。先月青年会館でやった演説と大体は同じような問題です。」

身長の低い佐竹は鼻先へ滑って来る近眼鏡を気にしながら眉の濃い四角な顔を突出しどうやら講演の概略を弁じ立てそうな様子に、俊蔵は折好く来掛る電車を見付けてわざと周《あわ》章《て》てた風で其の方へと駈け寄った。佐竹もつづいて電車に乗込んだが腰もかけぬ中から、

「兎に角現代の日本人は政治や社会問題よりももすこし品性を高尚にする事が必要です。も少し真面目にならなければ社会問題も普選運動もお話にはならんです。」

電車の中には夜学校の帰りらしい学生が三人ばかり、弁当箱のような包を抱えた車掌が

二人、事務員らしい若い女が一人隅の方に乗っているだけなので、佐竹は北国訛の失せない高声で、

「その中あなたにも何か演説をしていただきたいと教会の委員から頼まれて居るのです。毎月一人ずつ宗教家以外の方に社会的知識を得るような講演をお願いしているのだそうです。」

「何か考えて置きましょう。」と俊蔵は生あくびを噛みしめて、「然し僕はどうも演説や講演は得意でない。弁護士で饒舌ることが嫌いじゃあ全くいかんと思うのだがね……。」

「いや、真実の雄弁家というものは却て平素沈黙寡言の人に多いそうですから。」

「それじゃ鶴崎見たような冗弁家は望みがないわけだね。」と俊蔵は唯上の空で応答しながら車内の広告に眼を移すと、化粧品の広告に芸者風の女の顔が描いてあるのを見て、俊蔵はいよいよ辰龍をよすとしたら其の代りに誰を呼んだものかと今まで見た芸者のことをいろいろに考え始めた。

「あなた。カルノオの雄弁論というのをお読みですか。非常に面白いものですな。弁舌という平和の武器は聴衆の群集心理を洞察する事が勝利の第一歩だと言うですな……。」

俊蔵は佐竹が何か熱心に論じ出したら中途で横槍を入れても無益である。論じたいだけ論じさせてしまうより道のない事を知っているので、「うむ成程、そうかね、そうかね。」と感心したように合槌を打つ。それと共に俊蔵は今更のように佐竹の四角な顔を打眺めた。

佐竹は程なく五十だというのにいつも学生のように何か新しい本を読むと直ぐに感激して、無理遣りにも其の感激を傍の人に伝えようとする。傍の人が別に何とも思わないでも佐竹は決して失望もせず怒りもしない。俊蔵は現代の社会に活動するにはこの佐竹のような剛直な意志と幾分か神経遅鈍な処がなければならない。佐竹は能登から出て来た人だ。こんな事を考えている中俊蔵は非常に咽喉の渇くのを覚え出した。待合で寄鍋と蒲焼を食べたせいであろう。

俊蔵は神保町の乗換場へ来るまで休まずに話しつづける佐竹の談話に返事はしていたが、心の中では家へ帰ったら何か冷くて甘い匂のいいものが飲みたいと其の事ばかり思い詰めていた。

六

電車の通っている愛宕町の表通で車を乗り捨て、西洋家具屋と薬屋の間の新道を曲って、川橋院長は両側ともに同じような小さな門構の二階家づくり、池原という表札を出した格子戸へ手をかけると、びっくりするように景気よくチリチリンと鳴り響く鈴の音に内から狆の吠える声。

「入らっしゃいまし。急にまあ何ていうお暑さでしょう。」と小さな丸髷に結った五十ばかりの女が院長のぬぐゴム靴を神代杉の下駄箱へ仕舞った。

　川橋は帽子を冠ったまま上框から続いた境の襖を明けて下座敷の八畳へ通ると、楓の若木を二三本植えた小庭を前に障子を明け放した縁側には、早くも新しい簾が半巻に下してあって、その下には硝子の金魚鉢に鉄砲百合が二鉢ばかり。見返る家の内の床の間には菖蒲がいけられ、壁際の衣桁には赤い襟裏をつけたセルの単衣が掛けられてある様子。五月の節句が過ぎたばかりなのに妾宅はもうすっかり夏らしくなっている。

　川橋は縁側近く有合う座蒲団の上に胡坐をかき、鼻を鳴して寄添う狆の頭を撫でながら、

「留守かね、母さん。」

「もう帰る時分で御在ます。お稽古に参りました。」

「坊やは二階か。」

「女中と愛宕様へ遊びにやって御在ます。」と箪笥から川橋の和服に白縮緬のしごきを出し、「鳥渡電話をかけて参りましょう。」

「何、帰るならいいよ。」

「それでも、あなた。鳥渡掛けて参りましょう。今日あたりはきっとお出でだろうッて、そう言ったんで御在ますよ。ほんとに幾歳になっても世話が焼けて仕様が御在ません。」と独語のように呟きながら母親は裏口から出て行った。その跫音を聞きすまして川橋は何と思ったか、すぐ立上って重箪笥の上に置いてある桑の用箪笥の抽斗を明けて見ようとし

たが、いずれも鍵がかかっているので、座敷中を見廻した後跫音まで忍ばせて二階の方へと行き掛けた。その時格子戸を明けて帰って来たのは亀子である。川橋の顔を見るといきなり、

「暑いのね、今日は。」

「母さんは電話をかけに行ったぜ。」

「四時にはきっと帰るって言ったのに。心配しないだって。」と一寸眉を顰めながら、

「ほんとにとても暑いわ。どうしたんでしょう。」

お召のコオトを衣桁に引掛け裾にまつわる狆を叱りながら帯揚の結目を解きかけ、

「あなた。箪笥の上にビスケットの缶があるでしょう。太郎にやって頂戴。」

川橋は少し呆気に取られた様子で、言われるままにビスケットを狆の太郎にやりながら、亀子が座敷の中央に立って印度更紗の丸帯を解き、荒い市松縞の大島の袷をぬいで、手綱染の長襦袢一つになる姿を見上げた。年はもう二三年で三十になる事は、現に帝国劇場の舞台へ出ている同じ時代の女優の年齢から考えてもわかる訳である。然し眼のぱっちりした円顔に頬紅をさした厚化粧、青竹色の伊達巻に長襦袢の胴を堅く締めた肉付のよい身体付。川橋の眼には舞台をよさせて五年という月日もただ昨日のように思われる位であった。

「あなた。ゆっくりしてッてもいいんでしょう。わたし鳥渡浴びて来ますわ。とてもたまらないの。」と亀子はかまわず紋羽二重の下袴一つになって長襦袢を衣桁にかけると共に

セルの単衣を、引掛けた。

「あんまりゆっくりもしていられないんだ。往診の帰りだ。」

「御飯時分までにお帰りになればいいんでしょう。」

「だからさ。何時だと思っているんだ。もうじき五時だよ。」と川橋は及腰になって亀子が半帯をしめようとする手を捉へ、「後でゆっくり行ったらいいじゃないか。」

「べたべたして心持がわるいのよ。こら御覧なさい。ね、鳥渡あびて来るだけ。五分もかかりゃしませんよ。」

「そうか。そんなに行きたけれァ仕方がない。じゃ、また晩にでも来よう。」

「あら、あなた。どうなすったの。」

「出直して又来るから、かまわずお湯においで。」

「じゃ止しますわ。此頃はどうしてそう意地のわるい事ばかり仰有るんでしょうね。」

「何も意地のわるい事を言やしない。今日は診察の帰りだからと言うのに、お前の方が余程意地がわるい。」

「だってあんまり汗になりましたからさ。」

「ダンスなんぞやるからだ。」

「誰が昼間ッから。妙な事ばッかし仰有るのね。」

「亀子。今日はお前に……すこしお前に聞きたい事があるんだけれど。」

その時裏口に母親の帰って来る物音がしたので川橋は言葉を切ったが、然しもうこうなれば是非にも話をしてしまおうと思ったらしく、「二階へ行こう。」

亀子も今は何か覚悟したらしく帰って来た時の華やかな我儘な風とは変って、おとなしく男の後について二階へ上った。

二階は縁側も裏窓も共に障子がしめきってあったが、二人は風を入れようともせず又座蒲団も敷かずに暫くは互に顔さえ見合わさぬようにあらぬ方へと眼を移した。狆の太郎が涎掛の鈴を鳴しながら梯子段の上へ顔を出したが、誰も呼んでやるものがないので途惑いしたようにすごすご下りて行くと、隣の蓄音機が常磐津の松嶋をやり出す。川橋はポケットから取出した巻煙草もつけべき火がない処から、吸口の紙を嚙み締めながら、

「亀子、お前まだ……あの桐田と関係があるそうだな。あんなに立派な口をきいて置きながら……。」

「まあ、あなた。一体誰がそんな馬鹿なことを言うんでしょう。」

「根のない噂じゃないだろう。え、亀子。お前が飽くまでそんな事はないと言うなら僕の方でも、お前が何処そこで、いつの幾日の何時何分になにをしていたか、証拠を見せてもいい。亀子、お前にはわしの親切が分らないのか。もう子供まであるんじゃないか。生活だってそうじゃないか。お前と阿母さんと二人遊んで暮して行けるだけのものはもうお前に渡してある。それに私の目を忍んでそういう事をするというのは一体どういう量見なん

だ。ええ、亀子、言訳があるなら聞こう。」

「すみません。」

「唯すみませんじゃ済まないだろう。舞台をよしてから、わたしの世話になってからお前の不始末はこれで三度目だぜ。」

「もうあなた。そんな古い事……。」と亀子は袂で顔をかくした。

「ねえ、亀子、一度はあの築地の一件だ。二度目には箱根だ……。」

「もうあなた。みんなわたしが悪いんですから。」

「あやまりさえすれば、それでいいと言うもんじゃない。仏の顔も三度という事があるぜ。何ぼ僕が甘いからって、そうそう踏付けにばかりされたくないからな。」

「ですからわたしが悪いんです。あやまります。あなた。ほんとにわたしが悪かったんです。」

「じゃ亀子。こん度から決してそういう不都合な事はしない。もしそういう場合には何をされてもいいという約束をしようじゃないか。」

「ええ。」

「口だけじゃ駄目だから証文にしよう。こん度そういう事があったら、いいか亀子、お前わたしの心持を誤解してはいかんよ。こん度お前に不都合な事があったら、お前の名義に書換えてやったあの郵船と鐘紡の株券だね……あれを此方へ返す……。」

「まあ、あなた。それじゃ……。」

「だから、わたしの心持を誤解するなと言うのだ。何もやったものを返して貰いたいからそういうのじゃない。そうでもしなければ全く始末がつかないじゃないか。亀子、兎に角こん度で三度目だぜ。少しは考えて見るがいい。」

突伏した亀子は其の顔をかくした両袖の間からかすかに泣く声を漏した。外はまだ暮れきらぬが家の内にはいつか電燈がついている。川橋は途法にくれたように亀子の突伏した姿を見ていたが、次第に摺寄って静にその肩を撫で、

「亀子、何もそんなに泣くことはないじゃないか。」

すると亀子は矢張突伏したまま、赤子が母の乳でも探るように手さぐりに川橋の手を捉え、一際音高く涙を啜り上げながら唯一言、

「あなた。」

川橋は両手に女の身を抱き起しながら「もう泣かないでもいい。」と心から気の毒そうな調子になった。

七

その後玉子と千代子とは姉妹のように親しく往来するようになった。顔を見ない日は電

話をかけたり手紙を書いたりする。三越や白木屋なぞへ買物にでも出る時には必ず誘い合い、一緒に夕方の食事をして帰って来ることもあった。

花が散ってから毎日のように降続いた雨と共に時候も一時は彼岸前のような寒さに立戻っていたのが、五月になって天気が定まると俄の暑さ。袷は着ずにいきなりセルの単衣を着るものもあったので、千代子は夏物を見にと、いつものように電話で玉子をさそい午飯をすますと直ぐに白木屋へ出掛けた。

いつでも道程がちがうので玉子の方が先に来て五階目の食堂で待っていることが多い所から、その日も千代子は下足札を受取るや否や急いでエレベエタアに乗って屋根裏へ上って行ったが玉子の姿はどうした事かまだ食堂には見えなかった。千代子は入口に近いテエブルに座を占め給仕の女に物をいいつける間も絶えず行来の人に気をつけた。

やがて丸髷に結った色の白い小作りの女が誰か待っている人でもさがすらしい風で食堂の入口から内を窺いた。鳥渡見た時玉子によく似ていたので、千代子は危く椅子から立とうとした時、隣りのテエブルに煙草をのんでいた学生らしい男が、鳥打帽をぬいでぬっと立上ると、丸髷の女は直様見つけて静に歩み寄り、鳥渡あたりを見廻しながら、

「随分待って。」

「いいえ。」

「そう。今日は随分心配したのよ。」

顔を見合して互に微笑んだ様子、最初千代子は姉と弟かとも思ったが直にそうでないと察した。二人は近くのテエブルには千代子が居るばかりなのを幸テエブルの下で互に足を踏み重ね手を握るらしい様子であったが、する中女の膝からハンケチが落ちるのを男はすぐに折屈んで拾い取り、ちょっと塵まで払って渡してやる。給仕の女が紅茶を持運んで来ると、男は女の茶碗へ角砂糖は一つか二つかとききながら入れてやる。女はボオイでも使うように頤で返事をしながら男のなすがままに用をさせている。

千代子は厭らしい気がして一度は顔を外向けたものの、男からああまで親切にされたら女はどんな心持になるものであろうと思うと、自然に再びその方へ気を取られる。突然千代子は現在の良人の俊蔵がもしあの男のように自分を取扱ってくれたらどんなに嬉しいであろう。何故良人はいつも自分を嫌うというでもなく愛するのでもないというような曖昧な冷静な態度を取っているのであろうと、日頃絶えず心に思っている事を思返しはじめた。

千代子は五人の兄弟の中で唯一人の女の子であったので生れた時から両親はじめ一家の愛情を独り占めにしていた。容貌も十人並よりは上であろうと思っている。学校の成績は小学校から高等女学校までずっと優等で押通して来た。たまたま自分の予想したような成績を得なかった時は狂気のようになって口惜しがったり泣いたりするので、両親は却て学校の事なぞはどうでもよいからと宥めるくらいであった。

人の妻となった後の千代子は、学校に於て最も学業に熱心であった如く良人に対して全身の愛と生命とを捧げる心になった。自分のする事さえしていればよいと云う様な軽い心持にはどうしてもなれないのである。千代子は良人にその身とその生命とを捧げる代り又良人なる人からも男性的の強い熱情と真実とを要求して止まないのであった。幾度か折ある毎に千代子は良人の心持をきいて見た。きくと云うよりは訴えても見た。然し一度も満足するような返事も聞かれず様子をも見る事が出来なかった。良人は月に一二度はきまって一緒に芝居へ行く。日曜日毎には一緒に散歩する。いかに晩くなろうが外泊は決してしない。細君の料理したものは小言をいわず皆喜んで食べる。家の財産と会計はすっかりまかしてある。今更改まって良人の心持をきき訊す事はないと良人の方には寧ろ千代子の言う事が不思議に思われる様子であった。実家へ行って両親に話をしたとて矢張了解されよう筈はない。千代子は今の処唯その年齢とその境遇の同じような玉子より外には打明けて話をするものがない訳である。

隣のテエブルに紅茶を飲んでいた男女はいつか席を立った。千代子は待ち焦れた玉子がもしや下の方の休憩室にでも来ていはせぬかと思付いて、今は何となくしおしおとエレベエタアの方へ歩いて行ったが、すると折好く金網の戸口から運出される人達の中に玉子の姿が見えた。玉子の方でもすぐに千代子の姿を見つけて駈け寄り、

「おそくなりまして。大変お待ちあそばしたでしょう。」

「いいえ、それほどでも御在ません。」

「出がけに人が来たもので御在ますから、ほんとに済みません。」とハンケチで静に額の汗を押えた。

「お珍らしいことね。今日はハイカラにお結い遊ばして。」

「昨日髪を洗ったものですから。馴れませんから自分ではうまく結えませんの。変で御在ましょう。きっと。」と玉子は丁度自分の姿の映っている窓の硝子を鏡にして寛く束ねた髪を押えた。

「見つけないせいですか、何だかお顔ちがいがなすったようね。」と千代子は連立って再び食堂の椅子についてからも、何ということもなく玉子の顔を見た。髪の形のちがったばかりでなく顔の色から眼の色までついぞ見たことのない程晴れ晴れしているように思われたからである。二月の末頃に初めて関口の家へたずねて来た時の様子に思い較べると、どうやら別の人かとも思われるので、千代子は何の訳ともわからぬ所から大方屋根上の明るい光線の作用であろうと思った。給仕人が紅茶を置いて行くと玉子は突然、

「千代子さん、今日晩には御用がおありになって。」

「いいえ。別に今のところは。」

「わたくし晩には内と一緒に芝居へ参りますの。お宜しかったら御一緒に。」

「どちらのお芝居……。」

「夜になってからですから帝劇へ行こうかと思います。」

「帝劇……？」と千代子は不思議そうに鳥渡玉子の顔を見た。日頃亀子の一件から帝劇の見物は何となく心持がよくないと玉子の愚痴を聞かされつけていたからである。

するとと玉子は一段冴え冴えした顔色になって、「千代子さん。あの内ではとうとう愛宕下のお妾と手を切りましたの。」

「まア。」とばかり千代子はあまりの唐突に何とも返事ができなかった。

玉子は鳥渡あたりへ気を配りながら、「いろいろわるい事があったのだそうで御在ます。内では子供に引かされて此れまで我慢に我慢をしていたのだそうで御在ますがね、この先もう見込みがないときっぱり見切をつけたのだそうで、子供は四ッになるそうで御在ますが、あんな品行のよくない女につけて置いたら今にどんなものになるか知れないとそればかり心配して居りますから、わたしの方から頼みましてね、わたくしの手元へ引取って育てる事に致しました。その事で出掛に人が参りましたので今日はつい遅くなってしまいました。」

「まあ、それは何よりで御在ますね、玉子さん、あなた、ほんとに気がせいせいなすったでしょう。」

「ええ何ですか、急に夜が明けたような気が致します。」と玉子は胸一ぱいの嬉しさにじっとしては居られぬというように、椅子の上ながら身体を左右に揺っている。

千代子は何か言おうとしたが、今まで顔さえ見れば互に言慰《いい》め合った玉子の身にはもう不仕合を言うべき事情がなくなってしまったのだと思うと、突然、淋しいような妙な心持がしたので、唯その顔を見詰めたまま黙ってしまった。

「千代子さん、お宅ではどう遊ばして。矢張新橋へいらっしゃいますの。」

「はア……いえ。」と千代子は言葉を濁して俯向いた。いつもなら相手の問を待たず進んで話をするのであるが、千代子はもう内の事は一切玉子には話したくないような心持になった。今までは境遇が同じようであった所から遠慮なく打明けて話をしたのであるが、玉子の身の上はもう以前のようではない。今は自分一人愚痴をいい聞かしてそして自分ばかり言慰められたり気の毒がられたりするのは、いかにも辛く忍びないような気がしたのである。そんな事とは少しも気のつかない玉子は覗くように相手の顔を見ながら、

「千代子さん、今夜ほんとにいらっしゃいましな。たまにはあなた、お一人でお気晴しをなさいましよ。」

「ええ、ですけれど少し用が御在ますから。」

「切符も失礼ですけれど余ったのが御在ますから。御遠慮あそばさないでも……。」

「玉子さん、この次お伴いたします。」と覚えず知らずきっぱりと言切って、千代子はわれながら其声に驚き玉子の顔色を窺ったが、別に何とも思っていない様なので稍安心はしたものの、もう何となく椅子に腰をかけてはいられなくなった。

「すこし下の方へ参りましょう。」

勘定をすますと玉子は手を引かぬばかり摺り寄って、

「玩具のある処は何処で御在ましたっけね。明日の朝仲に這入ったものが愛宕下から子供を連れて参りますの。写真では眼のくりくりとした可愛らしい児で御在ます。千代子さん、その中お遊びがてら見にいらっしゃいましな。」

「はア、ありがとう。」と言うのも殆ど口の中で、千代子はわざと遠くへ離れながら早足に階段を下りた。

八

買うべき筈の夏物もその儘にして千代子は出口に待たせて置いた車に乗って家へ帰って来ると、留守の中閉切ってあった茶の間の障子には一面に夕日がさしているので、畳の塵の匂と共に家の内はむっとするような暑さである。

「お花。昨日もそう言ったじゃありませんか。日が当ったら、わたしが留守でも簾を下して置くようにと、そう言ったでしょう。忘れたんですか。」

千代子はいきなり障子を明けて風を入れようとすると、昨日イボタで拭いたばかりの敷居は滑りが好過ぎた為め、障子はするすると走ってばったり柱へぶつかり二三寸も跳返った。

いつも女中に戸障子の開閉の手荒いことを叱っていた自分が、こんな乱暴な明け方をしたかと思うと千代子は一時にかっとなって声をふるわせ、

「早く簾をお下しなさい。」

小間使は始終叱られつけていると見えて、それ程恐れた風もせず、静に縁先の簾を下した後は其の儘縁側に膝をついて千代子が一重の羽織をぬぐのを待っていた。

不断着の袷に着換えて顔を洗い髪を撫付けて、西日のさし込まぬ片方の縁側に坐ると、いか程蒸暑いといってもまだ五月の事、樹の多い庭から流れて来る風の涼しさに汗もすぐさま収り焦立った心持も自然に静まって行くような気がした。小間使は畳んだ着物を箪笥にしまうと、こそこそと逃るように勝手の方へと立って行った。千代子は何を見るともなく、簾越しに若葉の庭を眺めながら、静に玉子の談話や其様子なぞを思返すと共に、あの時自分はなぜもっと熱心に玉子の話を聞いてあげなかったのであろう。何故自分もともども心から嬉しがらなかったのであろう。義理にも最少し何とか返事のしようがあったであろうものを。玉子さんはきっと自分の事を妙な人だとお思いなすったに違いない。千代子は申訳のないような気がするばかりか、友達の幸福になった事を羨み妬むような、どうしてそんな浅間しい心持になったのであろうと、つくづく自分ながら情ないような心持がし出した。すぐにも電話をかけて、それとなくお詫をしようと立ち掛けたが、今日はあれから御夫婦連で芝居へ行くとの話に今度は手紙を書こうとして、それでは余り事があらたま

り過ぎはしまいかと、いろいろに思悩んでいた。

初夏の夕日は次第に袖垣を隔てた厠の屋根の方へと移って行き、庭は一面若葉の茂りのかげになったので、簾を下した家の内は少し薄暗いほどに思われるようになった。

「奥様、御飯のお支度はどういたしましょう。」と四十ばかりのお金という御飯焚が襖をあけて畳へ手をついた。

「今日は西洋料理の日だったね。」

「はい、左様で御在ます。」

姑がなくなって若い夫婦ばかりになってから夕方の食事は一日置きに西洋料理という事になっている。そして献立から料理まで大抵千代子が自分でする事になっているので、千代子は思に暮れた縁先から立上って、

「ソップは取って置きましたか。」

「はい。」

「それじゃマカロニと馬鈴薯でも茹でてお置きなさい。今行きますから。」

お金を先に立たせて、後から千代子は台所へ出て行った。

台所は板の間だけでも八畳敷ほどの広さで南を向いて日当りもよく風通しもよく出来ている。これは先代の博士が住宅を買取った時客間や書斎などはどうでもよい。台所と奉公人の寝起きする処とは明く暖にして働きよいようにしてやらなければならないと、出入の

人達にも博士一流の家訓を実行して見せるつもりで新に建増した故である。然しその時分には今見るような西洋料理の道具や立派なストオブなぞは置いてはなかった。博士は摂生の為に粗食を主張した人なのでいつも引割を食べていた。博士が先に世を去り続いて未亡人もなくなってしまうと、家の内は客間から台所まですっかり様子が変ってしまった。親族の間には無論千代子の事を兎や角云うものもあったが、然しそんな事は千代子の顧みる処ではなかった。千代子は姑のなくなったのに附込んで急に奢侈な生活をしようと思ったのではない。夫の俊蔵が成りたけ外で食事をして来ないように、そうするには何がさて置き家の内をもすこし明く賑にするのが第一だと思ったのである。一日がはりに晩餐を西洋料理にして見たのも、唯に自分の嗜好からのみではない、良人の口に飽きの来ないようにとの心遣いからであった。

「奥様、もうお芋が茹だりましたようで御在ます。」とお金はストオブに掛けた鍋の蓋を取った。

「それじゃ裏漉しにしておくれ。いつものようにお湯を切ってバタを入れてから漉すんだよ。」

「はい。奥様、それから鳥渡ソップのお塩梅を見ていただきます。」

「お金、今日は大変よく取れているようだよ。」

「左様で御在ますか。奥様、ソップが上手に取れるようになればお料理は卒業だって仰有いましたね。おかげ様でどうかこうか加減がわかって参りました。」

「お金、お前は先に何か食物商売をした事があるってお言いだったね。」

「はい。」

「それだから直に加減がわかるんだよ。此頃の女中じゃいくら教えたって駄目だよ。」

「そうで御在ましょうか……。」

「そうとも、家のお由なんか今だに紅茶の入れ方もわからないじゃないか。」

「年もいきませんし、空《くう》で御在ますからね。」

「何を言われてもすぐ忘れてしまうんだから苦労がなくって一番徳だよ。」

「左様で御在ます。」

「お金、お前食物商売をしたってお言いだけれど何をしていたんだえ。」

「御菓子屋で御在ます。もう十年もむかしの事で御在ます。」

「何処で商いをしていたんだえ。」

「麻布の六本木で御在ます。西洋菓子もカステラ位はこしらえて居たんで御在ますよ。奉公人も二三人は使って居たので御在ますが、連合が相場に手を出しましてすっかり摺ってしまいました。」

「御亭主がよくないと女は一生苦労をしなければならないんだね。」

「まったくで御在ます。御酒の上がよくないんで困りきりました。死んでくれてほんとに有難いと思った位で御在ますよ。何が困るって、奥様、お酒のわるいほど困るものは御在ませんよ。女道楽の方がまだしも始末がよう御在ます。道楽だけなら年をとれば段々直って参りますけれど、お酒と賭博ばかりは一生直りッこが御在ません。」

「それもそうだね。然しあんまり家を外にして遊んで歩かれるのも困るじゃないか。」

「奥様、手前の連合なんぞはほんとにお話にも何もなったものじゃ御在ません。六本木の店を仕舞って新宿の裏へ引込みましてから、わたくしと娘が内職をいたします。伜がその時分はまだ丈夫で電車の車掌になるといゝ始末で御在ます。それだのに内ではあなた、朝腹《あさっぱら》からぐでんぐでん、になって、娘を御女郎に売るって言出して聞かないんで御在ますよ。わたくしも持余してしまいましてね、よっぽど警察へ説諭願でも出しに行こうかと思ったんで御在ます。そうこうする中大雨の降る晩外へ出て行ったなり翌日になっても帰って来ませんから、大方どこかで博奕でも打っているんだろう。そうでなければつかまって送られでもしたんじゃないかと思って居りますと、夕方になって巡査さんが伝馬町の道普請の穴の中へ陥ちて死んでいるから引取りに来いと知らせに参りました。家のものはじめお隣や近所の方達もみんな不断が不断で御在ますから誰一人涙一つこぼしは致しませんでした。」

　お金は窓の下に据えた台の上で馬鈴薯を裏漉しに掛けながら身の上の事を話した。これまで奉公に出た先々で幾度となく話をしつけているので、今では自然に馴れて話の順序も整い、簡単で明瞭なものになっている。その代り話の調子には少しも感情の切迫して来る所がないので、どうやら他人の身の上でも話しているように聞える所もあった。

千代子はお金の落付き払った話振りに気の毒だというよりは何となく不思議な心持がして、マイヨネエズソオスを調味する其手を止めてそっとお金の顔を見た。千代子はお金がその亭主の変死を知った時真実涙が出なかったものか。その瞬間の心持をばもう少し委しく聞いて見たいのであった。又亭主に死別れてから斯うして奉公に出て此の先一生涯どうするつもりで居るのやら、それ等の事も聞いて見たいような気もしたが、併しあまり立入った事のようにも思われたので千代子は何も言わず、やがて眼を窓の外に移した。

九

俊蔵は洋服を節糸織の不断着に着換えて、八畳の間に据えた唐木の食台の前に坐った。電燈は食台の上なる一輪ざしにさした梔子《くちなし》の花を一際真白く照しているが、庭はまだ初夏の黄昏に暮れやらず、雀もしきりに囀っている。勝手の方から手を拭きながら出て来た千代子は坐ると共に食台の上の葡萄酒を取上げ、

「あなた。お酒はこれでよう御在ますか。何か外のにしましょうか。シェリイも取って御在ます。」

「なにそれで結構だ。飯の時は葡萄酒の方がいい。」

小間使のお花がマカロニを入れたスウプを持運んで来ると俊蔵は黙ってすぐに匙を取上げる。千代子は良人が何か面白いはなしでもしかけてくれればよいのにと思いながら、さて自分の方からは別に話しかける話題が見つからないので、同じように黙って一口スウプを啜り、

「あなた。すこし塩辛いようですね。」

俊蔵はそう云われてから初めてスウプの塩加減を見ようとするらしく改めて一匙口へ入れ、

「そんなに辛くはない。」

「そうですか。それじゃ、わたしの口のせいかも知れません。」と千代子もそのままスウプを啜ったが、俊蔵の様子に対していつものように慊《あきたり》ない心持がした。千代子は自分の料理した晩食を強いて褒めてもらおうと思っているのではない。うまいとも、まずいとも言われずむしゃむしゃ食べてしまわれるのが、唯何となく張合がないように思われるのであった。結婚して既に三年になるが千代子にはいまだにはっきりと良人の食物の嗜好が分らないのである。塩がきき過ぎても別に小言もいわない。甘いものもよく食べればお酒も飲むので、何が一番好きなのか判然としない。それが千代子の身になっては何となく気にかかるのである。自分より外のものが却ってそれを知っていはしまいか。お馴染の芸者な

んぞの方が自分よりも良人の嗜好をよく知っているのであるまいかなどと思うと、時としては一歩進んで良人はわざと自分には黙って知らさないようにしているのではないかと言うような疑念も起って来るのであった。

スウプを啜り終った時、俊蔵は初めて食台の上の花に気がついたらしく、

「これは梔子だね。いい匂いだ。」

「薔薇よりも涼しいような気がしますわね。」

「そうだね。花屋で買ったのかね。」

「いいえ、お庭に咲いて居りますのよ。お玄関の前からお庭の方へ行こうという垣根のそばに梔子の木があるじゃ御在ませんか。」

「そうだったかね。つい気がつかなかった。」

「あなた。御自分のお家のくせに。よそから来たわたくしの方が余程よく知っています。ほほほほほ。」と千代子は高く笑った。別に何の意味もなく笑ったのであるが、俊蔵はすこし気まりの悪いような心持がした。それと共にこの事を前提にして千代子はきっと自分が家の事にはかまわず遊んでばかりいることを攻撃しはじめるだろうとも思ったので、先ず遠廻しに申訳のつもりで、

「僕もすこし歌でもならって趣味を高尚にしなくっちゃいけないな。」

するとと千代子には何の事か訳がわからないので、

「あなた。何の唄がおならいになりたいんです。長唄ですか。」

「その方の唄じゃない。歌さ。短歌さ。」

千代子はますます怪訝な顔をして、「それでもあなた。歌はおきらいだっていつだったか然う仰有ったじゃありませんか。」

俊蔵は返事に困って、「そんな事を言ったことがあったかね。」

「御在ますよ。歌を作ったり小説を書いたりする女は少し気に入らない事があるとすぐにそれを材料にするから恐しいって、そう仰有った事がありますよ。覚えて居りますよ。」

これは千代子に言われるまでもなく、俊蔵も決して忘れて居たのではない。或晩帰りのおそくなった事から、例の如く二人言争った時、俊蔵は不図《ふと》千代子の枕元に何やら新刊の歌集が置いてあったのを見て、歌なんぞを読むとますます神経が過敏になるからよした方がいいと言った事があった。つまらない事をよくいつまでも覚えていると思うと、俊蔵も今はすこしむっとして、

「お前見たように物覚のいいのも困ったものだね。うっかり口もきけない。」

千代子も之に応じて何か言おうとした。然し幸い小間使のお花がスウプの皿を片づけ、続いて鳥のスチウを持運んで来たので、二人もさり気なく様子をつくった。俊蔵は固より好んで口喧嘩をしようとは思っていないので、お花が皿を置くが早いか、

「此れァうまそうだ。何だ。スチウだね。」とすぐにナイフを取上げる。

「堅いかも知れませんよ。雛鶏のいいのを寄越すように注文してやったんですけれど。」と言いながら千代子は胡椒と辛しの壜を良人の方へ押しすすめた。

「むむ。非常に柔い。」と一口頬張りながら、「内で食べつけると外の西洋料理は食べられなくなるよ。実にわるい油を使うからね。精養軒だの中央亭なんぞの宴会と来たら全く気味がわるいよ。」

「それでもよく流行りますわね。婚礼の御披露なんぞは大抵精養軒にきまったようで御在ますね。」

「われわれの時も精養軒でやったんだからな。あんまり悪くも言えない訳だな。」

「男の方は何ともないでしょうけれど、御披露の宴会ほどいやな事は御在ませんね。大勢の方に御挨拶するだけでも逆せてしまいます。わたくしのお友達で脳貧血を起した話が御在ます。」

「男だって、あんまり有難いものじゃないよ。何となく気まりもわるいし、妙にてれるものさ。馬鹿々々しいような心持もするね。大神宮の儀式も我慢していたけれど長ったらしくって閉口したね。神主が幾人も幾人もお三方を持って出たり入ったり、いつ済むのかと思った位だよ。千代子、お前はきっと気がつかなかったろうが、神主が頻に何かやって居る最中だ。僕の方の親類のものが集っている方の席へ猫の子が一匹上って来て人の顔を見てニャアと鳴き始めた。家の叔母が御幣かつぎだもので気にして追出そうとしても、子猫のことだから撲つ真似をすると、猶の事鳴いてじゃれようとするんだろう。実におかしかったよ。」

俊蔵は葡萄酒の酔も幾分か廻って来た所から、さも可笑しそうに話しつづけたが、千代子は何と思ったか唐突に、

「あなた、一番始め……わたくしの事をどんな女だとお思い遊ばして、え、あなた。初めて御覧になった時どんな女に見えました。」

「そうだね……千代子そんな妙な事をきくものじゃないよ。何といっていいか、返事に困ってしまうじゃないか。」

「遠慮のない処を話して下さいまし。悪く仰有っても構いません。気にしませんから真実の事が伺いたいんですよ。」

「それなら、何も口に出して言わないでも分っている筈じゃないか。」

「いいから言って御覧遊ばせよ。」

「自分の女房をつかまえて、惚れているの、愛しているのと、そんな馬鹿々々しい事が言えるかい。新しい芝居だの新聞の小説なんぞを見ると、そんな事を言っている夫婦もあるようだがね。」

「あなた。わたしはちっとも可笑しい事はないと思いますのよ。夫婦だって恋人だって同じ事ですわ。お互に愛しているとか愛されているとか言った方が親しい心持がしますわ。」

「そうか。然しどうも可笑しくって言えない。夫婦になって毎日顔を見ていたら、そんな事を言う必要は無さそうだがね。」

「いくら毎日顔を見ていたって、良人の心がわからない時はきいて見る必要が起って来ますわ。」

「それじゃ何だか僕の心が分らないというように聞えるね。」

「あなた。まったくの処わたしには分りません。」

「わかり切った事をいろいろに考え過すから、却てわからなくなるんだ。男の心なんてものは非常に単純なものだよ。女の考えるような複雑なものじゃない、お前は何と思っているか知れないが、僕はいつでもお前に対して敬意を表している。感謝している。」

丁度食後の珈琲の持出されたのを幸い俊蔵は話をまぎらすため食台を離れて縁側へと立った。俊蔵は千代子が何かにつけてこんな事を言出すのも、つまりは嫉妬からだと察しているので、会話があまり激烈にならない中、二人とも感情を害さない中、兎に角この場を避けようと思ったのである。俊蔵はこういう場合には恋人に恋を打明けでもする時のように、千代子の手を握って、世界中にお前より外に私の愛する女はないとでも言ってやったら、千代子の機嫌はすぐ直るだろうとは心付いているのであるが、さて男のくせとして自分の妻に対してはどうもそんな甘い事は言われないのである。

俊蔵は後向きに縁側に腰をかけ、「明るいと思ったらいいお月夜だ。」と独語のように言いながら空を仰いだ。

十

「そうですか。それは大成功でしたな。やっぱり犬も歩けば棒に当りますな。」

「自分ながら聊か意外だったね。やっぱり押のつよいのが勝ちだ。」

南佐柄木町の事務所の帰り、俊蔵は鶴崎と話しながら並木のかげを土橋の方へと歩いて行く。

「女は押が強くなけれァ出来ません。一暇《ひま》、二金《かね》、三男《おとこ》、四衣《い》、五チャラという秘伝もあるそうです。口から出まかせにチャラッポケを言うのも女の出来る道だそうです。」

「じゃ、鶴崎君。君なんぞは大に望があるね。チャラッポケは御得意だから。内の女事務員なんざ、どうだ、もう出来てもいい時分じゃないか。」

「あれァいけません。もう何かついているようです。四十を越しちゃもう駄目です。あなたなんぞも今の中だ。せいぜいお遣んなさい。」

「悪いことをけしかけるな。」

「時に今夜はどこへお出かけです。」

「どこにしようかと思案しているんだ。実は待合よりもじかに家の方へいらっしゃいと言われたんだがね。」

「どこです。家は。」

「愛宕下だとさ。然し先の旦那とは僕もまんざら知らない仲じゃないからね。今じゃ関係がないとは言っているが、家へ乗り込むのは少し気が咎めるんだ。」

「最初どこで話がまとまったのです。」

「木挽町の芳川さ。まったく偶然なのさ。一昨日事務所へ銀座の柴田が市区改正の事で相談に来ただろう。あれから午飯をくいに芳川へ行ったのさ。柴田は話がすむとすぐ帰ってしまった。三時頃だったね。中途半端の時間で仕様がないから、斯う云う時を応用して誰か呼ぼうと思ったのさ。何の気なしに下へ降ると帳場でおかみさんと話をしている女がある。ハイカラに結った襟筋が真白で後姿が馬鹿によく見えたね。顔を見てやろうと用もないのに電話を借りに帳場へ行くと、あの女さ。女優の時分二三度大勢で呼んだ事もあるから、無理やりに二階へ呼び上げた。それがはなしの初りだ。」

「以前からお馴染じゃなかったんですか。」

「先には唯座敷へ呼んだばかりさ。」

「怪しいもんですな。」

「どうして。」

「あの亀子さんなら、顔立や身体付があなたの好きなタイプですからな。舞台へ出なくなったので久しく見ないから僕もよく覚えていませんがね。何でも額が広くって眉毛が下っていて、下ぶくれで、口は受け口でしたね。そうでしょう。そんなら一時お安くなかったあの日本橋の小浜なんぞと能く似た顔立じゃありませんか。」

「恐入ったね。系統を立てて論じられちゃ一言もない。然し君、何も小浜に似ているから、それで亀子をくどいた訳じゃないよ。その場合には全くの出来心さ。然し君にそう言われて見ると成程同じ型の女のようだ。」

「俊さん。わたしの経験によると、女というものは顔立や身体付が同じだと気性から万事の取なしまで似ているような気がするんですが、どうです、あなたの御実験は。」

「大変な事を質問するな。まだ君、一昨日できたばかりだからよくわからない。然し話をする時首をかしげて目をぱちぱちさせて、じれったそうに物をいう処なんぞは小浜とよく似ているね。」

「そうですか。兎に角いいのが目付かって結構です。」

「君、参考までに一寸聞いて置きたいんだが、芸者とちがうからな。どの位やったらいいもんだろう。まだ何とも向うからは言出しやァしないのだがね。」

「今の所、表向には旦那はないと言うんですか。」

「そうだ。川橋院長とは手が切れたと云う事だ。」

「そうですか。それじゃ向うから何とも言わない中に、だまって此位も出して御覧なさい。

なまじっか向うから切出すのを待っていると却て高いものになりますよ。」

「一体この頃お妾の手当というものはどんな相場かね。」

「税務署の調査によると二百円から七八百円だとか言う話じゃありませんか。妾の給金まで調べて税を取るようになっちゃ、もうお仕舞ですな。その位なら博奕場でも公開して税を取った方が堂々としています。」

土橋の袂へ来かかった時、横合から走過る自動車の砂ほこりに、二人はハンケチで口を押えた。

十一

降りつづいた入梅の空は珍らしく雲の間から青い空を見せた。庭の水たまりには常磐木の落葉が浮いている。折々何ともつかず秋のような心持のする冷い風が濡れた植込の奥から流れて来る時何処ともなく強い椎の花の匂が鼻につく。千代子は入梅のうっとうしさに加えて昨夜も一昨夜も俊蔵の帰りの晩かった事から、今日はもう我慢にも一日家に閉籠ってばかりは居られぬような心持になった。丁度いい塩梅に玉子から電話が掛った。電話口へ出ると、是非ちょいとお目にかかってお話したい事があるという。

「どこでお目にかかりましょう。わたしも今日は久しく雨に降りこめられて居ましたから散歩に出たいと思って居りましたの。」

電話で玉子は、「それではいつもの処までいらしって下さいましな。わたくし此れから三十分ばかりしてから出掛けます。」

いつもの処と云うのは日本橋白木屋の食堂のことである。千代子は女中に午飯の仕度をいそがせ着物を着換る間に宿車を呼ばせた。

白木屋のエレヴェエタアを昇ると、食堂の入口には時間をたがえず玉子が立っていた。見れば白粉もつけず髪も乱れたまま着物もどうやら不断着のままらしい様子である。千代子は先刻玉子が是非お目にかかりたいと言った電話と、この様子とを思合せて真実何か事件が起ったに相違ないと少し胸をはずませながら、

「玉子さん、どうかなすって。」

「ええ。少しお腹をこわしまして伏せって居りましたの。もういいんで御在ます。」

千代子は案に相違した玉子の返事に、何となく腹立しいような気になり其儘黙ってしまった。玉子は二三歩食堂の方へと歩きながら、

「千代子さん、わたくし、ほんとにどうしたらいいんだか困って居るんで御在ますよ。急にお呼立てして御用がおあり遊ばしたんじゃ御在ませんか。」

「いいえ。」と千代子はスゲない返事をして有合う椅子に腰をかけた。二人はそのまま暫く黙っていた。隣のテエブルを取囲んだ東京見物の田舎者らしい四五人がどやどや立去る

のを待って、玉子は飲みかけた紅茶を下に置き、

「千代子さん、内ではまた愛宕下と関係をつけたらしいんで御在ますよ。一時は綺麗に片をつけたんで御在ますがね……。」

「まあ、ほんとう……。」と千代子は覚えず声を高めて急にあたりを見廻した。

「まだ確かな証拠はないんで御在ますけれど、どうも様子がおかしいんで御在ますよ。」

「そうですか。困りましたわね。」と千代子は白粉もつけない玉子の青ざめた顔を見詰めながら溜息をついた。溜息と共に千代子はどうやら此れでやっと気がすんだと云うような心持がした。

丁度一月程前この同じ食堂で突然玉子から其の良人の身持の直った事をさも嬉しそうに話し出された時、千代子は何のいわれもなく嫉しいような口惜しいような心持がした。それ以来自分の良人の不身持を憎み恨む心の中にはおのずから玉子の幸福を羨みそねむ念を断つ事が出来なかった。何も強いて玉子の身を元のように不幸にさせたいと冀《ねが》うわけではない。千代子は唯自分一人良人の不身持を気に病んでいらいらした月日を送って行くのが辛い所から、境遇を同じくした相手がほしくてならないような気がしたのであった。

「玉子さん、早くしっかりした証拠をお見付けあそばせよ、ぐずぐずしていらっしゃる時じゃありませんわ。」と千代子は自然と焚きつけるような調子になった。

「愛宕下なら家もわかって居りますから様子をさぐろうと思えばわけは無いんで御在ます。

ですけれど、千代子さん何だかこわいような妙な気がいたしますの。」

「何がおこわいんですよ。先にはあなた御自分お一人で方々番地をきいておさがしになったのじゃありませんか。」

「その時はあなた、始めて聞いた話ですもの。一時にかっとして夢中で捜し歩いたんですけれど……今度はもうそんな事をして現場を見ないだって分って居りますし、それに又こんなような心持もするんで御在ますよ。どうせ男の方は一人の女じゃ満足しないものならもう仕方がありませんわ。わたしは良人の関係している女が……誰だっていう事がわからない方がよくはないかと思うんで御在ますよ。誰だっていう事がわかればいくらか気がすむようなものの、またそれだけいやな思をする事がふえますからね。」

「そう仰有ればそれもそうですけれど、玉子さん、それではあなた、御自分で御自分の心を偽っていらっしゃるようなもんですわ。知りたいと思う秘密をわざと知らずに置こうと仰有るのは、それはつまり卑怯じゃないかと思いますわ。」

「卑怯かも知れません。ですけれど、千代子さん、あなた、御存じがないからそう仰有るんですよ。それァ実に何とも言えない厭な心持のするものですわ。自分の良人が外の女と巫山戯《ふざけ》ているのを見届けた時の心持はほんとに何とも云えません。それを思うといっそ知らない顔をしていた方が……というような弱い気にもなるんで御在ます。」

「それじゃ玉子さん、あなた見す見す愛宕下のお妾さんと関係がついた事が分っていながら、此のまま打捨ってお置き遊ばすおつもりなんですか。」

「さァ……それですからどうしようかと思って電話をお掛けしたんです。千代子さんどうしましょう。わたしはこんな心持もしますのよ。内がどうせお妾を置くのなら愛宕下のでなくって、わたしの知らない別の女にしてくれればと、そうも思うんで御在ますよ。」

「それなら、どっちにしても一度は愛宕下の方をたしかめて見なければならないじゃ御在ませんか。玉子さん、あなたお一人でおいやなら、わたしも御一所に参りますわ。今日は雨も歇《や》んでいますし涼しう御在ますから、わたしも御一所に参ります。」

「それじゃ……ですけれど御迷惑ですわね。」

「いいえ、あなた。」

椅子から立上ったのは玉子よりも却て千代子の方が先きな位であった。

二人は日本橋から乗った電車を芝口で乗換え虎之門で降りた。丁度学校帰りの女学生が三四人と連立って電車を待っている時刻である。玉子は今更のように学校に通っていた時分の楽しさを話し出す。そして愛宕下の通りを山内の方へと歩いて行く中幾度か後を振りながら、妾宅の様子を見に行く事はもうよしにしようと言出したが、千代子は折角ここまで来ながらそんな気の弱い事をと承知しないのみか、横町や路地の角を通りかかる毎に、曲るべき道をきくのであった。

行手のはずれに電車の通るのが見通される広い横町へ折れた後、大分歩いて、片側に一

寸店構の目に立つ電燈屋の前まで来た。玉子はもう息を切らすようにして、

「千代子さん、あすこの路地で御在ますよ。」と云いながら恐るるように四辺を見廻した。

「ああ。あすこ。」と言ったきり千代子も立止って同じように後先へ気をくばった。

雨は歇んでいるが湿っぽい風のひやひやする暗い日の昼過。泥濘の街には人通りも至って少く路地には子供の遊ぶ影も見えない。二人の立止った向の荒物屋の二階からたるんだような琴の音が聞えるばかりである。

「今時分まさか来ている筈はないんですから前を通ってもかまやしませんけれど……どうしましょう。千代子さん。」と玉子は絹張の傘の下からそっと千代子の顔を覗いた。その目容と物言う声とは共に千代子に向って、この路地を教えれば後は家までつき留めないでも、今日はもう此れで勘弁をして下さいと嘆願するように思われた。これに反して千代子の方はいよいよ恐いもの見たさの好奇心に駆られるばかり、見渡す後先には人通りも少く路地からは豆腐屋が出て来たばかりと見定めるや否や、玉子の袖まで捕えて首を延しながら、

「さあ行って見ましょう。」

玉子も今は覚悟をきめたらしく傘をつぼめて一足先へ路地の溝板を踏んだ。

「右側ですか、左側ですか。え。どっちです。」

後からきく千代子の問に玉子は、「左側だったと思います。」と答えはしたが、実は後に

も先にもたった一度忍んで来た事があるばかりなので、今は唯どぎまぎするばかり。

「千代子さん、路地がちがったかも知れません。申訳がありません。」

「あなた。何か目じるしになるものを覚えていらっしゃらなくって。」

「何でも楓の木か何かがあったようでしたわ。」

「それじゃ、あの突当りの、あすこじゃありませんか。」

千代子が傘で指した時、何処の家かわからぬが突然格子戸のあく音と共に、洋服を着た男の後姿が狭い路地の行手に現われた。玉子と千代子が人の姿よりも格子戸のあく音にびっくりして思わず後じさりした其の間に、洋服姿は路地から通ずる別の路地へと曲ってしまった。全く瞬きする程の間であった。然し玉子の眼にはあまり背の高くない様子と夏外套の地色とで良人の川橋院長である事は明白であった。

「びっくりしましたわ。」と千代子が大きな息をついて此方を見返った時、玉子は眼の中に涙を一杯たたえながら怨めしそうに千代子の顔を見詰めて、

「千代子さん、これですから、わたし此様処へ来るのはいやだと言ったんで御在ますよ。」

千代子は初めてそれと気がつくと、此の場合どうしていいのやら訳がわからず同じように唯涙を浮べるばかりであった。

十二

俊蔵はその夜十時過に目白の家へ帰って来た。いつも帰宅のおそくなる時は前以て電話で知らせる筈になっているが、もう度々の事なので申訳の種も尽きてしまった処から其の日はその儘にしてしまったのであった。俊蔵は其の日愛宕町の亀子の家で夕飯をすまして暫くたってから虎の門まで歩いて自動車に乗ったのである。車の中から予め千代子の攻撃とこれに対する弁解やら又鎮撫の手段やらを考え、やがて敷居の高いわが家の門をくぐった。

すると其の夜はどうした訳か、千代子の様子は小間使と共に玄関の障子を明けて出迎えた其時からいつになく非常に平穏であった。

俊蔵は却て気味悪く思いながら、然しこういう場合には此方も平然としてあまり申訳らしく機嫌なぞ取らない方がよかろうと、帽子と折革包を渡してすたすた居間へ入るや否や無雑作に、

「すぐ寝るよ。今日は非常につかれた。」

「そうで御在ますか。じゃお寝衣を持って参りましょう。」とすぐに立かける千代子の様子に、俊蔵はいよいよ気味がわるくなった。

「彼方へ行って着換えるからいいよ。時計と紙入を仕舞って置いておくれ。」

俊蔵はポケットの中のものを千代子に渡しながら廊下を隔てた千代子の居間の襖を明けた。ここが夫婦の寝間である。繻子の羽根布団を重ねた夜具が一つ敷延べてある。

俊蔵は結婚後半年程たった頃から実をいえば夫婦夜具を別にしたいと思い初めたのであるが丁度この頃から千代子が何かにつけて気をいらいらさせ出したので、俊蔵は言出しかねて其れなりにしてしまったのである。俊蔵は何も千代子と一ッ寝する事がいやになったというのではない。唯外で人知れず悪いことをして帰って来た晩なぞ、酒の匂は勿論の事、香水や白粉の移香から秘密が露れては大変だとそんな事が心配で折々安眠する事が出来ないからである。既に一度こういう事があった。俊蔵は帰りがけに待合の湯にはいった。その時何心なく使った石鹼が平素家で使うものとは異った香気のするものであった為、家へ帰ってから千代子に詰問されて返事に困った事があった。それ以来俊蔵はいかに蒸暑い晩でも外では湯に入らず又芸者のハンケチでは手をふかない事にした位であった。良人の注意が周到になるに従って細君の検査も亦いよいよ厳密になって行く。それをば巧みに切抜けて行く事が、今ではどうやら俊蔵が放蕩に対する興味の中心であるようになった。又一日の仕事のようにもなってしまった。言葉に動作にいろいろと細君を慰めすかして具合よく宥めおおせた時はほっと一仕事したような心持になる。いかほど言い慰めて見ても駄目な時は此れほどまでにしても機嫌を直してくれないのかと憤懣の結果はつまり次の日また遊びに出かける原因になるのであった。

小間使が俊蔵の洋服と千代子の着物とをたたみ静に襖をしめて出て行った。千代子は寝衣の伊達巻を締直しながら片付け残した身のまわりのものを片付けている。その後姿を俊蔵は夜具の中から見遣って、

「もう浴衣か。えらい勢だね。」

昨夜まで千代子は縞のフランネルを寝衣にしていたのが、今夜は中形の浴衣になったので何となく様子が変って艶しく見えた。

「昨夜蒸暑くって寝られませんでしたもの。」

「今日はいやにひやひやするじゃないか。明方きっと寒いぜ。」

「それでもフランネルはぼてぼてして寝にくいんですもの。ねえ、あなた。今時分の陽気は長襦袢で寝るのが一番心持がいいんですわね。」

「そうかね。」と俊蔵は長襦袢の一言からそれと察して用心し出した。

「芸者か何かなら能う御在ますけれど、わたし達はまさか長襦袢じゃ寝られませんから仕様がありません。」

「そうさ。何も芸者の真似をするには及ばない。きちんとしている方がいいよ。」

「あんまりきちんとしているのも男の方はお好きじゃないんでしょう。」

「そんな事があるものか。素人が芸者のまねをして、しだらのない風をしている程見っと

もないものはないからね。」

「じゃ、あなた。女優見たような人はどうなんでしょう。素人と芸者の間見たようなものですね。」

俊蔵はいつの間に千代子が愛宕下の事を知っていたのかとびっくりして何とも返事が出来なかった。然し千代子はいよいよ機嫌よく甘えるような調子で、

「ねえ、あなた。あの川橋さんね。いつでしたか帝国劇場の食堂でおはなしなすったでしょう……面白い話がありますの。」

「何だ。」

「今日白木屋まで買物にまいりましたんですよ。そうしましたら、ひょっくり玉子さんに逢いましたの。それからいろいろ話をしましたの。」

「そうか、それァよかったね。」と俊蔵は千代子の話がまだどうなる事かよく分らぬので、びくびくしながら、「何かいいものが有ったかね。」

「いいえ、別に買う物も御在ませんでした。何しろ玉子さんがいろいろ旦那様の事だのお妾さんの事だのお話しなさるもんですからね、わたしもお気の毒だと思って、買物はそっちのけにしていろいろ慰めて上げたんで御在ますよ。あなた。玉子さんの旦那様は……いつだったかあなたにもお話したで御在ましょう、一時お妾さんとすっかり関係を断ったと思ったら、そうじゃ無かったんだそうで御在ますよ。矢張愛宕下の女優さんの処へお出な

さるんだそうで御在ますよ。」

「へえ、そうか。」

「わたし今日玉子さんに連れられて愛宕下までそっと、あなた、様子を見に行ったんで御在ますよ。」

「お前、愛宕下へ行ったのか。何時時分だ。」

「白木屋から電車で廻ったんで御在ますから――電車が込んでなかなか乗れないんで御在ますよ。虎の門で降りてから、歩きましたから、もう四時頃で御在ましょう。玉子さんは旦那様のなさりようが余りだから実家へ帰ってしまうとそう仰有るんで御在ます。」

「一体どうしてそんな事が起ったのだ。」

「折悪しく、あなた。路地の中で川橋さんの後姿を見たんで御在ます。わたしにはよく分りませんでしたけれど、玉子さんは一時にかっとしてお仕舞いなすったのですよ。往来の真中でお泣きなさるんでしょう。わたし困ってしまいました。」

俊蔵は亀子が以前の旦那と関係のつづいていた事を始めて知ったものの此の場合そんな事はおくびにも出せないので、唯腹立し気に、

「あのお妾はよくない女だ。兎に角人にそんな迷惑をかけるのは全くよくない。」

「ほんとにそうで御在ますよ。それに比べるとまだしも芸者の方がよう御在ます。公然商売をしているんで御在ますからね。」

俊蔵は今夜千代子がいつになく寛大に自分の帰りのおそい事を咎めなかったのは全く玉子の騒ぎのあった為に相違ないと考えた。丁度酒飲が二人寄った時一人が先に酔払ってしまうと他の一人は気勢を挫かれて酔えなくなったのと同じようなものであろう。果してそうならば玉子には気の毒でも願わくば毎日そういう騒ぎがあってくれればよいと俊蔵は心の中で笑った。千代子はだしぬけに、

「あなた。何だか蚤がいるようですよ。」

「そうか、どこが痒いんだ。」

その時床の間の置時計がおもむろに十二時を打出した。

大正十一年稿

午飯の茶漬もとくに掻込んでしまった後、薄暗い茶の間の窓際にべったり坐って、袂から紙につつんだブッキリ飴をさがし出して、たった独り余念もなくそれをしゃぶっていた抱の千代葉は、勝手口に何やら人の気勢《けはい》がしたのを聞付けて、

「だアれ——どなた。」と云直しながら水口の障子を明けた。

「わたしだよ。」溝板の上に銀杏返に結った三十五六とも見える見なりの見すぼらしい女が風呂敷包を抱えて立っていた。

「あら、おっかさん、何の用なの。」

二三寸あけた油障子から潰《つぶし》島田に結った顔を出したばかり、千代葉は下へも降りず突立ったままである。おっかさんと言われた女は重そうに風呂敷包を持ち替えながら、

「出て来ちまったのさ。とてもあんな家にゃ居られないから。お前には済まないけれどね……。」

「困っちまうわね。おっかさん、そうしてどうしようっていうのよ。」

「だから其のはなしをしようと思って来たんだよ。姉さんはお内かい。」

二月のカラ風は路地の中の木戸や便所の窓の戸や物干竿なぞをガタガタ音させるのみか、溝板の上の塵埃をも吹上げるので、女は身を斜にぴったり油障子へ寄添いながら家の内を差覗いた。

流しと瓦斯焜炉の置いてある狭い台処から長火鉢のある茶の間までは手のとどく程であるが、外からは薄暗くて何も見えないらしい。今しがた沸出した銅壺の湯のコトコト音するのが、薄暗い内の中をいかにも暖かそうに思わせるばかりである。

「昨夜お座敷がおそかったから、まだ寝ているのよ。きっと。」と千代葉は寒そうに半纏の両袖を胸の上に合せながら、お上りなさいとも言わずブッキリ飴を頬張ったまま突立っている。その時梯子段を踏む足音がして、

「誰、千代ちゃんかい。開けっぱなしにして置いちゃ寒いよ。」と台処と茶の間の境の障子を閉めようとしたのは、この家の女主人で、元葉という年は二十五六の芸者である。外の女はこの声に力を得た如く水口の障子から顔を突延ばして、

「姐さん、お寒いじゃ御在ませんか。毎度お邪魔を致します。」

「誰だと思ったらお亀さんかい。」

「はい、毎度お邪魔に上りまして申訳が御在ません。」とお亀は突立っている娘千代葉の

袖の下をぐって台処の板の間へ這い上った。

抱主の元葉は抱の千代葉と母親との間柄をよく知っているが此の場合にべなく断ることもできないので、

「まアこっちへ来ておあたり。そこは寒いから。」

「はい。ありがとう御在ます。それじゃ御免下さいまし。」と風呂敷包を勝手の隅へ置いてお亀は茶の間の障子際に坐りながら、「お千代がいろいろ御世話になりまして。」

お亀は自分の娘を抱えた主人に対して唯軽く挨拶をしたまでの事であるが、それが千代葉には母親からそんな余計な事を云われる義理はないと不快に感じられたので、尻目にお亀を睨みながら千代葉はわざと後向に以前の窓際に坐りかけると、姐さんから、

「千代ちゃんお茶を入れておあげ。」と命ぜられてますます頬をふくらせた。

「お亀さん、こん度の家はどうだえ。辛抱ができそうかえ。」と元葉は座布団の下になった長煙管をさがし出す。

「姐さん、実はそのおはなしで伺ったので御在ます。」とお亀は少し気まりがわるそうに伏目になった。

お亀は額のひろい眉尻の下った目の細い顔の平い女で、いつ結ったかわからない銀杏返の鬢や前髪におそろしい癖があるが顔の色だけは白粉でもつけたように白いので、今年十八になる千代葉の母とは思われない位若く見える。それと共に汚れた瓦斯双子の襟付に幾

度も洗張をしたらしい銘仙の半纏をかさね、節糸か何かの前掛をしめた着物の着様の、胸もはだけて帯もしまりなく、何処という事なくしだらなくいやらしく見える様子、田舎廻の酌婦か、そうでなければ郡部の小料理屋にでもいた事のある女のように見られるのであった。

お亀は寒い路地裏から暖い家の内へ這入ったので、急に頭髪《かみ》の中が痒くなったと見えて遠慮もなく簪で髪の中を掻きながら、「姐さん、とんでもない目に逢いましたよ。もうお嫁に行くのはこりごりいたしましたよ。お酒の上がわるいんでね、何かというと撲ったり蹴ったりするんじゃありませんか。それにね、あなた。子供が六人もあるんですよ。一番小さいのが三つでその上が五つなんでしょう。それだけでも随分世話が焼けるのに八十になる姑がいるんですよ。とても辛抱が仕切れませんからね、何処か御奉公に上りたいと思って出て参りました。」

「そうかい。どこでも女中がなくて困っている時だから、それもいいだろうよ。」と元葉は銅壺の中へ水注の水をついだ。

「姐さん、こちら様じゃいかがでしょうね。」

「おっかさん、家にゃお駒さんが居るわよ。ねえ姐さん。」と今まで後向きになっていた千代葉はくるりと向直って二人の顔を見た。丁度その時格子戸を明けてお駒という十四五の小女が水洟を啜りながら帰って来た。下女と箱屋とを兼ねた仕込の妓である。

「そうだね、家じゃ今の処手が足りているんだよ。」元葉は思出したように、「御向の千歳家さんじゃ此の春から女中がなくって困っているようだから、聞いて見たらいいかも知れないよ。」

「そうで御在ますか。やっぱり芸者家さんで御在ますか。使ってさえ下さるんなら今からすぐ参ります。」とお亀は稍元気づいた調子になった。

「千代ちゃん、それじゃお前、鳥渡《ちょっと》千歳家さんへ行ってきいて来て御覧。」

「姐さん、わたし困るわ。わたしいやよ。わたしおっかさんに此の土地で女中なんぞしていられちゃア、わたし気まりがわるくって困るわよ。」と千代葉は段々泣声になった。

「まア、どうしてだえ、妙なことをいうじゃないか。この前だって此処のお家の御厄介になっていた事があるのにさ。」

「その時のことを忘れたの、おっかさん、わたしゃあんな気まりのわるい思いをした事は有りやァしないよ。ほんとに馬鹿にしているわよ。」

千代葉は口惜しくてたまらぬというようにとうとう袂で顔を押えた。

「そう親子喧嘩をしちゃ困ってしまうねえ。」と姐さんは煙草の烟の中から真実当惑したように親子の様子を眺めた。

お千代は母のお亀が十六の時千葉の在所から東京へ出て来て、奉公先の屋敷へ出入する車宿の曳子と出来合い其の間に生れた娘である。お千代が九ツになった時車夫は心臓麻痺で死んだので、お亀はお千代を連子にして場末の或る八百屋へ再縁した。八百屋の亭主はやがてお千代が十五になるのを待兼るようにして元政家という現在の芸者家へ二百円で売飛した。それのみならず軈《やが》てお亀を追出して外の女を引入れた処から、お亀は泣く泣くお千代をたよりに、今日のように風呂敷包を抱えて芸者家へやって来たのである。それは一昨年の丁度今時分で、お千代が始めてお座敷へ出てから三箇月ばかりたった時であった。

お亀は半年ばかり台処の手伝をしている中毎夜芸者家町を売り歩く汁粉屋と出来合って駈落をした。それが一時土地の笑草になって、中には面白がってお千代にからかったりする者があったので、お千代は気まりをわるがりお湯へも髪結さんへも行かれないといって泣いていたが、噂は程もなく消えてしまうと、或日お亀は又もやひょっくり風呂敷包を抱えて舞い戻って来た。汁粉屋と入谷の方で貧乏世帯を張っていたが、やがてお亀を女郎に売ると云って承知しない処から別れて出て来たと云う話である。再び芸者家の厄介になっている中近所のものの世話でブリキ屋の職人に片付いた。それは半年ばかり前のことである。

「どうしたもんだろうね。お亀さん、もう一度ブリキ屋さんの方へ還るように話をして見たらどうだえ。どこへ行ったたって同じ事だよ。」

「おっかさん、姐さんのいうようになさいよ。またいつか見たようにくだらない真似をされると、見っともないからさ。わたしだって、こう見えても芸者ですからね。おっかさんに勝手なだらしのない真似をされちゃ困るからね。後生だから還っておくんなさいよ。」

長火鉢の上の電燈に灯がついた。三人は云合したように電燈の球を見上げた。

「御免なさい。姐さんはお内。」と云いながら格子戸を明けるものがある。端近に居た仕込のお駒が反身に手を伸して上口の障子を明けると、白髪頭に小さな丸髷をのせ、白魚で顔から手の先まで気味わるく斑になった五十ばかりの小柄の婆さんである。襟のかかった糸織の万筋《まんすじ》に同じような羽織をかさねお召の前掛をしめ、何かの染返しらしいお納戸縮緬の襟巻をしている。多年芝の宇田川町で蔦屋という芸娼妓の周旋をしている桂庵のかみさんである。

「おや、おばさん。」と女主人の元葉は長火鉢の鉄瓶を片寄せて火を掻き立てた。桂庵の婆は襟巻をとりながら長火鉢の前まで歩み寄る間もだまっていない。

「お寒いのに、皆さんお変りもなくってほんとに結構ですよ。こちらのお内はいつ上っても何となく陽気ですね。この御商売は外から鳥渡覗いても何となく陽気でなくっちゃいけません。繁昌する御店はすぐ知れますよ。」

饒舌りながら坐ると共に細い筒のついた煙草入を帯から抜出し、片隅にお亀の坐っているのを見て、

「お千代さんも大層おいそがしいそうですね、結構ですよ。」

桂庵の婆はこの前お亀が女中代りに働いていた時分知っていたので御世辞を言ったので

ある。

「ええ、おかげさまでわたしも安心していますよ。」とお亀も唯その場だけの返事をした。それがお千代には又しても不愉快に聞えた。安心するもしないも母親《おっか》さんの知った事じゃないと思うと何やら口惜しいような心持がしてその仕返しに恥でも掻かせてやろうというような口振りで、

「おばさん、どこかおっかさんを世話してやって下さいな。家にゃお駒さんもいるし、わたしだって毎日掃除はしているんですからね。」

「おばさん、どこか好い口はないかね。」と元葉も長火鉢の向から言葉を添えた。

「御奉公ですか。」と婆は始めて見直すように上目使に鳥渡お亀の様子を見遣りながら、

「今まで片付いておいでなすったんでしょう。」

元葉が半年ほど前ブリッキ屋へ行った事を説明した。

「そうですかえ、御奉公ならいい口はいくらでもありますよ。」婆は火鉢の角で軽く煙管をはたいた後斜に膝をお亀の方へ向けた。

「何処でもよう御座んすよ。ここにいてお千代に厄介をかけるのも気の毒ですからね。」とお亀もすこし膝をすすめる。桂庵の婆は何か思いだしたと云う様子で、

「こういう口があるんだがどうでしょうね。実はこの間から度々頼まれていながらつい忘れていたんだよ。これはほんのおはなしだけさ。無理にというんじゃありませんよ。さる

処の御隠居だがね、親切に身のまわりの世話をしてくれる人がほしいとお言いなさるんだよ。あんまり若いのもいやだとお言いなさるのさ。一度は世帯を持った事のあるような人でなくっちゃ間に合わないとお言いなさるのさ。身元のたしかな人でなくっちゃ上げられないからね、方々心当りをさがしていたんだよ。お給金はわたしがお話をして着物はあっち持で手取り四十円はきっと頂いて上げるつもりだがね。そうすると半年辛抱しなさればまず弐百円一年で四五百円はたまりますよ。ただの御奉公じゃまず十五円がせいぜいでしょうからね……。」

抱主の元葉と千代葉は、首を伸してしゃべりつづける婆と黙って聴いているお亀の様子とを見くらべていたが、千代葉は急に思出した事でもあるような風をして二階へ上って行った。

窓際に姐さんと自分の鏡台とが二つ並べてある。お千代は鏡の前に坐って櫛を手に取りながら鬢をかこうともせずぼんやり自分の顔を見ていた。

お千代は実の母が妾奉公の相談を受けているのを傍で聞いていて気の毒でたまらなくなったという訳ではない。唯桂庵の婆さんや抱主に対して、あんなぐうたらな女親を持っているのかと思われるのが辛いあまりにその場をはずしたのであった。お千代は一刻も早く母親がお妾でも酌婦でも何でもいいから早く話をつけて此処の家から外へ出て行ってくれればよいと思うと急に癇癪が起って来て力一ぱいに鬢の毛を掻き上げた。

窓と物干台とを向合せにした裏の家の二階から誘合って湯に行くらしい女達の聞き馴れた声が聞えたので、お千代も始めて時間に気がついて、鏡台から化粧の道具と手拭とを取上げ、梯子の降り口から、「姐さんお湯へ行きます。」

下へ降りるとそのままついと上框の方へ行こうとするのを姐さんの元葉が呼留めた。

「千代ちゃん、お前さん寝衣にする浴衣があるんならおっかさんに貸しておあげ。」

「あら、どうするの。」

「お千代さん、わたしが後でお給金の中からきっと何とかして上げますよ。先様へ上ってあんまり見っともないようでもいけないからね。」と桂庵の婆が云い添えた。

「じゃ、おばさん、もうきまったの。」と千代葉は何と云うこともなく顔を赤くした。お亀は頻りに前髪を直している。

「先様は市ヶ谷ですから、これからすぐお連れ申して見ますよ。」

「あらそう。浴衣なら二階の押入にあるわ。」

千代葉は上口の障子を明けて下駄をはきかける。お亀はやっぱり髪を気にしながら、

「じゃお千代、姐さんに出していただくよ。」

「ええ勝手に幾枚でも持ってお出でなさい。」と格子戸を明けてから千代葉は振返って閉め忘れた上口の障子へ手をかけながら、「おっかさん、今度は辛抱おしなさい。おばさん、ほんとにお世話さまね。」

抱主の元葉は千代葉の言草に覚えず笑を漏したが、それをばお亀も桂庵の婆も気がつかなかった様子である。

溝板の上をかけて行く千代葉の下駄の音がいつまでも聞えた。

大正十一年十二月稿

寐《ね》顔《がお》

龍子《りゅうこ》は六歳の時父を失ったので其の写真を見てもはっきりと父の顔を思出すことができない。今年もう十七になる。それまで龍子は小石川茗荷谷の小じんまりした土蔵付の家に母と二人ぎり姉妹のようにくらして来た。母の京子は娘よりも十八年上であるが髪も濃く色も白いのみか娘よりも小柄で身丈さえも低い処から真実姉妹のように見ちがえられる事も度々であった。

龍子は十七になった今日でも母の乳を飲んでいた頃と同じように土蔵につづいた八畳の間に母と寝起を共にしている。琴三味線も生花茶の湯の稽古も長年母と一緒である。芝居へも縁日へも必ず連立って行く。小説や雑誌も同じものを読む。学課の復習試験の下調も母が側から手伝うので、年と共に龍子自身も母をば姉か友達のように思う事が多かった。

然し十三の頃から龍子は何の訳からとも知らず折々こんな事を考えるようになった。母はもし自分というものがなかったなら今日までこうして父のなくなった家にさびしく一人で暮しては居られなかったかも知れない。自分が八ツの時亡くなった祖母の家にとうに帰ってしまわれたかも知れない。母がこの年月ここにこうして居られるのは全く自分の生れた為ではないか。龍子は母が養育の恩を今更のように有難く忝なく思うと共に、また母に対して何とも知れず気の毒のような済まないような気もして自然と涙ぐんだ。それ以来龍子は唯に母と自分の身の上のみならず見廻す家の内の家具調度または庭の植木のさまにまで底知れぬ寂しさを感ずるようになった。

家の内には龍子が生れた時から見馴れた簞笥火鉢屛風書棚の如き家具の外に茶の湯裁縫生花の道具、または大きな硝子戸棚の中に並べられた人形羽子板玩具のたぐい、一ッ一ッに注意すれば寧ろ物が多過ぎるほど賑かに置かれてある。それにも拘らず家の内はいつもしんとして薄寒いような気のする程静である。

日当りのいい縁側には縮緬の夜具羽二重の座布団や母子二人の着物が干される。軒先には翼と尾との紫に首と腹との真赤な鸚哥《いんこ》が青い籠の内から頓狂な声を出して啼く。さして広からぬ庭には四季断えず何かしら花がさいているが、其等の物のハデな艶しい色彩は却って男気のない家の内の静寂をばどうかすると一層さびしく際立たせるように思われる事があった。

日頃母子の家に出入する男といっては、日々勝手口へ御用を聞きに来る商人の外には、植木屋と呉服屋と家作の差配人と、それから桑島先生という内科の医者くらいのものであろう。いずれも龍子の生れない前から出入していた人達で、もう髪の白くなっていないものは一人もない。

橘屋という呉服屋の番頭は長年母の実家の御出入であった関係から母の嫁入した先の家まで商いを弘めたのである。差配人の高木というのは亡った主人が経営していた会社の使用人で長年金庫の番人をしていた堅い老人である。植木屋は雑司ヶ谷から来る五兵衛《ごへえ》という腰のまがった爺であったが、龍子が丁度高等女学校へ進もうという前の年松の霜よけをしに来た時、徴兵から戻って来た亀蔵《かめぞう》という伜を連れて来て、自分は年を取って仕事に出られなくなったから此後は親爺同様に伜をお使い下さるようにと頼んで行った。長年かかりつけの桑島先生が老病で世を去ったのも矢張その頃であった。

龍子は或日学校から帰って来た時、前夜からすこし風邪をひいていた母の枕元に年の頃は三十四五とも見える口髭のうつくしい見知らぬ医者の坐っているのを見た。龍子は桑島先生の死後その代りに頼むべき医者のことはまだ一度も母から聞いていなかったので、その日突然見知らぬ若い医者の姿を目にした時、龍子は何のわけもなく、この医者も丁度植木屋の五兵衛が伜の亀蔵を頼んで行ったように、桑島発生の生きていた時からその代りとして推薦されたものであろうと思った。そしてその時には岸山先生という其の名前さえ母には問わなかった。

新来の若い医者は三日ほどたって復診察に来た。龍子は母の枕元で話をしながらシュウクリイムを一口頬張った所なので、次の間へ逃出して口のはたと指先とをふいた後静に元の座に立戻った。医者は母に向って食慾の有無と又咳嗽《せき》が出るか否かを簡単にきいたばかりで、脈搏も見ず体温も計らず、又患者の胸に聴診器を当てても見なかった。そして携えて来た鞄から処方箋を取出して処方を認めると其儘だまって座を立った。龍子は老った桑島先生の診察がいつもいやになる程念入れであったのに引くらべて、岸山先生の診察振りの此れは又あまり簡単過ぎるのに少し頼りないような気もして、女中と一緒に玄関まで送り出した後母の枕元に坐るが否や、

「おかァ様、今度の先生はどこも見ないんですね、あれでいいんでしょうか。」というと母は別に重い病気ではない唯風邪を引いたばかりだからあれでいいのでしょうと答えて、安心している様子に龍子もそれなり何もきかなかった。もともと龍子は年とった桑島先生を深く信用している訳ではなかった。唯経験を積んだ御世辞のいい開業医に過ぎない事を知っていたので、新来の岸山先生の簡単な診察振と愛想気のない態度については却って学者にふさわしいような気もした所から、その後病気になった時には母のすすめるのを待たず進んで岸山先生の診察を受けた。

或晩龍子は母と一緒に有楽座へ長唄研精会の演奏を聞きに行った時廊下の人込の中で岸山先生を見掛けた。岸山先生は始めて診察に来た時の無愛想な態度とはちがって鄭寧《ていねい》に挨拶をした。それから暫くたって矢張母と一緒に帝国劇場へ行った時また岸山先生に出会っ

た。そして誘われるままに紅茶を飲んだ。龍子は帰りの電車の中で岸山先生が長唄を習っているということを母から聞いた。

母子《おやこ》は毎年八月になると鎌倉か逗子かへ二三週間避暑に行く。龍子が十五になった時の秋、東京にコレラが流行して学校は九月末まで休みとなった所から、母子は一度東京へ帰ってまた鎌倉へ引返した事があった。滞在中に二度ほど岸山先生が見えた。二度とも鎌倉のある病家へ往診に来たついでだという事であった。二度目の時龍子は母と先生と三人して海水を浴びに行った。晩食をも一緒にすましてから先生は最終列車で東京へ帰る。それをば母子は涼みながら停車場まで送って行った。

次の年、龍子はもう十六である。去年と同じように鎌倉に避暑していた時龍子は毎日母と二人ぎり差向いのたいくつさに、今年も岸山先生が遊びに来て下さればよいのにと言ったが、母は笑ったばかりで何とも云わなかったので、次の日龍子は「わたし先生に手紙を上げて見ましょうか。」というと母は鳥渡龍子の顔を見てすぐに笑顔をつくり、「病気でもないのに、お気の毒です。」と言った。

東京に還ってからその年は冬になっても母子二人ともに風邪一つ引かなかったので、龍子は岸山先生の姿を見ずに間もなく十七の春を迎えた。

梅がさきかけた時分、或る日学校からの帰り道龍子は電車の中で隣に腰をかけている二人連の見知らぬ男の口から、茗荷谷という自分の住んでいる町の名と、小林という自分と同じ名前が幾度か言出されるのを不図聞きつけて何心なく耳を澄した。二人とも洋服を着た三十代の男で頻に岸山医学士の事を噂している中に確に母の京子と覚しい或女の事が交えられている。龍子は車体の動揺車輪の響と乗客のざわつく物音にも係らず二人の談話の何たるかを明かに推察することが出来た。急に顔が火のようにほてって来る。胸の動悸が息苦しい程はずんで来る。電車がとまった。龍子はついと立上って込合う乗客を突きのけて車を下りた。「乱暴な女だな」と驚いたもののあった位なので龍子は停留場のいずこであるかも暫くは知らなかった。

空は晴れているが風が強いので面も向けられぬ程砂ほこりの立つ中を龍子は家まで歩き通しに歩いた。

その夜龍子はいつものように、生れてから十七年、同じように枕を並べて寝た母の寝顔《ねがお》を、次の間からさす電燈の火影にしみじみと打眺めた。

日が暮れても猶吹き荒れていた風はいつの間にかばったり止んで雨だれの音がしている。江戸川端を通る遠い電車の響も聞えないので時計を見ずとも夜は早や一時を過ぎたと察せられる。母はいつもと同じように右の肩を下に、自分の方を向いて、少し仰向《あおむき》加減に軽く口を結んでいかにも寝相よくすやすやと眠っている。龍子は母が病気の折にも、翌朝学校へ行くのが遅れるといけないからと言われて極った時間に寝かされてしまう所から、十七になる今日が日まで、夜半にしみじみ母の寐顔を見詰めるような折は一度もなかった。

束髪に結った髪は起きている時のように少しも乱れていない。瞼が静に閉されているので濃い眉毛は更に鮮かに、細い鼻と優しい頬の輪郭とは斜にさす朧気な火影に一層際立ってうつくしく見えた。雨は急に降りまさって来たと見えて軒を打つ音と点滴の響とが一度に高くなったが、母は身動きもせずすやすやと眠って居る。然しそれは疲れ果てて昏睡した傷しい寝姿ではない。動物のように前後も知らず眠を貪った寝姿でもない。龍子は綺麗な鳥が綺麗な翼に嘴《くちばし》を埋めて、静に夜の明けるのを待って居る形を思い浮べた。

龍子は岸山先生と母との関係についてはもう何事も考えまいと思った。電車の中で耳にした噂が根もない事であったら無論それに越した事はない。万一事実であったらそれは母の寂しい生涯に果敢ない一点の色彩を加えた物語として龍子は出来るかぎり美しい詩のように考えよう。此の後不幸にして此の噂が世間の人の口に云い伝えられるような事があっても、自分だけは母に対しては何事も知らないような顔をしていようと考えた。

そして龍子は母の方を向いて母と同じように行儀よく静に目をつぶった。けれどもすぐには眠られなかった。夢とも現ともなく龍子は去年の秋頃から通学する電車の中で毎朝見かける或学生の姿を思い浮べた。袂の中へいつの間にか入れられてあった艶書の文句を思出した。艶書は誰にも知られぬ間に縦横きれぎれに細かく引裂かれて江戸川の流に投げ棄てられたのである。龍子は意外な夢にわれから驚き覚めると、目の前にはすやすや眠って居る母の顔がほのかに白く浮んでいる。然し龍子は最早や最初のように驚異の情を以て母の寐顔を見はしなかった。何という訳もなく一層親しい打解けた心持で母の顔を見詰めている中次第につかれて今度はぐっすり寝入ってしまった。

大正十二年二月稿

花火

午飯の箸を取ろうとした時ポンと何処かで花火の音がした。梅雨も漸く明けぢかい曇った日である。涼しい風が絶えず窓の簾を動かしている。見れば狭い路地裏の家々には軒並に国旗が出してあった。国旗のないのはわが家の格子戸ばかりである。わたしは始めて今日は東京市欧洲戦争講和記念祭の当日であることを思出した。

午飯をすますとわたしは昨日から張りかけた押入の壁を張ってしまおうと、手拭で斜に片袖を結び上げて刷毛を取った。

去年の暮押詰って、然も雪のちらほら降り出した日であった。この路地裏に引越した其日から押入の壁土のざらざら落ちるのが気になってならなかったが、いつか其の儘半年たってしまったのだ。

過ぐる年まだ家には母もすこやかに妻もあった頃、広い二階の縁側で穏かな小春の日を浴びながら蔵書の裏打をした事があった。それから何時ともなくわたしは用のない退屈な折々糊仕事をするようになった。年をとると段々妙な癖が出る。

わたしは日頃手習した紙片やいつ書捨てたとも知れぬ草稿のきれはし、また友達の文反古など、一枚々々何が書いてあるかと熱心に読み返しながら押入の壁を張って行った。花火はつづいて上る。

然し路地の内は不思議なほど静かである。表通りに何か事あれば忽ちあっちこっちの格子戸の明く音と共に駈け出す下駄の音のするのに、今日に限って子供の騒ぐ声もせず近所の女房の話声も聞えない。路地の突当りにある鍍金屋《めっきや》の鑢《やすり》の響もしない。みんな日比谷か上野へでも出掛けたにちがいない。花火の音につれて耳をすますとかすかに人の叫ぶ声も聞える。わたしは壁に張った草稿を読みながら、ふと自分の身の上がいかに世間から掛離れているかを感じた。われながら可笑しい。又悲しいような淋しいような気もする。何故というにわたしは鞏固な意志があって殊更世間から掛離れようと思った訳でもない。いつとなく知らず知らず斯ういう孤独の身になってしまったからである。世間と自分との間には今何一つ直接の連絡もない。

涼しい風は絶えず汚れた簾を動かしている。曇った空は簾越しに一際夢見るが如くどんよりとしている。花火の響はだんだん景気がよくなった。わたしは学校や工場が休になって、町の角々に杉の葉を結びつけた緑門《アーチ》が立ち、表通りの商店に紅白の幔幕が引かれ、国旗と提灯がかかげられ、新聞の第一面に読みにくい漢文調の祝辞が載せられ、人がぞろぞろ日比谷か上野へ出掛ける。どうかすると芸者が行列する。夜になると提灯行列がある。そして子供や婆さんが踏殺される……そう云う祭日のさまを思い浮べた。これは明治の新時代が西洋から模倣して新に作り出した現象の一である。東京市民が無邪気に江戸時代から伝承して来た氏神の祭礼や仏寺の開帳とは全く其の外形と精神とを異にしたものである。氏神の祭礼には町内の若者がたらふく酒に酔い小僧や奉公人が赤飯の馳走にありつく。新しい形式の祭には屢《しばしば》政治的策略が潜んでいる。

わたしは子供の時から見覚えている新しい祭日の事を思い返すともなく思い返した。

明治二十三年の二月に憲法発布の祝賀祭があった。おそらく此れがわたしの記憶する社会的祭日の最初のものであろう。数えて見ると十二歳の春、小石川の家にいた時である。寒いので何処へも外へは出なかったが然し提灯行列というものの始まりは此の祭日からであることをわたしは知っている。又国民が国家に対して「万歳」と呼ぶ言葉を覚えたのも確か此の時から始ったように記憶している。何故というに、その頃わたしの父親は帝国大学に勤めて居られたが、その日の夕方草鞋ばきで赤い襷を洋服の肩に結び赤い提灯を持って出て行かれ夜晩く帰って来られた。父は其の時今夜は大学の書生を大勢引連れ二重橋へ練り出して万歳を三呼した話をされた。万歳と云うのは英語の何とやらいう語を取ったものので、学者や書生が行列して何かするのは西洋にはよくある事だと遠い国の話をされた。然しわたしには何となく可笑しいような気がしてよく其の意味がわからなかった。

尤も其の日の朝わたしは高台の崖の上に立っている小石川の家の縁側から、いろいろな旗や幟が塀外の往来を通って行くのを見た。そして旗や幟にかいてある文字によって、わたしは其頃見馴れた富士講や大山参なぞと其日の行列とは全く性質の異ったものである事だけは、どうやら分っていたらしい。

大津の町で露西亜《ロシア》の皇太子が巡査に斬られた。この騒には一国を挙げて朝野共に震駭《しんがい》したのは事実らしい。子供ながらわたしは何とも知らぬ恐怖を感じた事を記憶している。その頃加藤清正がまだ朝鮮に生きているとか、西郷隆盛が北海道にかくれていて日本を助けに来るとかいう噂があった。しかも斯くの如き流言蜚語《りゅうげんひご》が何とも知れず空恐しく矢張わたし達子供の心を動かした。今から回想すると其の頃の東京は、黒船の噂をした江戸時代と同じように、ひっそりして薄暗く、路行く人の雪駄の音静に犬の声さびしく、西風の樹を動かす音ばかりしていたような気がする。

祭と騒動とは世間のがや〱する事に於いて似通っている。

十六の年の夏大川端の水練場に通っていた。或日の夕方河の中からわたしは号外売が河岸通をば大声に呼びながら馳けて行くのを見た。これが日清戦争の開始であった。翌年小田原の大西病院というに転地療養していた時馬関条約が成立った。然し首都を離れた病院の内部にはかの遼東還附に対する悲憤の声も更に反響を伝えなかった。わたしは唯薬局の書生が或朝大きな声で新聞の社説を朗読しているのを聞いたばかりである。わたしは其の頃から博文館が出版し出した帝国文庫をば第一巻の太閤記から引続いて熱心に読み耽っていた。夏は梅の実熟し冬は蜜柑の色づく彼の小田原の古駅はわたしには一生の中最も平和幸福なる記憶を残すばかりである。

明治三十一年に奠都《てんと》三十年祭が上野に開かれた。桜のさいていた事を覚えているので四月初めにちがいない。式場外の広小路で人が大勢踏み殺されたという噂があった。

明治三十七年日露の開戦を知ったのは米国タコマに居た時である。わたしは号外を手にした時無論非常に感激した。然しそれは甚幸福なる感激であった。私は元寇の時のように外敵が故郷の野を荒し同胞を屠りに来るものとは思わなかった。万々一非常に不幸な場合になったとしても近世文明の精神と世界国際の関係とは独り一国をして斯の如き悲境に立至らしめる事はあるまいと云うような気がした。基督《キリスト》教の信仰と羅馬《ローマ》以降の法律の精神にはまだまだ憑拠するに足るべき力があるもののように思いなしていたのだ。いかに戦争だとて人と生れたからには此の度独逸《ドイツ》人が白耳義《ベルギー》に於てなしたような罪悪を敢てし得るものではないと思っていたのだ。つまりわたしは号外を見て感激したけれど、然し直に父母の身の上を憂える程切迫した感情を抱かなかったのである。ましてや報道は悉く勝利である。戦捷の余栄はわたしの身を長く安らかに異郷の天地に遊ばせてくれたので、わたしは三十八年の真夏東京市の市民がいかにして市内の警察署と基督教の教会を焼いたか、又巡査がいかにして市民を斬ったか其等の事は全く知らずに年を過した。

明治四十四年慶應義塾に通勤する頃、わたしはその道すがら折々市ヶ谷の通で囚人馬車が五六台も引続いて日比谷の裁判所の方へ走って行くのを見た。わたしはこれ迄見聞した世上の事件の中で、この折程云うに云われない厭な心持のした事はなかった。わたしは文学者たる以上この思想問題について黙していてはならない。小説家ゾラはドレフュー事件について正義を叫んだ為め国外に亡命したではないか。然しわたしは世の文学者と共に何も言わなかった。私は何となく良心の苦痛に堪えられぬような気がした。わたしは自ら文学者たる事について甚しき羞恥を感じた。以来わたしは自分の芸術の品位を江戸戯作者のなした程度まで引下げるに如くはないと思案した。その頃からわたしは煙草入をさげ浮世絵を集め三味線をひきはじめた。わたしは江戸末代の戯作者や浮世絵師が浦賀へ黒船が来ようが桜田御門で大老が暗殺されようがそんな事は下民の与《あずか》り知った事ではない――否とやかく申すのは却て畏多い事だと、すまして春本や春画をかいていた其の瞬間の胸中をば呆れるよりは寧ろ尊敬しようと思立ったのである。

かくて大正二年三月の或日、わたしは山城河岸の路地にいた或女の家で三味線を稽古していた。（路地の内ながらささやかな潜門《くぐりもん》があり、小庭があり、手水鉢《ちょうずばち》のほとりには思いがけない椿の古木があって四十雀《しじゅうから》や藪鶯《やぶうぐいす》が来る。建込んだ市中の路地裏には折々思いがけない処に人知れぬ静かな隠宅と稲荷の祠がある。）その時俄《にわか》に路地の内が騒しくなった。溝板《どぶいた》の上を駈け抜ける人の跫音《あしおと》につづいて巡査の佩剣《はいけん》の音も聞えた。それが為めか中央新聞社の印刷機械の響も一しきり打消されたように聞えなくなった。わたしは潜門をあけてそっと首を出して見た。牛乳配達夫のような足袋跣足《はだし》にメリヤスの襯衣《シャツ》を着て手拭で鉢巻をした男が四五人堀端の方へと路地をかけ抜けて行った。其後から近所の出前持が筋向の家の勝手口で国民新聞焼打の噂を伝えていた。わたしは背伸をして見た。然し烟も見えぬので内へ入ると其の儘ごろりと昼寝をしてしまった。置炬燵が誠に工合よく暖かであったからである。夕飯をすまして夜も八時過あまり寒くならぬ中家へ帰ろうと数寄屋橋へ出た時巡査派出所の燃えているのを見た。電車は無い。弥次馬で銀座通は年の市よりも賑かである。辻々の交番が盛に燃えている最中である。道路の真中には石油の缶が投出されてあった。

日比谷へ来ると巡査が黒塀を建てたように往来を遮っている。暴徒が今しがた警視庁へ石を投げたとか云う事である。わたしは桜田本郷町の方へ道を転じた。三十八年の騒ぎの時巡査に斬られたものが沢山あったという話を思出したからである。虎の門外でやっと車を見付けて乗った。真暗な霞ヶ関から永田町へ出ようとすると各省の大臣官舎を警護する軍隊でここも亦往来止めである。三宅坂へ戻って麴町の大通りへ廻り牛込のはずれの家へついたのは夜半過であった。

世の中はその後静であった。

大正四年になって十一月も半頃と覚えている。都下の新聞紙は東京各地の芸者が即位式祝賀祭の当日思い思いの仮装をして二重橋へ練出し万歳を連呼する由を伝えていた。かかる国家的並に社会的祭日に際して小学校の生徒が必ず二重橋へ行列する様になったのも思えばわたし等が既に中学校へ進んでから後の事である。区役所が命令して路地の裏店にも国旗を掲げさせる様にしたのも亦二十年を出でまい。此の官僚的指導の成功は遂に紅粉売色の婦女をも駆って白日大道を練行かせるに至った。現代社会の趨勢は唯只不可思議と云うの外はない。この日芸者の行列はこれを見んが為めに集り来る弥次馬に押返され警護の巡査仕事師も役に立たず遂に滅茶々々になった。その夜わたしは其場に臨んだ人から色々な話を聞いた。最初見物の群集は静に道の両側に立って芸者の行列の来るのを待っていたが、一刻々々集り来る人出に段々前の方に押出され、軈《やが》て行列の進んで来た頃には、群集は路の両側から押され押されて一度にどっと行列の芸者に肉迫した。行列と見物人とが滅茶々々に入り乱れるや、日頃芸者の栄華を羨む民衆の義憤は又野蛮なる劣情と混じてここに奇怪醜劣なる暴行が白日雑沓の中に遠慮なく行われた。芸者は悲鳴をあげて帝国劇場其他附近の会社に生命からがら逃げ込んだのを群集は狼のように追掛け押寄せて建物の戸を壊し窓に石を投げた。其の日芸者の行衛《ゆくえ》不明になったものや凌辱の結果発狂失心したものも数名に及んだとやら。然し芸者組合は堅くこの事を秘し窃《ひそか》に仲間から義損金を徴集して其等の犠牲者を慰めたとか云う話であった。

昔のお祭には博徒の喧嘩がある。現代の祭には女が踏殺される。

大正七年八月半、節は立秋を過ぎて四五日たった。年中炎暑の最も烈しい時である。井《い》上《の》唖々《うえあああ》君と其頃発行していた雑誌花月の編輯を終り同君の帰りを送りながら神楽坂まで涼みに出た。肴町で電車を下ると大通りはいつものように涼みの人出で賑っていたが夜店の商人は何やら狼狽《うろた》えた様子で今がた並べたばかりの店をしまいかけている。夕立が来そうだというのでもない。心付けば巡査が頻に往ったり来たりしている。横町へ曲って見ると軒を並べた芸者家は悉く戸をしめ灯を消しひっそりと鳴を静めている。再び表通りへ出てビーヤホールに休むと書生風の男が銀座の商店や新橋辺の芸者家の打壊された話をしていた。

わたしは始めて米価騰貴の騒動を知ったのである。然し次の日新聞の記事は差止めになった。後になって話を聞くと騒動はいつも夕方涼しくなってから始まる。其の頃は毎夜月がよかった。わたしは暴徒が夕方涼しくなって月が出てから富豪の家を脅かすと聞いた時何となく其処に或余裕があるような気がしてならなかった。騒動は五六日つづいて平定した。丁度雨が降った。わたしは住古した牛込の家をばまだ去らずにいたので、久しぶりの雨と共に庭には虫の音が一度に繁くなり植込に吹き入る風の響にいよいよ其の年の秋も深くなった事を知った。

やがて十一月も末近くわたしは既に家を失い、此から先何処に病軀をかくそうかと目当もなく貸家をさがしに出掛けた。日比谷の公園外を通る時一隊の職工が浅葱《あさぎ》の仕事着をつけ組合の旗を先に立てて隊伍整然と練り行くのを見た。その日は欧洲休戦記念の祝日であったのだ。病来久しく世間を見なかったわたしは、此の日突然東京の街頭に曽て仏蘭西で見馴れたような浅葱の労働服《ブルーズ》をつけた職工の行列を目にして、世の中はかくまで変ったのかと云うような気がした。目のさめたような気がした。

米騒動の噂は珍らしからぬ政党の教唆によったもののような気がしてならなかったが、洋装した職工の団体の静に練り行く姿には動しがたい時代の力と生活の悲哀とが現われていたように思われた。わたしは既に一昔も前久し振に故郷の天地を見た頃考えるともなく考えたいろいろな問題をば、ここに再び思い出すともなく思い出すようになった。目に見る現実の事象は此年月耽りに耽った江戸回顧の夢から遂にわたしを呼覚す時が来たのであろうか。もし然りとすればわたしは自らその不幸なるを嘆じなければならぬ。

花火は頻に上っている。わたしは刷毛を下に置いて煙草を一服しながら外を見た。夏の日は曇りながら午のままに明るい。梅雨晴の静な午後と秋の末の薄く曇った夕方ほど物思うによい時はあるまい……。

大正八年七月稿

砂糖

病めるが上にも年々更に新しき病を増すわたしの健康は、譬えて見れば雨の漏る古家か虫の喰った老樹の如きものであろう。雨の漏るたび壁は落ち柱は腐って行きながら古家は案外風にも吹き倒されずに立っているものである。虫にくわれた老樹の幹は年々うつろになって行きながら枯れたかと思う頃、哀れにも芽を吹く事がある。

先頃掛りつけの医者からわたしは砂糖分を含む飲食物を節減するようにとの注意を受けた。

誰が言い初めたか青春の歓楽を甘き酒に酔うといい、悲痛艱《かん》苦《く》の経験をたとえて世の辛酸を嘗めると言う。甘き味の口に快きはいうまでもない事である。

わが身既に久しく世の辛酸を嘗めるに飽きている折から、今やわが口俄にまた甘きものを断たねばならぬ。身は心と共に辛き思いに押しひしがれて遂には塩鮭の如くにならねば幸である。

午《ひる》にも晩にも食事の度々わたしは強い珈琲にコニャックもしくはキュイラソォを濺《そそ》ぎ、角砂糖をば大抵三ッほども入れていた。食事の折のみならず著作につかれた午後または読書に倦んだ夜半にもわたしは屢《しばしば》珈琲を沸すことを楽しみとした。

珈琲の中でわたしの最も好むものは土耳古《トルコ》の珈琲であった。トルコ珈琲のすこし酸いような渋い味いは埃及《エジプト》煙草の香気によく調和するばかりでない。仏蘭西オリヤンタリズムの芸術をよろこび迎えるわたしにはゴーチェーやロッチの文学ビゼやブリュノオが音楽を思出させるたよりとも成るからであった。

いつ時分からわたしは珈琲を嗜み初めたか明かに記憶していない。然し二十五歳の秋亜米利加へ行く汽船の食堂に於てわたしは既に英国風の紅茶よりも仏蘭西風の珈琲を喜んでいた事を覚えている。紐育《ニューヨーク》に滞留して仏蘭西人の家に起臥すること三年、珈琲と葡萄酒とは帰国の後十幾年に及ぶ今日迄遂に全く廃する事のできぬものとなった。

蜀山人《しょくさんじん》が長崎の事を記した瓊浦又綴《けいほゆうてつ》に珈琲のことをば豆を煎りたるもの焦臭くして食うべからずとしてある。わたしは柳橋の小家に三味線をひいていた頃、又は新橋の妓家から手拭さげて朝湯に行った頃——かかる放蕩の生涯が江戸戯作者風の著述をなすに必要であると信じていた頃にも、わたしはどうしても珈琲をやめる事ができなかった。

各人日常の習慣と嗜好とは凡そ三十代から四十前後にかけて定まるものである。中年の習慣は永く捨てがたいものである。捨て難い中年の習慣と嗜好とを一生涯改めずに済む人は幸福である。老境に入って俄に半生慣れ親んで来たものを棄て排けるは真に忍び難い。年老いては古きをしりぞけて新しきものに慣れ親しもうとしても既にその気力なく又時間もない。

珈琲と共にわたしはまた数年飲み慣れたショコラをも廃さなければならぬ。数年来わたしは独居の生活の気儘なるを喜んだ代り、炊事の不便に苦しみいつとはなく米飯を廃して麺麭《パン》のみを食していた。塩辛き味噌汁の代りに毎朝甘きショコラを啜っていた。欧洲戦争の当時舶来の食料品の甚払底であった頃にも、わたしは百方手を尽して仏蘭西製のショコラを買っていたのである。

巴里の街の散歩を喜んだ人は皆知っているのであろう。あのショコラムニエーと書いた卑俗な広告は、セーヌ河を往復する河船の舷や町の辻々の広告塔に芝居や寄席の番組と共に張付けられてあった。わたしは毎朝顔を洗う前に寝床の中で暖いショコラを啜ろうと半身を起す時、枕元には昨夜読みながら眠った巴里の新聞や雑誌の投げ出されてあるのを見返りながら、折々われにもあらず十幾年昔の事を思出すのである。

巴里の宿屋に朝目をさましショコラを啜ろうとて起き直る時窓外の裏町を角笛吹いて山羊の乳を売行く女の声。ソルボンの大時計の沈んだ音。またリヨンの下宿に朝な朝な耳にしたロオン河の水の音。これ等はすべて泡立つショコラの暖い煙につれて、今も尚ありありと思出されるものを。医師の警告は今や飲食に関する凡ての快楽と追想とを奪い去った。口に甘きものは和洋の別なくわたしの身には全く無用のものとなった。

たしかリュキザンブルの画廊だと覚えている。クロードモネーが名画の中に食事の佳人は既に去って花壇に近き木蔭の食卓には空しき盞と菓子果物を盛った鉢との置きすてられたさまを描いたものがあった。突然わたしが此の油画を思い起したのは木の葉を縫う夏の日光の真白き卓布の面に落ちかかる色彩の妙味の為めではない。この製作に現われた如き幸福平和にして然も詩趣に富んだ生活に対する羨望と実感との為である。

父の世に在った頃大久保の家には大きな紫檀の卓子の上に折々支那の饅頭や果物が青磁の鉢や籐編みの籃に盛られてあった。わたしはこれをば室内の光景扁額書幅の題詩などと見くらべて屢文人画の様式と精神とを賞美した。

浮世絵を好む人は蕙斎《けいさい》や北斎等の描ける摺物《すりもの》に江戸特種の菓子野菜果実等の好画図あるを知っているであろう。桜花散り来る竹縁に草餅を載せた盆の置かれたる、水草蛍籠なぞに心太をあしらいたる、或は銀杏の葉散る掛茶屋の床几に団子を描きたる。此等の図に対する鑑賞の興は蓋《けだ》し狂歌俳諧の素養如何に基く事、今更論ずるまでもない。

柏莚《はくえん》が老の楽に「くづ砂糖水草清し江戸だより」というような句があったと記憶している。作者の名を忘れたが、これも江戸座の句に「隅田川はる〲来ぬれ瓜の皮」というのがあった。

詩文の興あれば食うもの口舌の外更に別種の味を生ず。袁随園《えんずいえん》の全集には料理の法を論じた食単なるものがある。明治初年西田春耕《しゅんこう》と云う文人画家は嗜口小史《しこうしょうし》を著して当時知名の士の嗜み食うものを説明した。いずれも当時文化の爛熟を思わしむるに足る。

われ等今の世に趣味を説くは木に攀《よ》じて魚を求むるにひとしい。わが医師わが身に禁ずるに甘きものを以てしたるは或は此の上もなき幸いであるやも知れぬ。最早都下の酒楼に上って盃盤の俗悪を嘆く虞なく、銀座を散策して珈琲の匂いなきを憤る必要もない。

大正十年九月稿

写況雑記

目黒

前の日も、其のまた前の日も雨であった。ただの雨ではない。あらし模様の雨である。ざっと降っかけては止み、止んではまた降掛けて来る雨である。雨がやむと雲の間から青々とした空が見えて日がさす。夏の盛りに劣らぬ強い日である。啼きやんだ蟬はその度に一斉に鳴きだす。庭も家の内も共に湯気で蒸された浴室のようである。

九月初旬。二百十日を過ごして二百二十日を待ち構える頃の或日の午後である。下渋谷に住んでいる友人が愛児を失ったという報知に接してA君と二人して弔辞を述べに行った。

A君は蠣殻町の勤め先を早仕舞にしてわたしの家に立寄り連立って出かけたのである。あらし模様の天気と、尋ねにくそうな郊外の番地と道路の泥濘とを予想して、二人はその日の朝どちらから誘うともなく電話で同行を約したのである。

恵比須停留場で電車から降りると絽《ろ》の紋付を着た知人に逢った。もう悔やみに行った帰りだという。そして彼方に見える樹の下の垣根を指さした。赤土の道は思った程ぬかっていなかった。濡れた草の中から虫が鳴いている。雨もやんだままである。

小さな柩の前に回向した後A君とわたしはもう雨の心配のない曇った空を見上げた。郊外の家の垣根道。雨に打たれた木の葉は到る処に散り乱れていた。時ならぬ落葉を踏み踏み火薬庫の裏手を行人坂《ぎょうにんざか》の方へと歩いた。時ならぬ落葉に遊意を催したのである。樹の下を通る時汗ばんだ額にあたる風がひやりとする程つめたい。

何年にも不動尊へは参詣した事がないと、夕日が岡を下りかけた時A君が云った。「日和下駄」を三田文学に寄稿していた時分である。写真機を肩にして世田ヶ谷の豪徳寺をたずねた帰り道。その時も目黒へ廻った。短い秋の日が矢張暮れかかろうとしている時分であった。いわれもなく停車場の方へと急いで行く道すがら大崎の森から大きな月の昇るのを見た。

その前はもういつであったか明には覚えていない。父と母とに手を引かれて大国家《だいこくや》か何処かその辺の茶屋で何か食べた事があるようである。目黒は竹藪ばかり繁った処だと行帰りの車の上で見た当時の景色がただただ神秘に思い返される。

今年わたしは四十も既に半に近づこうとしている。四十年の間に目黒へ来た事も数えて見ると今度でたった四度にしかならない。

人生五十年。中秋の月を望み見る事も数えたら幾回か。年少の頃愛読した書物を重ねて読返し見る日も数えたら幾度あろう。人生日常の事一として哀愁を帯びないものは無いような気がしてならぬ。

はははははと笑ってA君は休茶屋の床几に腰をおろして正宗の燗を命じた。お天気だと枝豆にゆで玉子いろいろこしらえて置きますが今日は何もおあいにくさまでと色の白い円顔の年は二十四五の女房。柳浪先生の小説にでもありそうな女房である。それでも気転をきかして焼海苔を持って来た。

何処もかしこも濡れている。日蔽《ひおい》の葭簀《よしず》はさんざんに破れている。萩のしだれた池の水は土のように濁っている。向日葵も鳳仙花も鶏頭もみんな濡れて倒れていた。鴉も啼かない。耳馴れた蟬の声に遮られて瀧の音もここまでは聞えない。境内は寂然《しん》として雨水の溜りに石燈籠と若木の桜の影との浮んでいるばかりであった。

職人が三四人丸太をかついで敷詰めた石の上を歩いて行った。朱塗の楼門の修繕中である事がわかった。

塗り直さないでもいいに。

井ノ頭のように俗了《ぞくりょう》させたくないものだ。折角広重の名所絵に見る通りだのにと、わたしは立って石燈籠に刻まれた寄進の年月を読み始めた。

A君は正宗の手酌に句を案じている……。

夜帰る

電車もとうになくなってしまった夜深の町を歩いて、わが住む家の門を明け、闇の中に立っているわが家の屋根と庭の樹とを見上げる時、わたしはいつもながら一種なつかしいような穏かな心持になる。この心持は宴席や劇場なぞから帰って来る時、一際深く味われる。

門をくぐると共に必ず郵便箱を検べる。久しく音信のない旧友の書に接する時なぞわたしは家に入るを待たず直様封を切って手紙をよむ。月の光または星の光。或は隣家の門から さす燈の光に高く手紙をかざして読むのである。かかる偶然の機会によって淡々たる日常の生活が忽然詩中のものとなる時わたしは無限の歓びを覚える。始めて人生は美しい懐しいという心になるのである。

静に門の潜戸に鍵をかけて家の戸口に歩み寄る時、わたしは庭の方から淡い花の匂の流れて来るのを知る事がある。石の上に置き忘れた盆栽の花の香であろう。花の香は空気の乾燥した寒い冬の夜に最もよく感じられる。長雨の止んだ後には湿っぽい土の香や草の葉の匂のかぎ得られる事もある。いずれにしても風が吹いたり日の照り付けたりする昼間では感じられぬ有るか無しかの匂いである。

わたしは深夜寂寞の裏《うち》にのみ感じられる此の有るか無しかの香気に迎えられ、真暗な戸口を明けて人気のない家の内に入る。手さぐりに居間の戸をあける。秋の夜も冬近くなった頃には蟋蟀《こおろぎ》が人の留守を幸に忍び込んで長椅子の下や屏風のかげに鳴音《なくね》を立てている。閉めきった窓のすき間から月の光が銀の糸のようにさし込んでいる事もある。

帽子もとらず外套も着たまま捜り寄って燈火《あかり》をつける。机の上には開かれたままの書物、書きかけた草稿、投げ出されたままの筆やパイプ。長椅子の上には既に過去となった其の日の半日午睡の夢をやどさせた羽根布団。汚れた敷物の上には脱ぎすてたなりの上靴。破れた屏風の書画。これ等の凡て取散らされた室内の光景――わたしという一個の老書生の生活は、わたしの痩せた手先に点じられる燈火《ともしび》の光を得ていかにも寂しくいかにも静にわたしの目の前に照し出される。

悔恨と憂悶と希望と妄想と、あらゆる中年の感慨は雲の如くに叢《むらが》り湧く。わたしは此の沈痛なる深夜の感慨をよろこぶ。此の感慨あるが為に深夜独り帰る時わたしの書斎ほどわたしの身に取って世になつかしく思われる処はない。

冬至

年の中で日の最も短いのが冬至である。日が短ければ夜が最も長い。

今日は冬至だというとわたしは何がなしに老たる人の平穏静安な生涯を想像する。苦労があっても顔には出さず悠然として天命を待つ老人の姿を想像する。それ等の事から年中時令の中でわたしは冬至の節をば正月や七夕や中秋彼岸なぞよりも遥に忘れがたく思う事が多い。

冬至は太陽暦では十二月の二十日前後に当る。十二月は東京の冬の最もうつくしい時節である。寒気もまださして厳しくはない。一枚小袖の十一月時雨の降つづく晩なぞに比すれば、冬支度の全くととのった十二月の方が却って寒くはない。

十二月には快晴の日がよくつづく。秋から冬にかけて気候の甚しく不順な年にも十二月になれば天気は大抵定まるものである。木の葉という木の葉はきれいに落ち尽してしまうので日がよく当る。冬青樹《あおき》、扇骨木《かなめ》、八ツ手《で》、木斛《もっこく》なぞいう常磐木《ときわぎ》の葉が蠟細工のように輝く。大空は小春の頃にもまして又一層青く澄み渡って見える。小春の頃にはどうかすると午後の日光が夏のように、眩しく照付けるが為であろう。

十二月は春にもまさって庭に小鳥の声の最も賑う時節である。簪《かんざし》の玉のような白い花の咲く八ッ手の葉陰には藪鶯《やぶうぐいす》が笹啼《ささなき》している。鵯《ひよどり》は南天の実を啄もうと縁先に叫び蒿《あお》雀《じ》と鶺鴒《せきれい》は水たまりの苔を啄みながら庭の上に囀《さえず》る。鳩も鳴く。四十雀《しじゅうから》も鳴く。年中耳馴れた雀の声もいつもに増して楽し気に聞える。

十二月はまことに南軒曝背《なんけんぼうはい》の好時節。日当りのよい縁先に水仙福寿草の蕾《つぼみ》のふくらむのを見ればおのずと杜甫が天時人事日相親。冬至陽生春又来の句も思い出される時節である。

十二月は野菜の味最もよく其価最廉なる時節である。大根もうまい。蕪《かぶら》もうまい。京菜もうまい。葱もうまい。机の傍に円火鉢引寄せ書を読みながら柚味噌《ゆずみそ》煮る楽しみも十二月である。庭の隅に取り忘れられた石榴《ざくろ》の実や藪の中なる烏瓜《からすうり》、または植込のかげの梔子《くちなし》の実に、冬の夕陽の反映を賞するのも十二月である。

門を閉じて客を謝し、独り食に飽きて眠をのみ貪《むさぼ》れば、蟄居の楽しみ全く冬にまさる時はない。冬至の節はわたしの最も好きな日である。

落　葉

菊花は早くもその盛りを山茶花《さざんか》に譲り、鋭い鵙《もず》の鳴声は調子のはずれた鵯に代る十一月の半過から十二月の初が即ち落葉の時節である。黄葉、紅葉、共に落ち散って掃うに暇もないので、落葉は庭にも街にも到る処に積っている。路地の家にも物干台の植木鉢は瓦の間の雑草と共に葉を落す。

わたしのいかに落葉を愛するかは、既に拙著断腸亭襍槀《だんちょうていざっこう》の中に述べ尽されてある。ここに再び繰返すには及ばない。わたしは唯年と共に落葉を愛する情のいよいよ痛切になって来た事を記せばよいのである。

四年前戊午の年大久保の家を売払って築地の路地に引移ろうとしたのは丁度落葉の最も多い十二月であった。山の手の古庭はいうまでもない。落葉は庇の上にも縁の下にも一面に散りつもっていた。わたしは病後の余生を送るに必須な調度と蔵書の一部のみを残してその他のものは庫の中に蔵した先人遺愛の書画骨董から庭の盆栽に至るまで、家に伝わるものは悉く売払って身軽になりたいと思った。病余孤独の身は家を修むる力なく蔵書は唯蠹《むし》の喰うにまかすより外はなかったからである。多年出入りの竹田屋という古書肆の主人が毎日大久保の庭の上に家財道具を運び出して売るものと残すものとを択り分けてくれた。

庭一面の落葉は道具の調べや荷づくりをするには蓙《ござ》や薄べりを敷くよりも遥に誂《あつら》え向きなものであった。誤って花瓶や盞《さかづき》を地に落した時も散り敷く落葉は布団のように軟なために瑕《きず》一ツつきもしなかった。終日樹の下に画幅や古書を投棄てて置いても乾いた枯葉の為に少しも湿める虞がなかった。

十二月もいつか冬至という日――その年は冬至の夕方から雪が降った――築地へ引移って荷物を解くと衣類や布団の間にも落葉がはいっていた。鼠不入《ねずみいらず》の中にも落葉がはいっていた。本箱の中にもまた落葉が舞い込んでいた。一枚々々皆見覚えた樹木の葉である。同じ楓《かえで》の葉にしても、わたしは其の色と其の形とによって、直様これは旧宅の庭のどの辺に立っている樹の葉であるかを弁別し、つづいて雨を聴き月を賞した折の情と景とを回想した。

築地に在る事一年半ばかり、更に今住む麻布の家に移ってからも、曝書の折々、わたしは日頃繙く事を忘れていた書冊の間から旧廬《きゅうろ》の落葉を発見して、覚えず愁然とする事がある。わたしが常に大久保の旧廬を思うて止まない所以はわが青春のあらゆる記憶のここに宿るが為である。父母の恩を思うにつけてわが不孝の罪を悔ゆるが為である。声色の楽に飽き芸術のまどはしから覚めたる中年の感慨ほど苦しきものはない。蔵書の間にまぎれ込んだ旧廬の落葉は今のわが身には寧ろ古書よりもなつかしいものとなった。

わたしが落葉に対して初めてただならぬ感激を催したのは二十四の時亜米利加《アメリカ》へ行った時である。初めてヴェルレエヌが詩を読んだのも丁度此時分であった。当年の記事は亦凡て旧著の中に収められてある。渡航の以前にあっては落葉に対する感興の記憶は一つもない。所謂世紀末の憂悶に触れべき年齢に達していなかった為めであろう。

わたしは今住んでいる麻布の地を愛している。それはわが家の近隣坂と崖ばかりなので樹木と雑草とを見ることが多い故である。又引続く富豪の家の樹木は争って其の塀の頂きから道路の上に枝を伸ばしているので、家を出れば直ちに靴を落葉の中に没する事が出来る故である。

市兵衛町《いちべえちょう》の通りには元南部侯の屋敷の塀に沿うて桜の大木が半町ほどもつづいて立っている。桜と榎とは霜を待たず秋となれば直様《すぐさま》落葉する事他の木よりも早い。されば麻布に移ってよりわたしは毎年人より早く秋に感ずる機会が多い訳である。霊南坂《れいなんざか》を降りかけると米国大使館の塀際に立っている公孫樹《いちょう》の黄葉がはらはらと人の面《おもて》を撲つ。葵橋《あおいはし》まで出ると向い側なる三年町の坂道にも亦桜の大木が立っている。氷川明神山王権現また芝の山内はいずれもわが家を去ること遠くはない。現代の東京市中に卜居してかくの如く落葉に親しむ事の出来るのはせめて不幸中の幸である。

落葉は隠棲閑居の生涯の友である。時雨の降る夕《ゆうべ》落葉の道を過ぎて独り家に帰り、戸口に立ってつぼめる雨傘の上に落葉の二三片止まりたるを見る時の心は清寂の限りである。寒月照り渡る庭に立ち出でて喬木の頂きより落葉の紛々として月光の中に閃き飛ぶさまを看るは悲壮の限りである。若しそれ、風絶えて空曇りたる寒き日の暮れ近く、鶫《つぐみ》の餌をあさりながら空庭に散り積った落葉をがさりさりと踏み歩む音の寂しさに至っては、恐らくは古池の水に蛙の飛び入る響にも劣るまい。

大正十年十二月

十年振 一名京都紀行

一

病来十年わたしは一歩も東京から外へ出たことがなかった。

大正二年の夏慶應義塾講演会の大阪に開催せられた時わたしも厚かましく講演に出掛けたのが旅行の最終であった。

今年大正十一年十月の朔日、わが市川松莚子、一座の俳優を統率して京都に赴き、智恩院の楼門を其のままの舞台となし野外の演芸を試るという。蓋《けだ》しわが劇界未聞の壮挙である。この壮挙を声援せんが為日頃松莚子と深交ある文人作家は相携えて共に西行せん事を約した。ここに於てわたしも十年振りで東京の家を出る事となった。

十年前大阪へ行く時、丸の内の東京駅停車場はまだ工事の半であった。たしか大正四年の春松本泰君が再度英国に遊ぼうとした折、又その翌年故上田博士が京都に帰らるる時、また大正八年松居松葉子が重て欧米漫遊の途に上らんとする際、わたしは丸の内停車場のプラットフォームまで見送りに来た事はあったが、然し一度もここから汽車に乗った事はなかった。

わたしの旅行は今日全く人から忘れられたかの汐留の古いステーション——明治五年に建てられたとかいう石造りの新橋ステーションからのみ為されていた訳である。そう思うとわれながら微笑を禁じ得ない。同時に、今更の如くわたしの身も正に彼の古いステーションと同じように今は全く過去のものとなった——わが時代は既に業に遠く過ぎ去ったという事を意識しないわけには行かない。

二

京都に遊ぶのはこの度が四回目である。明治三十年の頃父母に従って遠く南清に遊ぶ途すがら初めてこの都を見物した。次は明治四十二年清秋の幾日かをここに送った事があった。三度目は慶應義塾大阪講演会の帰途であった。偶然祇園の祭礼に出会って其の盛観を目撃する事を得た。人家の欄干に敷き連ねた緋毛氈《ひもうせん》の古びた色と山鉾の柄に懸けたゴブラン織の模様とは今も猶目に残っている。幽暗なる蠟燭の火影に窺い見た島原の遊女の姿と、角屋の座敷の絵襖とは、二十世紀の世界にはあろうとも思われぬ神秘の極みであった。わたしは東京の友人に送った絵葉書に、吾等は其の郷土の美と伝来の芸術の何たるかを討《たず》ね究めようとすれば是非とも京都の風景と生活とに接触して見なければならないと云うような事を書きしるした。

それから十年を過ぎた。十年ぶりに来て見た京都の市街は道幅の取広げられた事、橋梁河岸の改築せられた事、洋風商店の増加した事、人家の屋根の高くなった事なぞ十年前の光景に比較すれば京都らしい閑雅の趣を失った処も少くはない。嘗て一度眺め賞してより終生忘れることの出来ないように思った彼の出町橋のあたりの寂しい町端の光景の如きは、今日再び尋ねようとしても尋ねる事の出来ぬものとなっている。

然し京都には幸にして近世文明の容易に侵略する事を許さぬ東山の翠巒《すいらん》がある。西山北山を顧望《こぼう》するも亦さほどに都市発展の侵害を被っていないように見えた。鴨河にはまだ幾条も日本風の橋が残っていた。粟田御所の塀外に蛟龍の如く根を張っている彼の驚くべき樟《くすのき》の大木は十年前に見た時と変りがなかった。堀川の岸に並び立つ柳の老木は京都固有の薄暗い人家の戸口に落葉の雨を降らせていた。白川の小流れには女が染物を洒《さら》していた。大体に於て今日の京都は今日の東京の如くに破壊せられてはいなかった。年々上野や芝山内の樹木の枯死するのを見ている東京人の眼には京都はいかにも松樹千歳の緑に包まれ青苔日に厚く自ら塵なき旧都であるように思われる。

児女の風俗も街上の光景と同じく今尚伝来の趣味を失わずに居るところが多い。洋風の束髪は岡崎公園の附近と市中のカッフェー洋食屋との外には稀に之を見るばかりである。京極の夜の巷を歩いてもわたしは銀座通りで見るような染色のけばけばしい飛模様の羽織や縫取の帯を目にしなかった。

自動車も人力車も通らない坂道の曲角、または寺院の古びたる土墻《ついじ》に沿うた小道なぞで、わたしは物買いにでも行くらしい京都の女の銘仙か節糸織の縞の袷に前掛をしめた質素な小ざっぱりした姿を見るたびたび、何のわけとも知らずわたしは東京の町の女の二十年ほどむかしの風俗を思出すのであった。

衰残の人に対して無上の慰安を与うるもの過去の追憶にまさるはない。わたしは此儘永く京都に止りたいような心になったのもこれ等の為である。

三

京都の市街はこの後果していつまで過去及現在の幽静閑雅の趣を持続し得るものであろう。これはわたしひとりの考うべき問題ではない。啻《ただ》に京都市民のみならず広く国民一般の考慮して然るべき問題であろう。時勢と共に民衆生活の状態と社会組織の既に激変しつつある今日、京都に残る古代の社寺庭園樹木の存亡は引いて国民将来に於ける思想上の大問題であろう。階級制度の世に於ける時よりも軈《やが》て来らんとする民衆政治の世にあっては、史蹟と古美術とに対する愛護の方法は更に一層の注意と考慮とを必要とするであろう。

一日粟田神社に近き一寺院の境内を過ぎた時、わたしは足駄をはいて野球を弄ぶ学生等の樹木庭園に対して何等一片の慮りをも持っていないらしい挙動を目撃した。都市の風致を損傷するものは独り銅臭の資本家ばかりではない。常識なき無頼の学生とさかりの付いた野犬の如きは共に林泉の破壊者として憎まなければならない。

四

京都に遊ぶことを喜ぶものはおのずから僧侶を敬いまた妓女を愛さなければなるまい。緇衣《しい》と紅裙《こうくん》とは京都の活ける宝物である。この二ツのものがなかったなら現在の京都は正に冷静なる博物館と撰ぶ処なきに至るであろう。幽邃《ゆうすい》なる寺院の境内より漏れ聞ゆる僧侶が読経の声と梵鐘の響とは古雅なる堂塔の建築と相俟ってここに森玄なる宗教芸術の美がつくり出される。東山鴨水の佳景にして若し綺羅紅裙の色彩を断ったならば、其の風趣は唯に名家の画を見て此れを窺うも妨げはあるまい。京都を芸術の都市として鑑賞しようとする時吾等は現代の仏教徒が信仰学識の如何を論ずる必要がない。妓女が節操の如何もまた更に問うを要しない。吾等は唯近世の空気に侵されざる僧と妓との生活に対して感謝の意を表すれば足りるのである。

流水と松籟の響に交る読経の声と、桜花丹楓に映ずる銀釵《ぎんさい》紅裙の美とは京都に来って初めて覔《もと》め得べき日本固有なる感覚の美の極致である――即秀麗なる国土山川の美と民族伝来の生活との美妙神秘なる芸術的調和である。

五

名所古蹟の中にも遊覧者の万人斉しくこれを訪うものと又然らざるものとの二ッがある。金閣寺、永観堂、下加茂の社の如きは其の前者に属し、詩仙堂、三千院、修学院等の如きは後者の中に列せられべきものであろう。

名所古蹟の俗了せられたものは恰も骨董店頭の古器を観ると変りがない。芸術家の製作品もまた名所古蹟と同じである。俗衆の歓迎ほど製作の品位を傷けるものはない。作品の生命は唯限られたる少数者の理解と同情とによりて守護せらる。

一日鹿ヶ谷に法然院を尋ねた後銀閣寺に入ってわたしは案内者の説明を聞いている中、偶然以上のような事を感じて踵《きびす》を回した。

六

東山を攀る林間の細径にはこの丘陵の風致を保存する為め樹木を愛惜すべき旨を認めた官庁の訓示が処々に立てられてある。

東京市中に在って此等に類する官庁の訓示は大抵の場合却って人をして反感軽侮の念を抱かしめる外何の用をもなさぬものである。吾等久しく御濠の樹間に見馴れたる「此ノ土手ニ登ル可ラズ警視庁」の掲示の如き其の一例である。或は既に枯死したる街路樹の幹に札を下げて樹木の愛すべきを説きたるが如き滑稽なるものもある。

然し一度京都に来って東山の林間に逍遥すれば、何人と雖永くここに此の幽趣を保存しようという官庁の訓示の当然なるに首肯するであろう。それと共にまた一般遊歩者の名山の草木に対していかに無情にして狂暴なる挙動をなすかを推測し得るであろう。人家の墻《しょう》に果実の熟するを見れば必石を投じ花の開くを見れば直にその枝を折らんとし、猫狗の路傍に遊ぶに逢えば木を取って撲とうとするのは、蓋しわが国民性の然らしむる処、二千年来の教化も遂にこれを改めしむる力がなかった。

我が郷国風土の美は僅に官権の実施を俟って保存せられているのである。

七

人の病は外より冒されるが為に発するばかりではない。自ら内より発する病も鮮《すくな》くはない。山林庭園の草木を枯死せしむるものは独俗客の跋渉によるが為めのみではない。樹木にはおのずから樹木の病がある。加うるに風雨と鳥獣と昆虫も時に樹木に害をなす事あるはわれ等の云うを俟たぬ処である。

京都府庁とこの地方の林務署とは既に林中に訓示を掲げて東山の草木の保育に努めている。若し其の方法にして独りここに遊ぶ人間に対して訓示するのみに止まらず、進んで草木その物に対しては恰も農夫の稲に於けるが如く学者の書巻に於けるが如きものありとせば其の恩沢を蒙むるものは啻にわが国内の雅客《がかく》のみならず世界の旅行者も深く其の労を謝するであろう。

仏蘭西共和政府はフォンテンブロォ深林の老樹を保養するに医薬の費を惜しまないという事である。アナトールフランスの感想録に佳樹（Bel arbre）と静思（Calme pensée）とこの二者より麗しきものは世になしとの意を示した語があった。東京市中の庭園路傍の草木は塵埃煤烟の為めに悉く生色を失っている。一度病樹の巷を去って松柏鬱然たる京都に来るや否や、わたしはまず何より先にアナトールフランスが佳樹静思の一語を思出したのである。

祇園の垂糸桜は大分弱っている。粟田御所の大樟にも枝の枯れた処が見えている。その樹下を過る度にわたしは何とも知れぬ暗愁を禁じ得ないのである。

八

十月一日智恩院三門演劇の壮観は親しくこの事に参与せられた諸家の記録の既に新演芸其の他の雑誌に掲載せられたものについて此れを見れば十分である。

わたしはここに当日写真機を携えたる新聞記者の甚しく演芸を妨害したる事を記述するに止めて置こう。

野外劇はその名の示すが如く晴天白日の下に公開せられたる演劇である。祭礼の行列ではない。野外劇は既に演劇である以上これを観るに芸術を以てしなければならない事は普通劇場の内部に於て行わるる演劇に対すると少しも異る処はない。異る処は唯建築物の内に於けると否とにあるのみである。野外劇も芸術たる点に於いて普通の演劇と同じである以上、観客と演劇との間には犯すことの出来ない境界を必要とすることは演劇の性質上已むを得ぬ事である。政談演説の如きに於ても猶聴衆の濫に演壇に上って弁者と相並んで立つ事を許さない。然るに当日写真機を携うる新聞記者は警護の者の制止するを肯ぜずして闖入する事の出来ぬ境に闖入して俳優の演技を撮影せんとした。

わたしはここに写真班と称する新聞社員の暴行を責めるのではない。写真班は元より事理を解し得べき程度の人物ではない。わたしは写真班の派出を命令する新聞編輯の当事者を責めるのである。

平素劇場に出入する事を許されたる新聞記者と雖未曽て劇場の観覧席より舞台の演芸を撮影しようとしたものはない。これ演劇の妨害となる事を知れるが故であろう。若し野外劇は劇場を出でたる公開の場所に於て行わるる事を以て弁疏とするならば新聞記者は自ら演劇の何たるかを解しない無智文盲の徒たる事を告白するに過ぎない。

九

松と杉との茂った河原の彼方に朱塗の鳥居が見える。下加茂の鳥居である。

車は竹の林に沿うた平な街道を北へと走って行く。

右も左も見渡すかぎり山の麓に至るまで稲は熟して秋晴の下に金波をただよわせている。白い野菊と赤い雑草の花とは農家の垣、田の畦、道の傍に咲乱れている。

間口の広い家の前を過ぎた。黒光のした柱に行燈が掛けてある。平八茶屋である。

道は人家の間を過ぎて俄に迂回すると急流にかかった橋を渡る。

左右の山は次第に相迫って前面に聳《そび》える比叡山はいよいよ近くいよいよ険しく見え始める。

牛車と大原女の往来が多くなる。

今まで道に沿うて眺めて来た谷川の流は樹の間から唯その響を聞すばかりとなった。

樹の枝が屢車の幌に触れる。車は既に山腹を削った岨道《そばみち》を攀《よ》じて行くのである。空気の澄渡って冷なことが際立って感じられて来る。

山は幾重にも折りかさなり道は幾条にも分れている。道の分るる処には必道しるべの石が立っている。石と共に其の書体も甚古雅に見えた。

幾度か車は行きちがう牛曳と大原女とに道を譲合った。

思掛けない処に折々人家が二三軒つづいている。道もないような処に飛び離れて鳥居や寺の屋根が見えた。

行く事更に数丁遂に車を通ぜざる石逕に達した。また人家がある。生垣のほとりに三千院と刻した石を見た。

石逕は杉の木立の間を登って行く。木立はいよいよ深くまばらに日の光を漏す処、苔蒸した石段の上に門が立っている。

人の跫音を聞いて頻に犬の吠る声がした。

おそるおそる庫裏の戸を叩いて老尼の出るを待ったのは松莚君と余の二人である。

時は九月晦日午下、即智恩院演劇の前日である。

十

東京を出発する時わたしは斯くまでに京都を愛しようとは全く思っていなかった。明治四十二年再遊の際わたしは疏水工事の竣成と共に河原の夕涼の恰《あたか》もその前年より廃止せられた事を聞き、此を惜しみ悲しむのあまり、京都も亦東京の如く伝来の年中行事を失い終るの日も遠いことではあるまいと思ったのであった。また市中見物の途上東大谷の門外なる松の並木の美麗なるを賞すると共に其の裏手に聳る富豪某の邸宅の甚しく風致を害するを憤って、京都の市街も早晩東京の日比谷に類する光景を呈するであろうとの感慨を抱いて東帰の途についたのであった。その後わたしは一度も内地の旅行を企てたことがなかった。日々東京市の変革を目観《もくと》するにつけてわたしは独り京都のみならず国内の都市はいずれも時勢の打撃を受けて東京及その近郊の如くなりつつあるに相違ないと推測していたからである。然し幸にしてこの推測は当っていなかった。わたしが俄に京都を愛し京都に感謝せんとしたのはわが推測の少しく早計に過ぎた事を悔いたが為に外ならない。

およそ一国には国民固有の風習がなくてはならない。都会にはまた其都会特種の情調の存すべき筈である。特種の情調なき都会の興趣に乏しきは恰も品性なき人物と面接するに同じである。匹夫は交を結ぶに難く特徴なき都市は永住の策を講ずるに適しない。現今の東京はさながらイカサマ紳士の徒に邸宅の門戸を大にして愚民を欺き驚すものと変がない。ここに居住する市民の年々野卑暴戻《ぼうれい》となるは当然の事であろう。

わたしは明治四十三年の秋隅田川の汎濫と其翌年浅草の大火とを以て江戸の古蹟とまた江戸趣味との終焉を告ぐるものとなした。以後年々市区改正工事の進捗は市民が生活状態の変遷と相俟って、僅に十年にして遂に東京市をして世界最醜の都会たらしむるに終った。

大正八年の春の頃であった。夜半八丁堀の溝渠に沿うて築地の僑居《きょうきょ》に帰ろうとした道すがら、わたしは家毎に簾を編む機杼の音の薄暗い裏町にひびくのを聞き、春は去って将に夏ならんとする市井の情調の猶掬すべきものあるを思い、却て愁思を動した事があった。翌年現住する麻布の家に移った年の秋には隣家の竹林に鶯《うぐいす》の笹啼を聞き門前の椎に鵙《もず》の来るを見たが三年ならずして今は雀の外庭に小禽の影を見る事は稀になった。

この度京都の再遊はわたしをして恰も老夫の故山に帰臥したるが如き安慰を感ぜしめた。これ独り山水烟霞《えんか》の為ばかりではない。街頭に新聞売の叫ぶを聞かず、電車に無礼の乗客なく、道に駄馬の斃死するを見ず、劇場に新しき文士先生の影を断ちたるこれ皆慰安の種とすべきである。

東京の人にして東京を去り羈旅《きりょ》却て家園に勝る楽しみを覚ゆるとは、わが薄倖も亦甚しといわなければならない。

十一

東京では芸者が通ると人が目に角を立てて見る。中には罵詈《ばり》するものもある。公園のベンチに若い男女の並んで腰をかけているのを見て振返らない人は殆どない。東京ほど岡焼の激しい処は世界に稀である。

京都には今でも合乗の人力車がある。芸者とお客の合乗をして行くのを見ても、往来の人は別に不思議な顔もしない。

京都に来て祇園の妓を聘するのと東京に在って新橋に遊ぶのとは全然情緒を異にする処がある。それは恰も西洋の女優踊子のたぐいを米国の都会に於て見るのと巴里のモンマルトルに於て見る時との相違に似ているであろう。プロテスタントの教義の厳しい社会に在っては此等紅粉の児女は唯浅間しく恐しきものに見えるばかりであるが、モンマルトルに来れば道徳の判断に先じて吾々はまずドガ、ボナアル、ロートレック等が名作とまたミュッセ、ボードレール、ゴンクール等の詩文を思い起す。

芸術を除外して巴里に留ることは決して巴里を知るの道ではあるまい。京都に遊んでよく山水殿堂の美を賞するものはおのずから脂粉の気に親しまざるを得ないであろう。何故というに、祇園の教坊は既に久しく山陽、星巌、三渓諸家の詩文によりて東出鴨水の勝景と共に今はクラシックとなった観があるからである。

この度西遊するに臨んでわたしは予め成島柳北の戯著京猫一斑という小冊子を行李に入れて行った。都名所図会はあまり大部であって他に案内書となすべきものが見当らなかった故である。柳北先生の戯文はわたしの云おうとする処を云い尽している。採録してわたしの記事の拙きに代える。

西京ノ地若シ祇園之妓無ンバ則幾分ノ繁華ヲ減殺シ了スベシ。祇園ノ妓若シ東山ノ勝無クンバ則亦幾分ノ声価ヲ減殺シ了ラン。天下ノ山ハ多シ。而シテ東山ノ清秀温雅ニシテ峻ナラズ峭ナラズ望ンデ愛ス可ク登テ楽ム可キガ若キ者ハ世ニ其匹ヲ罕トス。蓋シ東山ノ春ニ宜シキヤ探花傍柳ノ楽有リ。秋ニ宜シキヤ観楓採蕈ノ遊有リ。緑陰納涼ノ夏ニ於ケル紅楼望雪ノ冬ニ於ケル四時ノ景宜シカラザルハ無シ。而シテ鴨東脂粉ノ光彩目ヲ奪ヒ嬋娟観ル可キ者亦嵐光峰影ノ奇能ク之ガ助ヲ為ス者ニ非ズ邪。然レバ則妓輩皆山霊ノ余沢ヲ頼ンデ衣食スト謂フモ亦不可ナル無シ。余ハ東人也。西土ヲ喜バザル者。然レドモ東山ノ勝ニ至ツテハ則愛翫シ娯楽セザルヲ得ズ。故ニ此ニ遊ブ毎ニ必先山ニ対スルノ楼ヲ択ビテ寓シ旦暮欣賞ス。一良友ト相晤語スルノ思有リ。

また曰く
世間無カル可ラザル者ハ文字也。而シテ文字ノ遊亦酒ニ非レバ則楽シカラザル也。

其ノ既ニ酒有ルモ亦妓無カル可ラズ。是古今達士ノ定論ニシテ然ル也。然レドモ酒ト妓ト有ノミナレバ未其ノ凡且俗ナルヲ免レズ。必ヤ山水ノ清秀以テ酒妓ノ興ヲ佐ル有テ而シテ後以テ遺憾無シトス可シ。四条ノ地ハ固ヨリ名媛麗妹ノ淵叢ト為ス。而シテ楼々亦芳醑佳殽ニ富ム。而シテ山ノ秀ナル水ノ清ナル亦世ノ稀トスル所。宜ナル哉文士墨客ノ来テ此ノ間ニ遊ブ者皆風咏帰ルヲ忘レ賛嘆シテ以テ楽郷ト為ス。嗚呼翠嵐清流ノ勝ヲ楽シミ妓ヲ拉シ酒ヲ載セテ以テ傲遊スル者豈翅ニ蕩子冶郎ノ色ヲ漁シ香ヲ窃ム一輩ノ人ノミナランヤ。三渓子京華雑吟アリ。今其二ヲ録シテ以テ騒流ニ告グ。

「紅袖当莚銀燭開。　青衣行酒影徘徊。　糸声清絶肉声艶。　合奏三絃双鼓来。」

「月落鳧川第幾橋。　暁烟罩柳白於綃。　街頭千点玻瓈影。　照到天明紅未消。」

大正十一年十一月稿

梅雨晴

森先生の渋江抽斎の伝を読んで、抽斎の一子優善なるものがその友と相謀って父の蔵書を持ち出し、酒色の資となす記事に及んだ時、わたしは自らわが過去を顧みて慚悔の念に堪えなかった。

天保の世に抽斎の子のなした所は、明治の末にわたしの為したところとよく似ていた。抽斎の子は飛蝶と名乗り寄席の高座に上って身振声色をつかい、又大川に舟を浮べて影絵芝居を演じた。わたしは朝寝坊夢楽という落語家の弟子となり夢之助と名乗って前座をつとめ、毎月師匠の持席の変る毎に、引幕を萌黄の大風呂敷に包んで背負って歩いた。明治三十一二年の頃のことなので、まだ電車はなかった。

当時のわたしを知っているものは井上《いのうえ》唖々《ああ》子ばかりである。唖々子は今年六月のはじめ突然病に伏して、七月十一日の朝四十六歳を以て世を謝した。

二十年前わたしの唖々子に於ける関係は、恰《あたかも》抽斎の子の其友某に於けると同じであった。

六月下旬の或日、めずらしく晴れた梅雨の空には、風も涼しく吹き通っていたのを幸、わたしは啞々子の病を東大久保西向天神の傍なる其の僦居《しゅうきょ》に問うた。枕元に有朋堂文庫本の先哲叢談が投げ出されてあった。啞々子は英語の外に独逸語にも通じていたが、晩年には専漢文の書にのみ親しみ、現時文壇の新作等には見向きだもせず、常にその言文一致の陋なることを憤っていた。

わたしは抽斎伝の興味を説き、伝中に現れ来る蕩子《とうし》の吾等がむかしに似ていることを語った。啞々子は既に形容枯槁して一箇月前に見た時とは別人のようになっていたが、然し談話は猶平生と変りがなかったので、夏の夕陽の枕元にさし込んで来る頃まで倶に旧事を談じ合った。内子はわれわれの談話の奇怪に渉るのを知ってか後堂にかくれて姿を見せない。庭に飼ってある鶏が一羽縁先から病室へ上って来て菓子鉢の中の菓子を啄みかけたが、二人はそんな事にはかまわず話をつづけた。

わたしが昼間は外国語学校で支那語を学び、夜はないしょで寄席へ通う頃、啞々子は第一高等学校の第一部第二年生で、既に初の一箇年を校内の寄宿舎に送った後、飯田町三丁目黐《もち》の木坂下向側の先考如苞翁《じょほうおう》の家から毎日のように一番町なるわたしの家へ遊びに来た。ある晩、寄席が休みであったことから考えると、月の晦日であったに相違ない。わたしは夕飯をすましてから啞々子を訪《と》おうと九段の坂を燈明台の下あたりまで降りて行くと、下から大きなものを背負って息を切らして上って来る一人の男がある。電車の通らない頃の九段坂は今よりも嶮しく、暗かったが、片側の人家の灯で、大きなものを背負っている男の啞々子であることは、頤《あご》の突出たのと肩の聳えたのと、眼鏡をかけているのとで、すぐに見定められた。

「おい、君、何を背負っているんだ。」と声をかけると、啞々子は即座に口をきく事のできなかった程うろたえた。横町か路地でもあったら背負った物を置き捨てに逃げ出したかも知れない。

「君、引越しでもするのか。」

この声の誰であるかを聞きわけて、啞々子は初めて安心したらしく、砂利の上に荷物を下したが、忽命令するような調子で、

「手伝いたまえ。ばかに重い。」

「何だ。」

「質屋だ。盗み出した。」

「そうか。えらい。」とわたしは手を拍った。啞々子は高等学校に入ってから夙《はや》くも強酒を誇っていたが、然しわたしともう一人島田という旧友との勧める悪事にはなかなか加担しなかった。然るに其夜突然この快挙に出でたのを見て、わたしは覚えず称揚の声を禁じ得なかったのだ。

「何の本だ。」ときくと、

「通鑑《つがん》だ。」と啞々子は答えた。

「通鑑は綱目だろう。」

「そうさ。綱目でもやっとだ。資治通鑑が一人でかつげると思うか。」

「たいして貸しそうもないぜ。通鑑も擥要《らんよう》の方がいいのだろう。」

「これでも一晩位あそべるだろう。」

路傍にしゃがんで休みながらこんな話をした。その頃われわれが漢籍の種別と其の価格とについて少しく知る所のあったのは、わたしと倶に支那語を学んでいた島田のおかげである。ここに少しく彼について言わなければならない。島田、名は翰、自ら元章と字していた。世に知られた宿儒篁村先生の次男で、われわれとは小学校からの友である。翰は一時神童といわれていた。われわれが漢文の教科書として文章軌範を読んでいた頃、翰は夙《つと》に唐宋諸家の中でも殊に王荊公の文を諳じていたが、性質驕悍にして校則を守らず、漢文の外他の学課は悉く棄てて顧ないので、試業の度毎に落第をした結果、遂に学校でも持てあまして卒業証書を授与した。強面に中学校を出たのは翰とわたしだけであろう。わたしの事はここに言わない。翰は平生手紙をかくにも、むずかしい漢文を用いて、同輩を困らせては喜んでいたが、それは他日大にわたしを裨益する所となった。わたしは西洋文学の研究に倦んだ折々、目を支那文学に移し、殊に清初詩家の随筆書牘《しょとく》なぞを読もうとした時、さほどに苦しまずして其の意を解することを得たのは今は既に世になき翰の賚《たまもの》であると言わねばならない。

唖々子が通鑑綱目を持出した頃、翰も亦その家から折々書物を持出した。しかし翰の持出したものは、唖々子の持出した通鑑や名所図会、またわたしの持出した群書類従、史記評林、山陽の外史政記のたぐいとは異って、皆珍書であったそうである。先哲諸家の手写した抄本の中には容易に得がたいものもあったとやら。後に聞けば島田家では蔵書の紛失に心づいてから市中の書肆へ手を廻し絶えず買戻しをしていたというはなしである。

森先生の渋江抽斎の伝に、其子優善が持出した蔵書の一部が後年島田篁村翁の書庫に収められていた事が記されてある。若し翰が持出した珍書の中にむかし弘前医官渋江氏旧蔵のものが交っていたなら、世の中の事は都《すべ》て廻り持であると言わなければならない。

明治四十一年わたしは海外より還って再び島田を見た時、島田は既に古文旧書考四巻の著者として、支那日本両国の学界に重ぜられていた。一日島田は嘗て爾汝の友であった唖々子とわたしとを新橋の一旗亭に招き、俳人にして集書家なる洒竹大野氏をわれわれに紹介した。その時島田と大野氏とは北品川に住んでいる渋江氏が子孫の家には、猶珍書の存している事を語り、日を期してわたしにも同行を勧めた。されば渋江氏の蔵書家であった事だけを知ったのは、わたしの方が森先生よりも時を早くしていたわけである。唖々子は二子と共に同行を約したが、その時のわたしには新刊の洋書より外には見たいものはなかったので辞して行かなかった。後三年を経ずして、わたしが少しく古文書について知らん事を欲した時、古書に精通した島田はその為に身を誤り既にこの世にはいなかったのであった。

話は後へ戻る。其の夜啞々子が運出した通鑑綱目五十幾巻は、わたしも共に手伝って、富士見町の大通から左へと一番町へ曲る角から二三軒目に、篠田という軒燈を出した質屋の店先へかつぎ込まれた。

わたしがこの質屋の顧客となった来歴は家へ出入する車屋の女房に頼んで内所で其の通帳を貸してもらったからで。それから啞々子と島田とがつづいて暖簾をくぐるようになったのである。

もうそろそろ夜風の寒くなりかけた頃の晦日であったが、日が暮れたばかりのせいか、格子戸内の土間には客は一人もいず、鉄の棒で境をした畳の上には、いつも見馴れた三十前後の顔色のわるい病身らしい番頭が小僧に衣類をたたませていた。われわれは一先《ひとまず》土間へ下した書物の包をば、よいしょと覚えず声を掛けて畳の方へと引摺り上げるまで番頭はだまって知らぬ顔をしている。引摺り上げる時風呂敷の間から、その結目を解くにも及ばず、書物が五六冊畳の上へくずれ出したので、わたしは無造作に、

「君、拾円貸したまえ。」

番頭は例の如くわれわれを飽くまで仕様のない坊ちゃんだというように、にやにや笑い

ながら、「駄目ですよ。いくらにもなりませんよ。」

「まあ、君、何冊あるか調べてから値をつけたまえ。」

「揃っていても駄目ですよ。全くのはなし、他のお客様ならお断りするんですが……。」

「一体いくらだよ。」

「そうですね。まァ弐円がせいぜいという処でしょう。そんな意地の悪いことを言わないで。」

わたしと啞々子とは、最初拾円と大きく切出して置けば結局半分より安くなることはあるまいと思っていたので、暫く顔を見合せたまま何とも言う事ができなかった。殊に啞々子は此夜この事を敢てするに至るまでの良心の苦痛と、途中人目を憚りつつ背負って来た其の労力とが、合せて僅弐円にしかならないと聞いては、がっかりするのも無理はない。口に啣えた巻煙草のパイレートに火をつけることも忘れていたが、良久《ややあ》って、

「おい。お願だからもうすこし貸してくれ。」

「この次、きっと入れ合せをするよ。」とわたしもともども歎願した。

然し通鑑綱目は二人がそれから半時間あまりも口を揃えて番頭を攻めつけたに係らず、結局わずか五拾銭値上げをされたに過ぎなかった。

「これっぱかりじゃ、どうにもならない。」

「これじゃ新宿へ行っても駄目だ。」

質屋の店を出て、二人は嘆息しながら表通を招魂社の鳥居の方へと歩いて行った。万源

という料理屋の二階から酔客の放歌が聞える。二人は何というわけとも知らず、其の方へと歩み寄ったが、その時わたしは不図気がついて啞々子の袖を引いた。万源の向側なる芸者家新道の曲角に煙草屋がある。主人は近辺の差配で金も貸しているという。わたしの家をよく知っているから、五円や拾円貸さないことはあるまい。然し何と言って借りたらいいものだろう。

するとと啞々子は暫く黙考していたが、「友達が吉原から馬を引いて来た。友達がかわいそうだから、急場のところ、何とか都合をしてくれと頼んで見たまえ。」

「そうか。やって見よう。」とわたしは啞々子を其場に待たせて、まず冠っていた鳥打帽を懐中にかくし、いかにも狼狽した風で、煙草屋の店先へ駈付けるが否や、

「今晩は。急に御願いがあるんですが。」

帽子をかくしたのは友達がわたしの家へ馬をつれて来たので、わたしは家人の手前を憚り、取るものも取り敢ず救を求めに来た如く見せかけようとしたのである。

事は直に成った。二人は意気揚々として九段坂を下り車を北廓に飛した。

腕車と肩輿と物は既に異っているが、昔も今も、放蕩の子のなすところに変りはない。蕩子の其の醜行を蔽うに詩文の美を借来らん事を欲するのも古今亦相同じである。揚州十年の痴夢より一覚する時、贏《か》ち得るものは青楼薄倖の名より他には何物もない。病床の談話はたまたま樊川の詩を言うに及んでここに尽きた。

縁側から上って来た鶏は人の追わざるに再び庭に下りて頻に友を呼んでいる。日暮の餌をあさる鶏には、菓子鉢の菓子は甘すぎたのであろう。

唖々子は既にこの世にいない。その俳句文章には誦すべきものが尠くない。子は別に不願醒客と号した。白氏の自ら酔吟先生といったのに倣ったのであろうか。子の著猿論語、酒行脚、裏店列伝、烏牙庵《うがあん》漫筆、皆酔中に筆を駆ったものである。

わたしは子の遺稿を再読して世にこれを紹介する機会のあらんことを望んでいる。

大正十二年七月稿

十日の菊

一

庭の山茶花《さざんか》も散りかけた頃である。震災後家を挙げて阪地に去られた小山内君がぶらりと社の主人を伴い、倶《とも》に上京してわたしの家を訪われた。両君の来意は近年徒に拙を養うにのみ力めているわたしを激励して、小説に筆を執らしめんとするに在ったらしい。

わたしは古机のひきだしに久しく二三の草稿を蔵していた。然しいずれも凡作見るに堪えざる事を知って、稿半にして筆を投じた反古に過ぎない。此反古を取出して今更漉返《すきかえ》しの草稿をつくるはわたしの甚忍びない所である。さりとて旧友の好意を無にするは更に一層忍び難しとする所である。

窮余の一策は辛うじて案じ出された。わたしは何故久しく篋底《きょうてい》の旧稿に筆をつぐ事ができなかったかを縷陳《るちん》して、纔《わずか》に一時の責を塞ぐこととした。題して十日の菊となしたのは、災後重陽を過ぎて旧友の来訪に接した喜びを寓するものと解せられたならば幸である。

自ら未成の旧稿について饒舌する事の甚しく時流に後れたるが故となすも、亦何の妨があろう。

二

まだ築地本願寺側の僑居《きょうきょ》に在った時、わたしは大に奮励して長篇の小説に筆をつけたことがあった。其の題も「黄昏」と命じて、発端およそ百枚ばかり書いたのであるが、それぎり筆を投じて草稿を机の抽斗に突き込んでしまった。その後現在の家に移居してもう四五年になる。その間に抽斗の草稿は一枚二枚と剝ぎ裂かれて、煙管の脂を拭う紙捻《こより》になったり、ランプの油壺やホヤを拭う反古紙になったりして、百枚ほどの草稿は今既に幾枚をも余さなくなった。風雨一過する毎に電燈の消えてしまう今の世に旧時代の行燈とランプとは、家に必須の具たることをわたしはここに一言して置こう。

わたしは何故百枚ほどの草稿を棄ててしまったかというに、それはいよいよ本題に進入《はい》るに当って、まず作中の主人公となすべき婦人の性格を描写しようとして、わたしは遽《にわか》にわが観察の尚熟していなかった事を知ったからである。わたしは主人公とすべき或婦人が米国の大学を卒業して日本に帰った後、女流の文学者と交際し神田青年会館に開かれる或婦人雑誌主催の文芸講演会に臨み一場の演説をなす一段に至って、筆を擱いて歎息した。初めわたしはさして苦しまずに、女主人会の老父が其愛嬢の帰朝を待つ胸中を描き得たのは、維新前後に人と為った人物の性行については、兎に角自分だけでは安心のつく程度まで了解し得るところがあったからである。これに反して当時の所謂新しい女の性格感情については、どことなく霧中に物を見るような気がしてならなかった。わたしは小説たる事を口実として、観察の不備を補うに空想を以てする事の制作上甚危険である事を知っている。それが為め適当なるモデルを得るの日まで、この制作を中止しようと思い定めた。

わたしはいかなる断篇たりとも其の稿を脱すれば、必亡友井上唖々子《いのうえああ》を招き、拙稿を朗読して子の批評を聴くことにしていた。これはわたしがまだ文壇に出ない時分からの習慣である。

唖々子は弱冠の頃式亭三馬の作と斎藤緑雨の文とを愛読し、他日二家にも劣らざる諷刺家たらんことを期していた人で、他人の文を見て其の病弊を指摘するには頗る妙を得ていた。一葉女史のたけくらべには「ぞかし」という語が幾個あるかと数え出した事もあれば、紅葉山人の諸作の中より同一の警句の再三重用せられているものを捜し出した事もあった。唖々子の眼より見て当時の文壇第一の悪文家は国木田独歩であった。

其年雪が降り出した或日の晩方から電車の運転手が同盟罷工を企てた事があった。尤わたしは終日外へ出なかったので其の事を知らなかったが、築地の路地裏にそろそろ芸者の車の出入しかける頃、突然唖々子が来訪して、蠣殻町の勤先から已むを得ず雪中歩いて来た始末を語った。其頃唖々子は毎夕新聞社の校正係長になっていたのである。

「この間の小説はもう出来上ったか。」と唖々子はわたしに導かれて、電車通の鰻屋宮川へ行く途すがらわたしに問いかけた。

「いや、あの小説は駄目だ。文学なんぞやる今の新しい女はとても僕には描けない。何だか作りものみたような気がして、どうも人物が活躍しない。」

宮川の二階へ上って、裏窓の障子を開けると雪のつもった隣の植木屋の庭が見える一室に坐るが否や、わたしは縷々として制作の苦心を語りはじめた。唖々子は時々長い頤《あご》をしゃくりながら、空腹に五六杯引掛けたので、忽ち微醺《びくん》を催した様子で、「女の文学者のやる演説なんぞ、わざわざ聴きに行かないでも大抵様子はわかっているじゃないか。講釈師見て来たような虚言をつき。そこが芸術の芸術たる所以だろう。」

「それでも一度は実地の所を見て置かないと、どうも安心が出来ないんだ。一体、小説なんぞ書こうという女はどんな着物を着ているんだか、一寸見当がつかない。まさか誰も彼もまがいの大嶋と限ったわけでも無かろうからね。」

「僕にも近頃流行るまがい物の名前はわからない。贋物には大正とか改良とかいう形容詞をつけて置けばいいんだろう。」と唖々子は常に杯を放なさない。

「ああいう人達のはく下駄は大抵籐表の駒下駄か知ら。後がへって郡部の赤土が附着《くっつ》いて居ないといけまいね。鼻緒のゆるんでいるとこへ、十文位の大きな足をぐっと突込んで、いやに裾をぱつぱつとさせて外輪に歩くんだね。」

「それから、君、イとエの発音がちがっていなくッちゃいけないぜ。電車の中で小説を読んでいるような女の話を聞いて見たまへ。まず十中の九は田舎者だよ。」

「僕は近頃東京の言葉はだんだん時勢に適しなくなって来るような心持がするんだ。普通選挙だの労働問題だの、所謂時事に関する論議は、田舎訛りがないとどうも釣合がわるい。垢抜けのした東京の言葉じゃ内閣弾劾の演説も出来まいじゃないか。」

「そうとも。演説ばかりじゃない。文学も同じことだな。気分だの気持だのと何処の国の訛だかわからない言葉を使わなくっちゃ新しく聞えないからね。」

　唖々子は曽て硯友社諸家の文章の疵累を指摘したように、当世人の好んで使用する流行語について、例えば発展、共鳴、節約、裏切る、宣伝というが如き、其の出所の多くは西洋語の翻訳に基くものにして、吾人の耳に甚快らぬ響を伝うるものを列挙しはじめた。

「そういう妙な言葉は大抵東京にいる田舎者のこしらえた言葉だ。そういう言葉が流行するのは、昔から使い馴れた言葉のある事を知らない人間が多くなった結果だね。此の頃の若い女はざっと雨が降ってくるのを見ても、あらしもよいの天気だとは言わない。低気圧だとか、暴風雨だとか言うよ。道をきくと、車夫のくせに、四辻の事を十字街だの、それから約一丁先だのと言うよ。ちょいと向の御稲荷さまなんていう事は知らないんだ。御話にゃならない。大工や植木屋で、仕事をしたことを全部完成ですと言った奴があるよ。銭勘定は会計、受取は請求というのだったな。」

唖々子の戯るるが如く、わたしはやがて女中に会計なるものを命じて、倶に陶然として鰻屋の二階を下りると、晩景から電車の通らない築地の街は、見渡すかぎり真白で、二人のさしかざす唐傘に雪のさらさらと響く音が耳につく程静であった。わたしは一晩泊って行くように勧めたが、平素健脚を誇っている唖々子は「なに。」と言って、酔に乗じて本郷の家に帰るべく雪を踏んで築地橋の方へと歩いて行った。

三

同じ年の五月に、わたしが其年から数えて七年程前に書いた三柏葉樹頭夜嵐《みつかしわこずえのよあらし》という拙劣なる脚本が、偶然帝国劇場女優劇の二の替に演ぜられた。わたしが帝国劇場の楽屋に出入したのは此時が始めてである。座附女優諸嬢の妖艶なる湯上り姿を見るの機を得たのもこの時を以て始めとする。但し帝国劇場はこの時既に興行十年の星霜を経ていた。

わたしは此劇場の猶未だ竣成せられなかった時、恐らくは当時三田文学を編輯していた故であろう。文壇の諸先輩と共に帝国ホテルに開かれた劇場の晩餐会に招飲せられたことがあった。尋《つい》で其の舞台開の夕にも招待を受くるの栄に接したのであったが、褊陋《へんろう》甚しきわが一家の趣味は、わたしをしてその後十年の間この劇場の観棚に坐することを躊躇せしめたのである。その何が為めなるやは今日之れを言う必要がない。

今日ここに言うべき必要あるは、其の曽て劇場に来り看る事の何故に罕《まれ》であったかという事よりも、今遽《にわか》に来り看る事の何故頻繁になったかに在るであろう。拙作三柏葉樹頭夜嵐の舞台に登るに先立って、その稽古の楽屋に行われた時から、わたしは連宵帝国劇場に足を運んだのみならず、折々女優を附近のカッフェーに招き迎えシャンパンの盃を挙げた。ここに於て飛耳長目《ひじちょうもく》の徒は忽ちわが身辺を揣摩《しま》して艶事あるものとなした。

巴里輸入の絵葉書に見るが如き書割裏の情事の、果してわが身辺に起り得たか否かは、これ亦ここに語る必要があるまい。わたしの敢えて語らんと欲するのは、帝国劇場の女優を中介にして、わたしは聊《いささか》現代の空気に触れようと冀《こいねが》ったことである。久しく薗八一中節の如き古曲をのみ喜び聴いていたわたしは、褊狭なる自家の旧趣味を棄てて後れ走せながら時代の新俚謡に耳を傾けようと思ったのである。わたしは果してわたしの望むが如くに、唐桟縞の旧衣を脱して結城紬の新様に追随する事ができたであろうか。

現代思潮の変遷はその迅速なること奔流もただならない。旦《あした》に見て斬新となすもの夕《ゆうべ》には既に陳腐となっている。槿花の栄、秋扇の嘆、今は決して宮詩をつくる詩人の閒文字ではない。わたしは既に帝国劇場の開かれてより十星霜を経たことを言った。今日この劇場内外の空気の果して時代の趨勢を観察するに足るものであったか否か。これ亦各自の見るところに任すより外はない。

わたしは筆を中途に捨てたわが長編小説中のモデルを、屢《しばしば》帝国劇場に演ぜられた西洋オペラ又はコンセールの聴衆の中に索《もと》めようと力《つと》めた。また有楽座に開演せられる翻訳劇の観客に対しては特に精細なる注意をなした。わたしは漸くにして現代の婦人の操履について稍知る事を得たような心持になった。それと共にわたしはいよいよわが制作の困難なることを知ったのである。およそ芸術の制作には観察と同情が必要である。描かんとする人物に対して、著作者の同情深厚ならざるときはその制作は必ず潤いなき諷刺に堕ち、小説中の人物は、唯作者の提供する問題の傀儡たるに畢るのである。わたしの新しき女を見て纔に興を催し得たのは、自家の辛辣なる観察を娯しむに止って、到底その上に出ずるものではない。内心より同情を催す事は不可能であった。わたしの眼底には既に動しがたき定見がある。定見とは伝習の道徳観と並に審美観とである。これを破却するは曠世の天才にして初めて為し得るのである。

わたしの眼に映じた新らしき女の生活は、恰《あたか》も婦人雑誌の表紙に見る石版摺の彩色画と殆撰ぶところなきものであった。新しき女の持っている情緒は、夜店の賑う郊外の新開町に立って苦学生の弾奏して銭を乞うヴァイオリンの唱歌を聞くに等しきものであった。

小春治兵衛の情事を語るに最も適したものは大阪の浄瑠璃である。浦里時次郎の艶事を伝うるに最適したものは江戸の浮瑠璃である。マスカニの歌劇は必伊太利亜語を以て為されなければなるまい。

然らば当今の女子、其身には窓掛に見るような染模様の羽織を引掛け、髪は大黒頭巾を冠ったような耳隠しの束髪に結い、手には茹章魚《ゆでだこ》をぶらさげたようなハンドバッグを携え歩む姿を写し来って、宛然生けるが如くならしむるものは蓋し其のモデルと時代を同じくし感情を倶にする作家でなければならない。

江戸時代に在って、為永春水その年五十を越えて梅見の船を脱稿し、柳亭種彦六十に至って猶田舎源氏の艶史を作るに倦まなかったのは、啻《ただ》に其の文辞の才能く之をなさしめたばかりではなかろう。

四

築地本願寺畔の僑居に稿を起したわたしの長篇小説はかくの如くして、遂に煙管の指を拭う反古となるより外、何の用をもなさぬものとなった。

然しわたしは此れが為に幾多の日子と紙料とを徒費したことを悔いていない。わたしは平生草稿をつくるに必ず石州製の生紙を選んで用いている。西洋紙にあらざるわたしの草稿は、反古となせば家の塵を掃《はら》うはたきを作るによろしく、揉み柔げて厠に持ち行けば浅草紙にまさること数等である。ここに至って反古の有用、閑文字を羅列したる草稿の比ではない。

わたしは平生文学を志すものに向って西洋紙と万年筆とを用うること莫れと説くのは、

廃物利用の法を知らしむる老婆心に他ならぬのである。

往時、劇場の作者部屋にあっては、始めて狂言作者の事務を見習わんとするものあれば、古参の作者は書抜の書き方を教ゆるに先だって、まず見習をして観世捻《かんぜより》をよらしめた。拍子木の打方を教うるが如きは其の後のことである。わたしは之を陋習となして嘲った事もあったが、今にして思えば是当然の順序と云うべきである。観世捻をよる事を知らざれば紙を綴《と》じることができない。紙を綴ることを知らざれば書抜を書くも用をなさぬわけである。事をなすに当って設備の道を講ずるは毫も怪しむに当らない。或人の話に現時操觚《そうこ》を業となすものにして、其の草稿に日本紙を用うるは生田葵山子とわたしとの二人のみだという。亡友啞々子も亦嘗て万年筆を手にしたことがなかった。

千朶山房《せんださんぼう》の草稿も其晩年明星に寄せられたものを見るに無罫の半紙に毛筆をもって楷行を交えたる書体、清勁暢達《せいけいちょうたつ》、直に其文を思わしむるものがあった。

わたしは屢家を移したが、其の度毎に梔子《くちなし》一株を携え運んで庭に植える。啻に花を賞するが為めばかりではない。其の実を採って、わたしは草稿の罫紙を摺る顔料となすからである。梔子の実の赤く熟して裂け破れんとする時は其年の冬も至日に近い時節になるのである。傾き易き冬日の庭に塒《ねぐら》を急ぐ小禽の声を聞きつつ梔子の実を摘み、寒夜孤燈の下に凍ゆる手先を焙りながら破れた土鍋にこれを煮る時のいいがたき情趣は、其汁を絞って摺った原稿罫紙に筆を執る時の心に比して遥に清絶であろう。一は全く無心の閒事である。

一は雕虫《ちょうちゅう》の苦、推敲の難、屢人をして長大息を漏らさしむるが故である。

今秋不思議にも災禍を免れたわが家の庭に冬は早くも音ずれた。筆を擱いてたまたま窓外を見れば半庭の斜陽に、熟したる梔子燃るが如く、人の来って摘むのを待っている……。

大正十二年癸亥十一月稿

偏奇館漫録

○

庚申《こうしん》の年孟夏《もうか》居を麻布《あざぶ》に移す。ペンキ塗の二階家なり。因って偏奇館《へんきかん》と名づく。内に障子襖なく代ふるに扉を以てし窓に雨戸を用いず硝子《ガラス》を張り床に畳を敷かず榻《とう》を置く。朝に簾を捲くに及ばず夜に戸を閉すの煩なし。冬来るも経師屋《きょうじや》を呼ばず大掃除となるも亦畳屋に用なからん。偏奇館甚独居に便なり。

門を出で細径を行く事数十歩始めて街路に達す。細径は一度下って復《また》登る事渓谷に似たれば貴人の自動車土を捲いて来るの虞《おそれ》なく番地は近隣一帯皆同じければ訪問記者を惑すによし。偏奇館甚隠棲に適せり。

偏奇館僅に二十坪、庭亦狭し。然れども家は東南の崖に面勢《めんせい》し窓外遮るものなく臥して白雲の行くを看る。崖に竹林あり。雨は絃を撫するが如く風は渓流の響をなす。崖下の人家多くは庭ありて花を植ゆ。崖上の高閣は燈火燦然として人影走馬燈に似たり。偏奇館独り窓に倚るも愁思《しゅうし》少《すくな》し。

屋後垣を隔てて隣家と接す。隣家の小楼はよく残暑の斜陽を遮ると雖《いえども》晩霞暮靄《ばんかぼあい》の美は猶此を樹頭に眺むべし。門外富家の喬木連って雲の如きあり。日午よく涼風を送り来って而《しか》も夜は月を隠さず。偏奇館寔《まこと》に午睡を貪るによし。たまたま放課の童子門前に騒ぐ事あるも空庭は稀に老婢の衣を曝すに過ぎざれば鳥雀《ちょうじゃく》馴れて軒を去らず。階砌《かいせい》は掃うに人なければ青苔《せいたい》雨なきも亦滑かに、虫声更に昼夜をわかつ事なし。偏奇館徐《おもむろ》に病を養い静かに書を読むによし。怨むらくは唯少婢の珈琲を煮るに巧なるものなきを。

○

余花卉《かき》を愛する事人に超えたり。病中猶年々草花を種まき日々水を灌《そそ》ぐ事を懈《おこた》らざりき。今年草盧《そうろ》を麻布に移すやこの辺の地味花に宜しき事大久保の旧地にまさる事を知る。然れどもまた花を植えず独《ひとり》窓に倚り隣家の庭を見て娯《たの》しめり。呉穀人《ごこくじん》が訪秋絶句に曰く、豆架瓜棚暑不レ長。野人籬落占二秋光一。牽牛花是隣家種。痩竹一茎扶上レ墻と。わが友唖々子《ああし》に句あり。「夏菊や厠《かわや》から見る人の庭。」われ此れに倣って「涼しさや庭のあかりは隣から。」

余今年花を養わざるは花に飽きたるにあらず。趙甌北《ちょうおうぼく》が絶句に、十笏庭斎傍二水涯一。鳳仙藍菊燦如レ霞。老知光景奔輪速。不レ種二名花一種二草花一。といえるを思えば病来草花を愛するの情更に深からずんばあらず。然るに復之を植えざるは何ぞや。虫を除くの労多きを知るが故なり。啻《ただ》に労多きのみにあらず害虫の形状覚えず人をして慄然《りつぜん》たらしむるものあるが故なり。鳳仙藍菊《ほうせんらんぎく》の花燦然として彩霞の如くなるを看んと欲すれば毛虫芋虫のたぐいを手に摘み足に踏まざるべからず。毛虫の毛を逆立て芋虫の角を動し腹を蠢《うごめ》かすさまの恐しきを思えば、庭上《ていじょう》寧ろ花なきに如かず。花なければ虫も亦無し。

毛虫芋虫は嫩葉《どんよう》を食むのみに非ず秋風を待って再び繁殖しいよいよ肥大となる。梔子木《くちなしもく》犀枳殻《せいたちから》の葉を食うものは毛なくして角あり。その状悪鬼の金甲を戴けるが如し。雁来紅《がんらいこう》の葉を食むものは紅髯毿々《こうぜんさんさん》として獅子頭の如し。山茶花《さざんか》を荒すものは軍勢の整列するが如く葉裏に密生し其毛風に従って吹散《ふきさん》じ人を害す。園丁《えんてい》も亦恐れて近づかず。

およそ物として虫なきはなし。米穀に俵の虫あり糞尿に蛆あり獅子に身中の虫あり書に蠹《と》あり国に賊あり世に新聞記者あり芸界に楽屋鳶ありお客に油虫あり妓に毛虱あり皆除きがたし。物美なれば其虫いよいよ醜く事利あれば此に伴うの害いよいよ大なり。聖代《せいだい》武を尚《たっと》べば官に苛酷の吏《り》を出し文を尚べば家に放蕩の児を生ず倶に免れがたし。芸者買の面白さは人を有頂天ならしめ下疳《げかん》の痛さは丈夫を泣かしむ。女房の有難きや起きては家政を掌り寝ては生慾を整理す。徳用無類と雖も煩さくしっこくボンヤリして気がきかず能く堪うべきに非ざるなり。児孫は老父を慰め団欒の楽しみをなすと雖障子はいつも穴だらけなり。荘子《そうし》既に塗抹詩書《とまつししょ》の嘆《たん》をなせり。

利のある処必ず害あり楽しみの生ずる処悲しみなくんばあらず。予め害を除くの道を知らずんばいかでか真の利を得んや。悲しみに堪うるの力ありて始めてよく楽しむを得べし。景気に浮かされて儲ける事ばかり考えれば忽ちガラを食った相場師の如くなるべし。タダで安いと楽しめば三月目にはどうしたものかと途法に暮れるべし。栄華に安んじて其の治むる道を講ぜざれば事皆東京市の道路の如くならん。余既に病み夙《つと》に老ゆ。自ら悲しみに堪うる事能わざるを知って亦深く歓びを索《もと》めず。庭に花なきも厠の窓より隣家に此を眺めてよろこび家に妻なきも丸抱の安玉を買って遂に孤独を嘆ぜず。分を守って安んずるものを賢者となさば余や自ら許して賢なりとすも亦誰をか憚《はばか》らんや。

○

本年初夏の頃より老眼鏡を用う。書肆春陽堂三年前より余が旧作を改版するに世俗ポイント活字と称する細字を以てす。ポイント活字の振仮名を校正する事甚しく視力を費すが故に余初は辻易者の如く大なる虫眼鏡を用いき。今春流行感冒に罹り臥床に在る事六十余日読書暁に及ぶ事屢《しばしば》なり。やがて病癒え再び坐して机に向うに燈火俄《にわか》に暗きを覚ゆ。医に問うに病中漫《みだり》に書に親しむ時は往々此の事あり速《すみやか》に老眼鏡を用うべし。然らざれば却って眼力を損じ神経衰弱症を起すべしと。即ち銀座の老舗松島屋に赴き老眼鏡を購《あがな》い帰り来って試みに机上の一書を開くに、文字甚《はなはだ》鮮明なり。頗《すこぶる》爽快を覚ゆると共にいよいよ老来の嘆あり。たまたま思出るは家府君《かふくん》禾原《かげん》先生の初て老眼鏡を掛けられし頃の事なり。時に一家湘南の別墅豆園《べっしょとうえん》にありき。府君松下の榻《とう》に倚り頻に眼鏡を拭いつつ詩韻含英《しいんがんえい》を開閉せらる。余府君の眼鏡を用いられたるを見し事なかりしかば傍より其の故を問う。先君笑ってこは老眼鏡なり。古人の句に細字燈前老不便とは云得て妙ならずやと言われき。回顧すれば余の尋常中学を出でし時にして先君は正に初老の齢に達せられし時なり。余本年四十有二。先君と齢を同じうして初めて老眼鏡を用う亦奇ならずや。然れども其の看るものは雅俗もとより同じからず平生の行に至っては一は謹厳一は賤陋《せんろう》殆ど比すべきに非ざるなり。

○

一夜涼風《いちやりょうふう》を銀座に追う。人肩《ひとかた》を摩《ま》す。正に是連袵幃《これれんじんい》を成し挙袂《きょべい》幕を成し渾汗《こんかん》雨を成すの壮観なり。良家の児女盛装してカッフェーに出入す。其の紅粉は俳優の舞台に出るが如く其帯は遊女の襠裲《しかけ》の如く其羽織は芸者の長襦袢よりもハデなり。夜店の蒔絵九谷と相映じて現代的絢爛の色彩下手な油画の如し。杖に倚って佇《たたず》む事須臾《すゆ》なり。忽《たちまち》見る詰襟白服の一紳士ステッキをズボンのかくしに鉤《つる》して濶歩す。ステッキの尖歩々《ほほ》靴の踵《かかと》に当り敷石を打ちて響をなす事恰も査公《さこう》の佩剣《はいけん》の如し。

洋人遊歩する時多くは杖を携う。或は腕につるして下げ或は腋下にたばさみ或は柄を下にし尖を上にして携うるものあり。皆流行に従って法あるが如し。巴里の街頭は世界各国の風俗を見る処然れども未だステッキを佩剣の如くなすもの非ざるべし。銀座は極東帝国の街衢《がいく》なり尚武の国風自らステッキに現わる。

余日本に帰りてより久しく杖を携えず。図書館劇場展覧会等に赴くや下駄と一緒に荒縄で縛られ帰る時復手にすること能わざればなり。此に於てか無用の長物無きに如かざるを思い代うるに蝙蝠傘を以てするやここに年あり。当時東京市中の散策記日和下駄の一書を著し大に蝙蝠傘の杖に優る事を論じき。然るに一たび胃を病んで長く徒歩すること能わず、蝙蝠傘日和下駄漸く用なきに今年更に痔を病み愈《いよいよ》歩行に苦しむ。再び傘を杖にするに棒弱く棒の太きを選ぶに甚重し。ここに於てか思わざりき往年里昂《リヨン》にて購いたるステッキ今復外出の伴侶となるを。追懐の情禁ずべからず。為めに此を記す。

○

余平素新聞を購わず。街頭電車を待つの時電信柱に貼り付けたる夕刊の記事表題を眺めて天下の形勢を知り電車来って此れに乗るや隣席の人の読むものを覗いて事の次第を審《つまびらか》にす。たまたま活動写真弁士試験の一項を目にして以為《おもえ》らく警察の弱い者をいじめる事も亦至れり尽せる哉と。試験の科目に曰く爾《なんじ》に出るものは爾に反るとは何か。曰く李下に冠を整し瓜田に履を納れずとは何か。曰く寛政の三奇人とは誰ぞ。曰く何。曰く何と。もし審に此等の問に答得るの学力あらば誰か亦活弁とならんや。昔《いにしえ》に在っても論語読み論語を知らず。況んや当今の教育英学を尊んで漢学を卑しむ。漢文中の故事成語を問わば小学校の教員も決して満点を得ざるべし。小説家も亦落第ならん。余も亦然りとす。思余講釈を聞いて寛政馬術の三名人を知ると雖も未寛政の三奇人の誰なるやを知らず。思うに高山彦九郎等の事を云うに似たれども橋の上で御辞儀をしたばかりでは別に奇人と云う程でもなし。奇人は狂人に近し勤王の志士を呼んで奇人となすが如きは蓋し官の喜ばざる処なるべし。

髪結床に組合の試験あり。役者に名題の試験あり。芸者に手見せの試験あり。然れども皆仲間中ですることとなり。政は公平ならざるべからず。活弁既に警察の試験を受く芸者俳優落語家講談師浪花節語も宜しく試験すべし。小説家新聞記者も亦此れをなして可なり。

芸者を試験するに先ず何事をか問うべき。常磐御前の事跡か道鏡の事跡か米八仇吉の事か池田病院の所在も亦問うべし。

文士を試験するに先ず何事をか問うべき。井の底の蛙飯の上の蠅の何たるかを問え。猿の何たるかを問え馬の何たるかを問え。喪家の狗の何たるかを問え。肱をつかずに字が書けるかを問え。

○

土方工夫の輩酒気を帯び鉄鎚《かなづち》を携えて喧嘩面で電車に乗込めば乗客車掌倶に恐れて其の為すに任す。ボルシェイークの実行既に電車に於て此を見る。長屋の悪太郎長竿を振って富家の庭に入り蟬を追い花を盗むも人深く此を咎めず。書生避暑地の旅舎に徹宵《てっしょう》酔歌放吟して襖を破り隣室の客を驚かすも亭主また之を制せず。平等主義は既に随所に行わる何を苦しんでか国禁を犯してビラを撒くや。

ボーイを呼ぶにおいボーイと言えばボーィ不満の色を現す。ボーイさんと呼ぶに及んで始めて応ず。車夫を車夫と呼べば車夫怒る。宜しく若衆さんと云うべしお供さんと云うべし。恰も巡査を呼ぶにお廻りさんというに似たり。敬語の必要車夫馬丁に及ぶ。階級打破の実夙に挙がれりと云うべし。

○

家に下女下男あり。国に宰相大臣なくんばあらず。米を磨ぎ厠を掃除するは主婦の手ずから為す事能わざる処なり。此に於てか給金を払って下女下男を雇う。兵を置いて外に備え法を設けて内を治むるは人民のよくする処にあらず。此に於てか国民税を出して大臣宰相の俸給に当つ。有司の国に要あるや奴婢の家に於けるに同じきを思わば、人民たるもの官の失政吏の怠慢を見るに須らく寛大なるべし。奴婢は使いにくきものなり不経済なものなり居眠をするものなり気のきかぬものなり摘み食をするものなり。吏は役に立たぬものなり慾の深いものなり賄賂を取りたがるものなり。責むるは野暮なり。いくら取替えても同じ事なり。下女の出代は桂庵の徳にして主人の損なり。内閣の更迭は政治家の付目にして人民の損なるべし。

○

雨戸に工合よきは少《すくな》し
厠に悪臭なきは少し
掃除屋の日取よく来るは少し
女房に気のきいたのは少し
下女に居眠りせざるは少し
宰相に清廉なるは少し

志士に疎暴ならざるは少し
十五夜に雲なきは稀なり
長寿にして耻少きは稀なり
文士にして字を知るは稀なり
芸者にしてねだらざるは稀なり
新聞記者にして礼節あるは稀なり
役者にして自分を知るは稀なり
請負師にして金歯なきは稀なり
青年にして痳病ならざるは稀なり
赤ン坊のお尻にして紫斑なきは稀なり
女学生にして歯の奇麗なるは稀なり
女郎の長襦袢にシミなきは稀なり
汽車の弁当にして食えるは稀なり
電車にして停電せざるは稀なり
電話交換手にして番号を誤らざるは稀なり
女ボーイにして献立を知れるは稀なり
女店員にして暗算の早きは稀なり

印刷物にして誤植なきは稀なり
石版摺の表紙にしてインキの手につかざるは稀なり

○

警察干渉の手を大本教に加う。此れが為に丹波の邪教いよいよ信者を増すべし。森戸先生罰せられてクロポトキンの名却て世に流布したるを思えば宣伝の法広告の極意は蓋し官権の干渉に如くものはなし。往昔韓愈《かんゆ》釈教の中華を侵すを慨嘆せしかど遂に能く止むる事能わざりき。幕府切士丹破天連の跡を絶たんとして亦よく断つ事能わざりき。匹夫《ひっぷ》の志もと奪うべからず。千束町は遂に千束町にして蠣殻町には依然として小待合多し。韓愈仏骨を論ずるの表は身命を賭して君王を諫《いさ》むるもの人気取りの論文にあらず。幕府兵を用いて島原を攻めしは誠意国の禍を除き民をして安からしめんと欲せしが為めなり。御用商人と結托して儲けようと欲せしにはあらず。韓愈の見解或は偏狭《へんきょう》に走れるや知るべからず幕府の政令苛酷に過ぎたるや亦知るべからず。然れども両者倶に誠意を以てその信ずる処を行わんと欲せしや明かなり。今当路《とうろ》の吏大本教を禁ぜんとするの心よく韓愈の如く松平豆州の如くならば何ぞ其の措置の如何を問わんや。酷なるを以て可とせば寸毫も許す処あるなかれ。事の是非は唯法を行うものの心に在り。

経世の学に志すものは詩を悪《にく》んで可なり。詩は淫せずんば堂に升《い》らず。堂に升らずんば為さざるに如かず。詩は千万人を犠牲にして一人の天才を得て初めて成るものなればなり。

詩を作るものは酒を好まざるも可なり。良詩は酔中に非ざるも亦為す事を得べし。然れどもも酒を嗜むものは須らく詩を好まずんばあるべからず。詩を知れば酒ますます味あり詩を善くすれば酒いよいよ尊し。李白《りはく》の才あって始めて長安の酒家に眠るべし。経世の志士松本楼に酔えば帰りの電車でゲロを吐くのみ。

○

東京市の道路は甚乱雑汚穢《おわい》なり。此を攻撃する新聞社の門前は更に乱雑塵捨場《ごみすてば》の如し。門に入り戸を開けば乞食も猶鼻を掩《おお》うべし。

社会の改造は甚急務なり。これを説く雑誌の改造は更に一段の急務なるべし。

良人《おっと》の不品行を嘆きてこれを筆にすれば世に婦人雑誌家庭雑誌あり以て帯を買うの銭を得べし。

○

細君の嫉妬を種にして小説を書けば世に文芸の雑誌あり更に芸者買の資本《もとで》を得べし。文士とならば社会改造を叫ぶべし。女房とならば亭主の私行を訐《あば》くべし。議員とならば大臣に、喰ってかかるべし。皆名を成すの道なり。

今の世は事大小となく皆攻撃すべし。譏《そし》るは易く褒むるは難し。独り作詩の咏嘆に易く応酬に難きのみならんや。

○

飛行機乗り飛行機より落るや新聞紙必号外を出し世挙《よこぞ》って之を悲しむ。死者の眷族《けんぞく》悲嘆するは当然の事なり。世挙って此を悲しみ此を壮とするに至っては疑なきを得ざるなり。昔馬術の指南番にして馬より落ち禄を剝がれしものあり。愧《は》じて切腹せしものあり。やり損じて落るが名誉ならば薬を盛りちがえた医者も名誉と云うべく木から落ちた猿も賞すべく弘法筆の誤りは猶更感服すべく字をまちがえる小説家も称揚すべし。役者の舞台でトチッたのも亦称揚すべし。猫に皿の魚をしてやられる女房の間抜も称揚すべし。月夜に釜を抜かれるも亦名誉と云うべし。天下不用意にして遣りそこなうものは悉く賞せずんばあるべからず。聞説《きくならく》吉原では華魁《おいらん》の梅毒病院に入るを恥となすと。吉原は人外の土地なり。然るが故に己の不用意より災を招くものを推賞せず。

○

三田出身の操觚者《そうこしゃ》中松本水上の二子最も喜ぶ可し。余の二子を喜ぶ所以は専らその為人《ひとと》なりに在り。三田社中才子多し文を作るに巧なるものを求めなば何ぞ二子のみを俟つに及ばんや。然り而して所謂当世文壇の月旦に上るものを以て成功の文士となさば二子の如きは寧憐むべきものなり。

松本泰は三田出身者中の先輩なり。学業を卒《おわ》って英国に遊ぶ事前後二回還来って既に年あり。およそ当世の人官吏教員新聞記者の輩一度洋行して帰り来れば必ずその見聞を録して出版す。然るに松本君外遊再度に及びて未だ一書を公にせず時々其の詩作を三田文学に掲ぐるのみ頗る悠々自適の態度あり。これを当世の文士売名を以って此れ事となし或は芝居連中見物の世話人となり或は晩餐会茶話会の幹事となりて往復葉書に名を出す事を喜ぶものに比すれば天地雲泥の相違あり。

水上瀧太郎はその信ずる処を言うに憚らざるの快男児なり。嘗て三田に在るの時評議員会議の一篇を公にして教育家を痛罵し米国より帰り来るや当世の新聞記者を誡め教うる文をつくる。今又三田文学に歌舞伎座井伊大老の死を批評す。意細《こまか》にして筆鋭し。今日わが文壇に批評の見るべきものなし。悪罵にあらずんば阿諛のみ。車夫馬丁の喧嘩に非ざれば宗匠の御世辞に類するもののみ。堂々としておのれの言わんと欲する処を言うものは稀なり。男子は須らく圭角《けいかく》あるべし。水上子の言う処悉く当を得たるや否やは余の深く問う処に非ず。余は子の意気あるを悦ぶものなり。

○

鰻と梅干とは併せ食うべからず。蕎麦に田螺《たにし》、心太に生玉子、蟹に胡瓜も食べ合せ悪しきもの、家鴨《あひる》の玉子ととろろを併せ食えば面色《めんしょく》たちどころに変じて死すと云う。蛸と黒鯛は血を荒すが故に女子の禁物とするものなり。食は択ぶべきなり。読書見聞も亦択ぶ処なからざるべからず。

人その身の強弱を顧ずして食うべきもの悉く取って以って食うべしとなさば必《かならず》身を傷《そこな》うべし。読書見聞もその修むる道によりて慎むべく避くべきもの多し。漢詩漢文を作らんとするものは日本人の手に成れるものを読むべからず、読めば忽《たちまち》和臭の弊に陥るべしとは其の道を修むる人の斉しく言う処なり。仏蘭西の文豪アルフホンズドーデは純粋なる仏蘭西文を書かんと欲して力めて外国文学を窺う事を避けたりとかや。

余さる頃人に問わるるまま戯に小説作法なるものを草したる時小説家たらんとするものに向いて当世の新聞雑誌に掲げらるる文芸評論のたぐいを目にする事を戒めたり。之を目にすればいつとはなく野卑蕪雑の文辞に馴れ浅陋軽薄の気風に染むに至ればなり。文士の想を養い筆を磨くは当に慈母の児に於けるが如くなるべし。孟母三遷の教は人の知る処なり。優秀なる芸術の制作に従事せんと欲するものは文学雑誌を手にする勿れ。公設展覧会に入る莫れ。益田太郎冠者の喜劇を看るなかれ。

余松井須磨子を舞台に見たるは余丁町坪内博士邸内の劇場新築披露の折にして前後に唯一回のみ。雲右衛門は唯の一度も聞いた事なく吉田竹子も知らず曽我の家楽天会も亦幸にして見たる事なし。余は日本人の演ずる沙翁《さおう》劇を観る事を欲せず亦日本語のオペラを聴く事を避けんとするものなり。

○

遊芸の師匠にして長唄手踊何でもござれでやらかすは五もくの御師匠さんとて人の卑しむ処なり。

むかし浄瑠璃の太夫は三味線を手にせず手にするを恥となしたり。今日猶太夫と三味線とは各自業を別ち門戸を異にするは人の知る処。然るに独俳優に於けるや西洋物時代物世話物何でもやってのけるものを見て看客此を名人となし新しき芸術家となす。俳優も亦衆俗の称賛を得て欣然たるが如し。

芸妓は愛嬌を売るが商売なり。踊三味線手品声色藤八拳客の望むものは何でもやれる程結構なり。固よりその場の座興なれば芸の雑駁は咎むるもの却って野暮の嗤を招かん。芸者と役者とは同じからず。俳優たるもの何を苦しんで芸妓の顰《ひそみ》に倣わんとするや。江戸ッ児は意気地を尊ぶ。興行師の言う処御無理御尤となすが如きものいかでか助六長兵衛に扮し得べき。

○

店頭に見本を掲げ商品目録を備うる商舗にしてたまたま客の来って求むるものあれば只今それは品切にておあいにく様と答うるもの商売の何たるを問わず珍しからぬ事なり。然らばいつ頃出来るやと問えば店員多くは即答し得ず番頭に聞き主人にただしゴタゴタした揚句どうもよく分りませぬと果はケンモホロロの挨拶さながら電話交換手の御話中で取合わぬによく似たり。

東京市経営の水道は炎暑来《きた》って水最も入用の時水切れとなり電燈は初更深夜の別なく消える事勝手次第なり。消えても会社はお気の毒さまとも御不自由で済みませんとも何ともいわず終夜一燈いくらと定った料金より消えた時間だけの燈料を差引もせず平気の平左衛門なり。自動車多くはパンクし電車は必ず停電す。飛行機は落るもの電話は掛りにくいものとして人皆これを怪しまず。日本に於ける文明の利器は唯名のみにして実は不便この上なきものなり。

家に電燈あるも猶ランプ燭台行燈の用意なくんばあらず。水道あるも猶井戸を埋める能わず瓦斯《ガス》を引くも亦薪を蓄うるの必要あり。和洋二重の生活を以て不経済なりとせば燈火薪水の用意も亦決して経済ならず。

客待合に遊んで芸者を呼ぶや芸者来らざれば主婦低頭平身して申訳をなす。女郎屋に上って女郎勤をなさざれば、妓夫おばさん来ってたまには揚代を返す事あり。電車は停電するも責任の負うべきものなく電燈は消えても電燈会社平気で銭を取るに比すれば亡八の徒却て恥を知り責任を重んずるの念ありというべし。

紺屋のあさってはは人のよく知る処。汁粉屋に雑煮餅なく鰻屋に鰌《どじょう》を絶やす事あり。海老の種切れは天麩羅屋の口癖にして鮪のおあいにくさまは鮨屋の挨拶。蓋し河岸の相場と天気都合によるもの亦如何ともすべからずと雖も洋食屋にしてパンをきらし珈琲を断つが如きは用意の到らざるものなり。下駄屋に出来合の中足駄《ちゅうあしだ》少く靴屋にオバーシュースなきもの珍らしからず。

不足と品切とは日本の生活の特徴なり。多くは平素の用意到らざるが為めに生ず。玆《ここ》に於てか滑稽皮肉の興味あり。西洋の文学に狂歌川柳なし。

○

箸にて煮豆をつまむ早業と足駄はいて坂を上る芸当は外国人のまねがたき処。日本刀はすたっても箸と足駄とは猶用あり。国風今に廃れず。

クロポトキンの主義を宣伝するもの多くは貧乏にして長靴なく雨中足駄はいてビラをまけば此を捕縛せんとする警吏却て洋服に靴をはく。奇観にあらずや。

足駄はいて傘背負い奉賀帳下げて歩くは大津絵の鬼にして絞の浴衣に足駄はいて来るは猫。浅葱木綿の洋服に足駄はいて通うは職工にして天窓に蠟燭ともし三枚歯の足駄はくは丑の時詣なり。

足駄はけば泥濘の街路も歎ずるに及ばず電車の内でも足を踏まるる虞《おそれ》なし。

足駄に高足駄中足駄ありと雖も低足駄と称するものなし。其のこれに当るもの呼んで日和下駄となす。日和下駄は男物の名にして吾妻下駄は女物なり。男の犢鼻褌《ふんどし》女にあって腰巻と云うの類か。男の越中は婦女のオンマ。物同じくして名を異にするもの豈《あに》独り下駄のみならんや。つらつら足駄を眺むるに二枚の歯あり三個の眼ありこれ其の赤裸の本体。鼻緒爪皮の衣裳を得て始めてその態をなす。二つ揃って離れざる事鴛鴦《おしどり》の如しといえども陰陽の性別なく片方ばかしにては用をなさぬ事足袋にひとしきも更に右と左を分たず。

編笠一つで追出されるは生臭坊主の身の果にして、爪皮剝れて捨てらるるは足駄の身の末。アゴというものかけて入歯も叶わぬ身となればさんだらぼっちや西瓜の皮と共に溝川の夕を流れ流れて行衛《ゆくえ》を知らず。切れた鼻緒の縁もなくなれば三つの目穴どことなく間が抜けて誰やらが鼻下長の面影ありと云いしもおかし。ライオン歯磨の桐箱も今は錫《すず》のパイプとなるからに親指の跡凹《へこ》みし古下駄の化身、そも何となるべき。

○

西洋の女にワキガの臭気あり日本の女に鬢付油《びんつけあぶら》の臭気あり。初めて西洋に行くものは地下鉄道車内の臭気に往々嘔吐を催す。日本にあっては霖雨の時節閉切った電車の中屢《しばしば》鼻を掩う事あり。西洋人の口は玉葱臭く日本人の口は沢庵臭し。善良なる家庭は襁褓《おしめ》くさく不良なる家庭は乾魚《ひもの》臭し。雲脂《ふけ》くさきは書生部屋にして安煙草の脂《やに》臭きは区役所と警察署なり。

山の手の賤妓は揮発油《きはつゆ》の匂を漲《みなぎら》してお座敷に来り、カッフェーの女給仕は競馬石鹼の匂芬々《ふんぷん》として新粧を凝し千束町の白首《しろくび》は更にアルボース石鹼の臭気をいとわず。雪駄直しの皮臭きは昔の事にして今は兵隊の皮帯電車の車掌のカバン臭気共に近づくべからず。諺に味噌の味噌臭きは真の味噌にあらず。鞣皮《なめしがわ》も上等のものには臭気なし。されば物にして本来の臭気を脱せざるものは悉く未だ到らざるものとなして可なるが如し。半可通の通がるは近頃の芸人の頻に素人めかしく肩をいからすと同じく倶に鼻持ちのならぬものなり。文章は絢爛を経て平淡に入り始めて誦すべく芸者は薄化粧の年増に留《とどめ》を刺すは申すまでもなし。随園《ずいえん》詩を論じて大巧《たいこう》の朴《ぼく》と濃後《のうご》の淡《たん》とを以ってよしとなす。真に金言なり。

○

雑誌記者屢《しばしば》来って女子拒婚問題の事を問う。余初め拒婚の字義を解せず、為に婦人雑誌を購読して漸くその意を審《つまびら》かにするを得たり。良家の女相約して男子の花柳病を患うるものに嫁せざる事を名けて拒婚同盟となすという。愚も亦甚しというべし。悪疾《あくしつ》あるものに嫁する事の理にあらざるは論を俟たず。何ぞ花柳病のみに限らんや。わかり切った事に今更らしく理窟をつけ論文を書き演舌《えんぜつ》をなす天下泰平の遊戯冗談もここに至って窮状寧《むしろ》憐れまずんばあらず。

拒婚の字義を按ずるに拒は強請せられて後これを防ぐの意。即ちいやョおよしなさいョと云うの意にして初めより擯斥《ひんせき》して顧みざるの意に非ざるが如し。此れ女子自らその地位を男子の下に置くものに非ずや。大なる屈辱は大なる光栄なり。光明皇后は癩を病むものと共に入浴してその垢を掻《か》けり。而《しか》も史家の一人として此を嗤《わら》うものあらず。

其身に悪疾あるものは大抵これを秘す。女子の婚嫁を請わるるや何によってか能く男子花柳病の有無を知るや。書画骨董は死物なり。然るに真偽の鑑別容易ならず。況《いわん》や生ける人間に於てをや。肺結核の類は血統を正せば僅に捜るの便ありと雖《いえども》梅毒の有無に至っては鼻あるもあてにはならず。痳病の如何に及びてはこれを知る事更に難からん歟《か》。

○

下女と娼妓と児守の三役を兼ねて猶給金をやらずにすむものこれを嬶左衛門《かかあざえもん》というとは野蛮なる亭主の暴言にして、御転婆娘に囲者のしだらなきを加えたるもの此を細君というとは当世の新夫人に辟易したる紳士の泣言なり。馬鹿と気ちがいと病人とを七分三分に舂《つ》き合せたるもの此れを女房というとはヒステリーの妻に呆れたる夫の言にして、単に床の間の置きものとなすは敬して愛せざるものの言う処。唯児をつくる機械と見るは愛国者の説たるに似たり。有ればうるさく無ければ不自由とはわけ知った人の嘆息にして茶飲み友達とは呎《あくび》取り交す相手の異名ならんか。

○

近年官吏の収賄《しゅうわい》をなして捕縛せらるるもの数うるに遑《いとま》あらず。寧《むしろ》国法を改正して収賄を罪せざるに如かざるものの如し。道徳は時代と共に変遷するものなり。国の法令亦改めて可ならずや。往時忠臣は二君に仕うる事を愧ず。今は然らず。駕籠は医者と病人の乗るものなり今は賤妓も自動車に乗る。学生は通学するに必ず電車に乗り小使も弁当を腰に下げずして仕出屋を呼ぶ。然れども人の見て贅沢となすものなし。良家の妻女髪結の家に至り芸者と膝を接して蜜豆を喰うも良人これを放任して怪しまず。頃日某処の高等女学校にて余の小説を朗読して生徒に聞かせたる教員ありしが校長父兄倶に之を知るも咎むるものなかりしという。皆道徳の観念の変化を窺い知らしむるものなり。

懲罰の主意とする処は改悛にあるや言うを俟たず。懲《こら》すも改めず罰するも恐れざるに至っては遂に施すに術なし。飲酒喫烟は悪習なり人これを知るも咎めず。赤垣源蔵《あかがきげんぞう》は一升徳利に美談を残し大高源吾《おおたかげんご》は煙草入の筒に風流を伝う。近時収賄事件の頻々として絶るの時なき、人をして時勢の堕落を慨嘆せしむると共に亦法令の時勢と人情とに適せざるの思を抱かしむ。近眼鏡を掛けざるものは書生に非ざるが如く収賄せざるものは遂に官吏に非ざるの思あるに至らんか。恰も麻病を患《うれ》いざるものは男児に非ずと云うに等しかるべし。

○

江戸時代の随筆旧記の類を見るに時世の奢侈《しゃし》に流れ行くを慨嘆せざるものなし。天明の老人は天明の奢侈を嘆きて享保の質素を説き文化文政の古老はその時代の軽浮を憤りて安永天明時代の朴訥を慕えり。明治に残存せる老爺は江戸の勤倹を称し大正の老人は明治時代の現代に優れるを説いて止まず。時代と人とを異にすと雖もその筆法は皆一律なり。後人の回顧して追慕する処の時代はこれ正に先人の更に前代を憶うて甚喜ばざるの時代なりしにあらずや。此を以て之を看れば老夫の感慨全く理に当らず。然りと雖も人老ゆるに及んで身世《しんせい》漸く落寞《らくばく》の思いに堪えず壮時を追懐して覚えず昨是今非《さくぜこんひ》の嘆を漏らす。蓋し自然の人情怪しむに足らざるなり。

駕籠に馴れたるものは人力車を見て快しとなさず人力車に馴れたるものは自動車を痛罵す。人力車にも初めは幌なし況んやゴム輪透幌《わすきほろ》蚊帳幌《かやほろ》アセチリンの灯に於てをや。ゴム輪は余輩の見聞にして誤らずんば明治四十年頃銀座辺の宿車より初まり一二年にして市外近郊の辻車まで皆これにならえり。車夫の草鞋を廃してゴム底足袋を用うるに至りしはゴム輪に先立つ事数年なりしが如し。凍てたる夜深の巷を乗り行く時なぞゴム底の足袋はパタパタ音して不愉快極まりなくゴム輪は轍の砂利を轢《きし》る響せざるが故矢張初めの中は乗り心地よろしからず世の中段々いやなものが流行出したりと思いき。車に紗の幌をかけ初めしは大正改元の頃帝国劇場女優の抱車なぞより流行出せしかと覚ゆ。

自動車は当代の人皆之に乗る事を以て栄華の極みとなすが如し。然りと雖自動車には尚幾多の改良を施すべき処あり尚完全なるものとは云いがたし。殊に日本の道路及び人情風俗に適せざる処多きをや。余の考案する処は自動車を以て車と茶室とを兼用せしめんとするなり。自動車の大きさ官制の許す限りを以てすれば畳二畳を敷き優に起臥飲食するに足るべき車体を製し得べし。まず腰掛を除き床一面に畳を敷き中央に炬燵を置き窓に簾を掛け芸者と膝を交えて美酒を酌みつつ疾走せんか、その快おそらくは江戸時代の屋根舟にまさるものあらん歟。

○

去歳小説家花袋秋声の両子書肆及び雑誌記者等の為に文壇の功績を称揚せられし事ありき。本年島崎藤村子亦門弟子の為に遂に意を枉《ま》げて誕生五十年の賀宴を張るの已むを得ざるに至れりという。文壇の若輩常に個人の自由を主張し個性の尊重すべきを説く。而して往々報恩感謝等の美名の下に先進者の意志を束縛して顧みず甚だ奇怪なり。文事に覊縻《きび》なし文壇もと悠々自適の天地たるべきなり。然るに猶此の煩累あるを免れず。悲しまざるべけんや。

曽て漢詩の大家何某先生白玉楼中《はくぎょくろうちゅう》の人となるや葬礼に際して俄に文学博士の学位を授られたる事あり。此れ其友人門生等先師の墓標に文学博士の四字を記入せん事を冀《こいねが》い其の訃を秘して窃《ひそ》に学位授与の運動をなしたるによるものなりといえり。此もとより風聞に過ぎず然れども世間には往々親切ごかし御為ごかしに此の類の挙を敢てし却って死者の名を辱むるもの多し。今日一家の主人病に死するや其の葬礼のよく死者生前の意志又は遺族が意向のままに行わるるもの甚稀にして大抵は友人親戚が厚情の犠牲となり畢《おわ》るを常とす。余が家翁の世を去られし時にも親戚群り来りて其の筋より叙位叙勲の沙汰あるまで訃を発すべからずとなし虚栄の為に欺瞞の罪を犯す事を顧みざりき。家翁は生前より位階を欲せず失意の生涯を詩に托して清貧に甘んぜられしは其官職を去られし時、半生潦倒簿書叢。鏡裏旋驚衰鬢蓬。春雨城中傷独夜。落花江上奈多風。栄枯一夢人情薄。毀誉千年世論空。笑我罷官貧太速。此心今日与誰同の吟作あるによりても明なり。然るに親族の中今日上院の議員となり居れる何某の如きは墓石に位階勲等を記入せんとし又某県の知事を勤めいたる何其の如きは某寺の僧より内々頼込まれたる事でもありしと見え家翁の平素より釈氏を好まざりし事を知りながら仏葬せよといいたる事なぞあり。死者を辱むるもの親族より甚しきはなし。余の親族多くは官米を食む。官吏は佞弁《ねいべん》邪智に富むものにあらざれば立身せず故に余擯斥《ひんせき》して途上に逢う事あるも顔を外向け言語を交えざる事既に十年を越ゆ。先方でも小説家輩はゴロツキなりとそれ相応に髭をひねっているなるべし。親類は法事の外に用なし。子は三界の首枷なり。門弟は月夜の提灯持なり。皆無きに如かず。

○

盗むと返さぬとは其の名を異にすと雖もその実は相同じ。盗むは暴にして拙し。借りて返さぬは卑しくして巧なり。傘風呂敷足駄書物の類は一度人に貸せば再び還っては来ぬものなり。

金銭は天下の融通なり故に貸借あり、書画骨董は他人の所蔵するものを見れば足る。独り妻女は貸借を許さず鑑賞を禁ず。ここに於てか陋巷に売色の女あり。金銭に貸借の便あるが如く又骨董に鑑賞の興あるが如し。色に飢えて人の妻女を犯すは盗なり其の心暴にして其の為す処拙し。売色の女をだまくらかして安く買って遊ぶものは其の心卑しく其の為す処は巧なり。盗むものは罰せらる。借りた儘にして置く者は罰する事能わず。悪足間夫《わるあしまぶ》の輩は傘風呂敷を借りて返さざるの徒に等し。唯困ったものなり。

拒絶と忘却とは其の結果甚相似たり。拒絶は明瞭にして忘却は模糊たるのみ。処世の術に巧みなるものは決して超絶せず忘れた風を粧うて為さざるなり。寝た振するを狸という。

色男の口舌に用いるの術なり。耳遠くして聞えぬふりするものを狸親爺という。金を借りに来られた時隠居の常用する処なり。借りて返さぬもの亦狸の一類なり。人のこれを責むるや奪いたりとは言わず返すのを忘れたりと答う。欺き陥るるは狐なり偽り粧うは狸なり其の為す処幾分の相違あるが如し。宜《むべ》なる哉富豪は決して人を欺かず唯忘れたふり知らぬ顔してまず所得税を収めざるなり。

○

赤坂霊南坂を登りて行く事二三町。道の右側に見渡すところ二三千坪にも越えたるほどの空地あり。宮内省の御用地という。草青く喬木描くが如し。我が偏奇館この空地を去る事遠からざれば散策の途次必ず過ぎて夏の夕には緑蔭に涼風を迎えて時に詩を読み、冬の夜には月中落葉を踏んで将に臨皐《りんこう》に帰らんとするの坡公《はこう》を思う事あり。

空地は崖に臨み赤坂の人家を隔てて山王氷川両社の森と相対し樹間遥に四谷見附の老松を望み又遠く雲表に富嶽を仰ぐべし。黄葉の時節夕陽の眺望殊によし。晩霞散じて暮烟紫に天地を罩《こ》むるや人家の燈影亦目を慰むるに足る。されば氷川の森の背後にかの殺風景なる三聯隊の兵舎の聳ゆるなくんば東京市内の空地の中風光絶佳の処となすも決して過賞にあらざるべし。余市中の散歩を好む。曽て日和下駄なる一書を著すや市内に散在する空地を探りてその風趣を説きしがここに此の仙境あるを知らず従って言う処なかりき。今甚これを憾みとす。

我が師柳浪《りゅうろう》先生移居の癖あり。曽て言えらく小説家は折ある毎に家を遷《うつ》すべし。家を遷せば近隣目新しく近隣目新しければ従って観察の興を催し述作の資料を得る事尠《すくな》からずと。宜《むべ》なる哉其の傑作「浅瀬の波」は深川砂村の辺に住われし事あるが故に出で来れるもの。「狂言娘」は根津に「黒蜥蜴《くろとかげ》」は入谷の辺に「骨盗み」は目黒に住われたる事あるが故に出で来れるものなるべし。小説を作る時篇中人物の居住する土地の事情と風景とに対する観察は人物の性格と共に寸毫も忽にすべきものならず。移居の述作に効あるや誠に理ありと言うべし。

李商隠《りしょういん》が雑纂に遷移を好んで止まざれば須く貧なるべしと。世の諺にも動けば損と云う。然れども文士元来黄金に縁なし。余麻布に移りて空地と坂崖等「日和下駄」の中に書き漏したる処多きを知り未だ移居の費《ついえ》を悔るに暇《いとま》あらざるなり。

○

活動写真映写の筋立何卒御暇もあらば御考案ありたしと、或人より頼まれたる時余直に答えけるは、貧しき一人の老父富豪の自動車に轢かれて死し、其の悴は或工場の職工なりしが同盟罷工のまきぞいにて身に覚えもなき罪を負い、其筋に検挙せられ、家に残りし老母病みて薬のみかは食うものさえなき有様に、妹娘のお何というもの内職の箱張をやめて芸者に身を売り、母を養う中忽ち梅毒にかかりて両眼を失い、一家餓死するというような話。どうです此れなら見物はおいおいと泣きましょうと云えば依頼者眼を円くして、先生は見掛によらず危険思想を抱く人かなと去って復来らず。

○

義理とふんどしは欠かされぬとは昔の人の言いし事なり。西鶴が浮世草紙の挿絵には銭湯に入るにもふんどしを締めたり。メリヤスの猿股は支那人の犢鼻褌《とくびこん》に同じきものなれど西洋にては婦人月経中に用ゆるのみにて男子の穿《うが》つものならずという。洋服着るには股引だけにて六尺もいらず越中もいらず。犢鼻褌《ふんどし》無用の世となれば義理も大に欠いて然るべし。義理とは何ぞや。歳暮新春の進物はいうに及ばず人の家に冠婚葬祭の事あれば必ず物を贈答することなり。学生クラス会を催せば車夫も新年会忘年会を開く。知友の去る毎に送別会あり還り来る毎に歓迎会あり。其他慰労会といい懇談会といい委員会といい義理の宴会挙げ来れば尽る時なし。芝居の総見物は一名これを義理見《ぎりけん》という。当世の人犢鼻褌を欠きながら何ぞかくは義理を重んずる事の甚しきや。

余輩も亦当世の人なり。日常洋服を着るが故に犢鼻褌をしめず。犢鼻褌をしめざるが故に義理をかく事屁とも思わず。往復葉書にて宴会の通知に接すること毎月多きは十数回に及ぶ事あれども決して返事を出さず。返信用の片ひらはこれを猫婆にして経済の一端となせり。また会費の金額は仮に出席したるものとなしてこれを貯金箱に入れ置けば一年に少くとも二三百円を得。余これを以て生活に必要ならざる玩具春本の類を購うの資となす。嗚呼男子六尺をかけば福徳寔に大なるかな。

○

蓬頭垢面《ほうとうこうめん》身《み》に襤褸《らんる》をまとい薦《こも》を被り椀を手にして犬と共に人家の勝手口を徘徊して残飯を乞うもの近来漸くその跡を絶てり。此れに反して鼻下に髭を蓄え洋服の胸に万年筆をさし、折革包を携え仔細らしく案内を乞うて、或は教育或は衛生等名を公共の事業に托して寄附金を募集するもの年と共にその数を増せり。野良犬は水をかければ尾をまいて逃ぐ。乞食は巡査を呼ぶぞといえば恨めし気に去る。然るに寄附金の募集者に至っては救世軍の如く大道演舌もよろしく田舎訛の訥弁を振って容易に去らず、時にはユスリ新聞の記者の如く取次の挨拶如何によっては乱暴もしかねまじき気勢を示すものあり。昔虚無僧は人の門に立ちて銭を乞いしと雖も内より一声御無用と云えば静に去りしという。請うもの深く強いざれば断るもの亦礼を以てす。好意を受くるは恥にあらず。齒糞を飛ばして寄附金を強請するに至っては其の名を忠孝に托すと雖も其心は豺狼《さいろう》に斉《ひと》し。泥棒もコソコソは罪軽く白刃を閃かすものは罪重し。

余義理と犢鼻褌を欠いて既に平然たり。寄附金の如きは其名目の如何を問わず悉く拒絶して受付けず。寄附金は元来富豪の罪滅しに行うべきもの通常の人は収入を隠匿せず正直に租税を納めていれば国民の義務は済むわけなり。然るに世には税さえ隠して満足には出さぬものあるをや。溝に金を棄てれば猶響あり。奸民狡吏《かんみんこうり》今や天下に満るの時おいそれと公共事業に寄附金を出すは愚の骨頂なり。

○

客あり来って頻にわが邦家族制度の弊を論ず。余謹聴しつつ徐《おもむろ》にその人を看るに紋付の羽織を着たり。侃々諤々の論未終らざるに余遽《にわか》に問うて曰く貴兄の羽織には紋あり見る処抱茗荷《だきみょうが》に似たり。抱茗荷は鍋島様の御紋なり。紋は即ち往時家族制度の遺風なり。家族制度の弊を論じ個人主義を主張するの人紋所をつくるは聊《いささ》か牴牾《ていご》の嫌《きらい》あるに似たり。世には江戸ッ子とやら称してつまらぬ揚足を取り大切な議論をも茶にしてしまうもの多し。事は大小となく用意の周到なるには如かじと。客苦笑して復言はず。

○

歌舞伎座新富座の如き日本風の劇場近頃斉しく観客の喫烟を禁ず。固より其筋の御達に依るものなるべしと雖も甚《はなはだ》訳のわからぬ話なり。土間桟敷に手あぶりを持運び酒を飲み弁当鮓を食い甘栗カキ餅煎餅煎豆の類を終日ボリボリ食う事差支なくんば煙草の如きは更に差支なき筈なり。火の用心を気にすれば奈落の焚火は其危険煙草の比にあらず衛生を云々すれば劇場内食堂の料理は禁じて可なり。

今日の劇場は建築外観の和洋を論ぜず興行毎に連中見物と称して専花柳界の援助を必須とす。此によって之を観れば今日の劇場は正に待合料理店と選ぶ処なきものなり。然ればよろしく上海の戯園の如く上等桟敷には食卓を据え自由に公然芸者も呼べるようになさば政府も亦意外の遊興税を贏《か》ち得べし。若し之に反して劇場を以て絵画展覧会の如き高尚なる娯楽場となさば彼のデパートメントストワの如き運動場と饑饉の時の焚出し場の如き食堂とは速に之を閉止せしむべきなり。虫喰みたるサラドの葉いかがわしき牛乳入の珈琲は煙草よりも衛生に害あるべく蕎麦鮓汁粉南京豆を貪って満腹の噯《おくび》を吐くは所謂「考えさせる劇」を看て大に考えんとするに適せざるものなり。

○

現時の演劇を改良せんと欲すれば芸術を云々するに先立って先ず連中見物を禁じ次に食堂と運動場の売店とを撤去せしむべし。然らば観客の気風忽《たちまち》改まり俳優の芸風直に一新せん。

現時の文壇を刷新せんと欲すれば主義を云々するに先立って速に月刊雑誌を廃せしむべし。雑誌なかりせば優良なる作品厳正なる批評自から世に生れん。

現時の社会を改造せんと欲すれば道徳政治を云々するに先立ってまず女子身売の風習を改めしむべし。今日の社会もし花柳界なるもの無きに至らば旧弊の風習道徳凡て改まり世態人情亦一変すべし。吉原の公娼新橋の芸妓をさし置きて浅草の白首《しろくび》を退治するが如きは蓋し本末を誤るの甚だしきものというべし。

○

十一月下旬たまたま数寄屋橋を過ぐ。橋下に砂利川土を積む船七八艘あり。いずれも竹棹を船上より石垣にかけ渡して襁褓《きょうほ》敝衣《へいい》を曝す。頗る不潔の態をなす。蕪村七部集の中

「冬されやきたなき川の夕烏」の一句正に実景なるを思わしむ。忽ち看る一人の船頭悠然舷《ふなべり》に立出で橋上の行人を眺めやりつつ前をまくって放尿す。行人欄に倚りて見るものあるも更に恥る色なく指頭に一物を拈って静に雫を払い手鼻をかんで笘の中に入る。傍若無人も茲に至って始めて徹底す。小便無用の貼札は支那に在っては君子自重と書すという。君子は成程衆人の前にて立小便はせぬ筈なり。

○

街頭の柳散尽《ちりつく》して骨董屋の店先に支那水仙の花開き海鼠《なまこ》は安く鰤鰆《ぶりさわら》に油乗って八百屋の店に蕪大根色白く、牡蠣フライ出来ますの張紙洋食屋の壁に現わる。冬は正に来れるなり。雨降れば泥濘の帝都益《ますます》其の特徴を発揮し自動車の泥よけ乾く間もなく待てども来らず来れども乗れぬ電車を見送って四辻の風に睾丸も縮み上る冬は正に来れり。議会開けて公園の砂利場に巡査と弥次馬の組打面白き時節は近づけり。雪の日付け込んで車掌の怠業する時節は近づけり。薬種屋の店先にマスク並べられて流行感冒の時節は迫れり。夜盗と放火の年の瀬は来れり。市会議員捕縛の噂もさして面白からず。濁江《にごりえ》に生れしからはとてもの事に来年はもう一層輪をかけた驚天動地の怪事件。活動写真にも出来ぬ程のものこそ見たけれ見たけれと。ここに大正九年を送る。

○

御稲荷様は皆正一位大明神なり。御稲荷様にして未だ曽て従二位といい正三位というが如きものあるを聞かざる也。近頃日本国内の専門学校公私の別なく競って大学の称号を得んとし頻にその許可を文部省に迫るという。国内の専門学校皆大学と改まり生徒は角帽金ボタン教師は誰しも博士とならば其名の空聞に帰せん事恰も御稲荷様の正一位に於けるが如くなるべし。御稲荷様に油揚を上げるは正一位なるが為ならず御利益のあるかなきかに基くなり。御稲荷様既に空位によらず実力を以て油揚をせしむ。専門学校の教師等博士の学位を得んと欲するはまだまだよし。老先長き天下の学生にして学校の虚名空聞を欲する事さながら成金の位階を欲し、車掌の嬶《かかあ》奥様と呼ばれて嬉しがるが如きものあるに至っては慷慨家にあらざるも亦長大息を漏らさざるを得ざるなり。今や世界の大勢は階級制度を破壊し各人平等の権利を得んとすという。然るに血気盛りの学生たるもの猶学校の空位空聞に恋々たる其の心事の陋劣にして其思想の旧套《きゅうとう》陳腐を脱せざる事真に憫笑すべきなり。世人の呼んで商業大学というも或は商業学校というも何の差別かあらんや。大学生になったからとて俄に女学生やカッフェーの女給仕が惚れる訳でもあるまじ。品行方正学術優等なれば金満家へ養子の口はいくらも御在ましょう。

○

例の往復葉書にて近頃余がもとに届きたる或会合の通知状に某々伯爵も御出席の由につき奮って御来臨被下度云々と記したるものあり。福沢先生は爵位を受けず板垣翁は華族一代論を称えし事さえあるに今の若きものにて猶斯の如き文言を書して宴席に人を誘うものあるかと思えば世の中は年と共におくれて行く様な気もする折から青空に飛行機虻の如くうなり泥濘の巷に普通選挙の声蛙の如く湧き出るを耳にす。さては日本もさして後れては居らぬにや。兎にも角にも頭には西洋の帽子を戴き足には伝来の下駄はく国の人心誠に早やわからぬというこそ知らざるを知らずとする金言のたぐいなるべけれ。

○

人おのれの他に及ばざる事を知って然も学ぶの意なく唯欺いて一時を糊塗せんと欲するや其の為す処のものこれを模倣となす。君子の聖人に及ばざる事を知って此に規る者は模倣に非ざるなり。門生の其師に及ばざる事を知って学ぶ者も亦模倣に非ざるなり。私淑は模倣に非ず憧憬も亦然り。其の意誠より出ず。己の及ばざる事を隠して人を欺かんとするものに非ればなり。

日本の商品中西洋品の模倣と見るべきもの挙げて数え難し。而して缶詰ビスケット化粧品の類最も甚し。試に銀座の明治屋に赴きてジャムを購わば缶詰の体裁英国CB会社の製品に酷似せるもののあるを知るべし。資生堂に入りてオードゴロンの類を購わば其の壜其の口金等米国の製品に彷彿たるもののあるを見るべし。食卓用の焼塩の如きは英国某会社の三角形なる其の商標を盗用せるものあり。いずれも一見真偽を弁じがたしと雖も購帰りて一度使用し一度口にすれば何人も直に其の和製品たる事を知るなり。英国製のジャムは缶一杯に隙間なく詰め込んであるに反し和製品は詰め方荒くして砂糖のアク強し。ビスケットは形同じけれども歯グキにねばりつきて歯を害し石鹸はその減り方例えば堅炭と土釜の如き差別あり。此等の模倣製品は大抵そのペーパーに外国文字のみを用い国字を印刷せず。化粧品の中には綴方を誤れるものさえあり。余理髪店の鏡台に屢之を瞥見して化け損じたる狐を見るの思いをなせり。

斯《かく》の如き商品の贋造は固より奸商のなす処深く咎むるに足らずと雖これを購うものの心理に至っては軽々に看過すべきに非ざるなり。世人の西洋模造品を購って毫も意に介せざるは本場の舶来品に似て価の廉なるに在る歟《か》。そもそも又わが現代の社会百般の事挙って悉く西洋の模倣にあらざるは無きが故に区々たる商品の如きは顧るに暇なしと云うに在る歟。模擬は事の大小に関せず男児の屑《いさぎよ》しとなさざる処古今東西その説を一にす。此に於てか再び言う商品の模造たる其事小なりと雖も亦以て国の恥辱となすに足る。事に大小あるも恥に軽重なし。嗚呼悲歌慷慨の政客何ぞ独り排日問題をのみ口にしてジャムを口にせざるや。模造石鹸を棄てて鶯《うぐいす》の糞か糠袋《ぬかぶくろ》で顔を洗って出直すも誰か亦遅しと言わん。

○

裸体《はだか》で大道を走るもの往時に雲助あり現代にマラソン競走者と称するものあり。メリヤスの肌衣を着すと雖両腕を蔽わず猿股一つに辛くも陰部を蔽うのみ。此輩屢《しばしば》隊をなして昼夜を問わず市中の車道を疾走す。然れども警官看て之を咎めず行人亦怪しまず路上の野良犬喜んでその後に尾して走る。太腿を出すは電車の中猶之を禁ずるに独りマラソン競走者の街上裸体を許すは何ぞや。マラソン競走は体育の名目を以てするものなれば也。貧困にして纏うに衣なく寒を凌がんとして走るものに非ざるが故なり。曽て浅草奥山深川八幡宮等の境内に雲雀山瘦右衛門《ひばりやまやせうえもん》なぞと称して独相撲を取って銭を乞うものありき。白昼衆人の前にて裸体となるの故を以て官の禁ずる処となれりという。茲に於てか事をなすに当って大義名分の必要なる独り兵を用い政を施すの時のみにあらざるを知る。芸者買は宜しく社会研究の名目を以てすべし。親の脛かじり相寄って茶番狂言を催さんとするや正に最新芸術の研究とか試演とか称すべし。下手な小説を書いて原稿料を貪らんとするや正に人道の為め正義のためと号すべし。富豪をゆする時は社会改革を以て名とすべし。ああ世人の名を喜んでその実は問わざるや若し名目を弄ぶに巧なるものあって名を忠孝と衛生とに借らんか。人をして犬の如く這はしめ猿の如く舞わしむるも亦難きにあらざるべし。

近頃顔役仕事師の輩相寄って一大倶楽部を組織し大に剣侠の古風を世に示さんとすという。快なるかな此の挙や。任俠の徒義の為めに身命を軽しとする事羽毛の如く路上富豪の自動車泥土を刎飛すを見れば直に引摺り下して撲り或は電車車掌の無礼なるものあれば事の次第を問わず鉄拳をくらわし女記者の生意気な演舌をするものあれば頰辺《ほっぺた》をつねって懲し或は芸者の顕官に寵せられて心おごるもの或は芸人俳優者の徒にして奢侈《しゃし》飽く事なきものあらば随所に事をかまえて其の胆を寒からしめんか吾人傍観者の喜びや実に言うべからざるものあらん。溜飲無暗にさがって天下また胃病患者を断つに至らん。仕事師倶楽部の為す処吾人未之を審《つまびらか》にせず若し徒に名を国粋にかり実は手拭をくばって花会を催すの類に過ぎざらんか吾人は文身の兄貴も亦当世の才子隅には置けぬと感心せんのみ。

○

男女同権は当に理の然らしむる処なり。婦人の議員となり官吏となり兵士たらん事を欲するや悉く許して可なり。許すに臨んでまず体育運動も宜しく男女同様たらしむべし。即白昼女子の衣を剝いで大道にマラソン競走をなさしめんか。満都の男子悉く雀躍してその後に随って走らん。蓋し其の効果の大なる婦人雑誌の言論に優る事万々なるべく示威運動の意義ここに於てか初めて明瞭なるを得べし。火災の時屋に登って女子の腰巻を振り動かすや祝融氏《しゅくゆうし》も屛息して焰を収むという。知るべし女子の権力の那辺に潜めるかを。

自大正九年至十年

隠居のこごと

○

世のありさまの変行けば人の心もおのずから移り行くこと固より自然の道にして怪しむには足らざるなり。さりながら其の変り行くさまの速なる、われ等明治の代も半に近き頃学び教えられける事どもわずか二三十年の今日に及びては一として共用をなさざる事に思い到れば唯茫然として言うべき言葉もなし。葉書に用件を認めて送ることは同輩または眼下のものに対する時のみ。それもなるべくは避くべきように教えられしに、今は何事も往復葉書にて回答の時日をかぎり記すならいとはなれり。たまたま此を怪しみ咎むる時は怪しむもの却って怪しみ咎めらるる傾あり。面識なき人に突然手紙を送りて事を問うは非礼なりとて許されざることとなりけり。されば学芸に関して質問したき事なぞありても後学の徒はつつしみて濫《みだり》に先進の人に対してかかる非礼を敢てするもの罕《まれ》なりけり。万が一已むを得ざる場合は固より非常のことなればたとえ書を呈する事ありとするも其の返書の如きは初めより待ち設くべき限りにあらず。さるを今は返信用の三銭切手を封入して唐突に物を問い若し返事の遅延することあれば忽ち以前の切手を返せと憤懣の語気を帯びたる催促状を発する人も珍しからず。

○

或時ある雑誌編輯者のたずね来りて小説を書きて玉わりたしという。われ今は興なければ書きがたし。たとえ書き得たりとするも先約の雑誌のあるあればまず其の方より順次に責を果さねばならぬなり。故に許したまえと断りしに編輯者膝をすすめて先約の雑誌へ御執筆の儀は何とかこの際特別の御意を以て御変替願われまじきや。もし先方に対して違約金の如きもの御必用とならば失礼ながら随分御相談に与るべしという。まるで請負工事の入札か何かのはなしを聞くようなりと怪しく思うはそもそも時勢におくれし証拠と自ら心付けど、われ等幼時の教育義を重んじて金銭を卑しとなしたれば其の陋習身にしみて今俄に改めがたきを奈何にせん。

○

去る頃折々余の「新小説」に筆執ることを喜びとせしは初め幸田先生の此雑誌を編輯せ

られしより以来文壇に於ける長き歴史の存ずる事を思いしが故なり。森先生のはげあたま、そめちがへ泉鏡花子の高野聖、藤村子の新詩、泣菫子の小品の如き、われは皆この雑誌によりて愛読したるものなり。中央公論もわれに取りては明治三十年頃柳浪先生が青大将の如き新作をこの雑誌の夏期附録に読み得たる事あれば矢張忘れがたし。

○

往復葉書に質問の箇条を記し文士画工の回答を聚《あつ》めて雑誌に掲ぐること当今文壇の流行なり。今年もまだ冬になりたるばかりなるに早や新年号の仕度にとてこの類の往復葉書は既にわが机上に山をなさんとす。そもそもこの悪風いつの頃よりかはやり始めしぞ。わが三田文学に関係せし頃には新作家の小説なぞの発売禁止となれる折なぞに気のききたる雑誌記者のたまたまかかる事を思付きたる事はありしかど未雑誌界一般の流行とはならざりけり。余の記憶にして誤らずばこの流行のさきがけを為せしものは矢張中央公論なるべし。日頃雑誌の編輯者と知合の間柄なれば質問に答うる心にもなり得べし。見も知らぬ雑誌社より濫に事を問いたださるるに至りては恰《あたかも》夜道を歩む時交番の巡査に誰何せらるるが如き心地なり。況やその質問の愚にもつかぬことのみ多きを見ては唯苦笑を漏すより外せんすべも無し。

○

近頃地方の中学校また女学校なぞより直接小説家の許に活版摺の書簡を寄せ校内の図書館に文学書類を備え置きたければとて辞令を巧にして小説の寄贈を請うもの尠《すくな》しとせず。これもわれ等には意外の感ある事なり。小説は志定らざる少年子弟の読むべきものにあらざるは言うを俟ず。ゲエテの大作にもみだりがわしき処なきにあらず。勧善懲悪を主義となしたる馬琴が八犬伝にも淫婦船虫がオサシミに事寄せて男の舌を噛切る話もあり。小説は世態人情を写し描くものなり。世態人情は悉く子弟の教となすべきものにあらず。教育家たるものは宜しくカトリックの僧侶の如くあるべし。子弟の無邪気なるが如く先生も亦無邪気ならざる可からず。時勢におくれてはならぬなぞと娑婆気を出すがそもそもの誤なり。生徒に向って人気取りの策を講ずるが如きは言語道断の沙汰なり。小説家に向って著書の寄贈を請うは教育家として啻に不面目の甚しきのみにあらず根本より教育の方針を誤れるものならずや。世の作者の著述についてはわれ多く知る所無し。われ自の拙作に至りては一として良家の子弟の読むに適すべきものある無し。わが拙著は宜しく学校を出で女房でも貰って少し鼻についた時分にでも読み給わば正にその時を得たるものとや言わん。

(以上大正十一年十二月)

○

十二月の五日といえば小春の好き日は既に尽きて蜘蛛の糸も空へと吹かるる立冬の節に近ければばかの王穉登《おうちとう》が、一点ノ禅燈半輪ノ月今宵ノ寒ハ較テ㆓昨宵㆒多シ といえる絶句もおのずから思い出さるる頃なり。年々この日われは橘町の野口翁及び小山内君と共に市川松莚子が駿台の家に招かれ午餐を饗せらるるを例とせり。十二月五日は松莚子が合卺《ごうきん》の式を挙げたる吉日なればなり。松莚子初め新妻を携えて居を芝浜に卜せしが後駿台に移り住みて早くも七八年を経たり。年々十二月の五日招かれて其の家に到る毎に今更の如くなつかしく覚ゆるは、庭の籬《まがき》に秋草の枯伏したるを刈りも除かでそのままに打捨てたるが中に、葉鶏頭の二三本其高さ四五尺にもなりたるが木枯にも倒れず立ちすくみたる姿なり。庭は南向きにて日当りよければ霜に焼け爛《ただ》れし鶏頭の葉はその茎もろともに真紅の色のすさまじきまで濃く紫に染みたるを、われ等赤飯に白き味噌汁啜り終りて茶を飲む頃ともなれば短き冬の日の斜に照り添うさま廃趣言葉に述べがたし。われ去る年の日記に「秋草の枯れしを刈り取らぬ主人の風懐欣慕すべし」と書きしるしけり。今年も主人は健在にして招かるる客も亦恙《つつが》なく庭の鶏頭も年々姿をあらためず、われ今年此の日の日記には「松莚子今年も亦去年の如く僑居の庭に秋草の冬枯をめづ。ふるきを革めざる主人の度量賞すべし」と書きしるせり。今の世は人々わけもなく故きを棄てて新しきを追うにいそがし。三味線引にして其の家の客間に椅子テーブルを据えて新しき芸術家を気取るもあり。布衣を以て身の誇となすべき文筆の士にして、官庁の門に出入し爵位あるものと会食する事を栄誉となせる輩もあり。風流全く地に堕つるの今日、独り泰然として借家の庭に秋草の冬枯を眺むる松莚子が襟懐正に五世白猿が牛島閑居のむかしにも比すべくや。

○

つれづれ草に友としてわろきもの七種を数え又友としてよきものに三ありとて、一に物くるる友、二にくす師、三に知恵ある友となしたり。松莚子日頃わが独棲の不便なるを思い使の人に物持たせつかわさるる事度々なり。物くるる人をよき友の初めに挙げたる兼好法師は誠にわけ知りたる人なりけり。色好まざらん男は玉の盃の底なき心地といいしも道理なり。

○

近頃は日常の談話にも人の文章にも清貧といい閑適というが如き言葉を聞く事なし。元《げん》遺山《いざん》が絶句に、閒中日月病中身。寂寞相求有幾人。莫怪門前可羅雀。詩家所得是清貧。また清人張船山が帰興の詩に、帰臥西南十万峯。俸銭銷尽債重重。閉門嫩喫花猪肉。焼筍烹泉過一冬。といえり。清貧とは赤貧洗うが如く其日の衣食にも事欠くほどの悲境をさしていうにはあらざるべし。心にそまぬ事をも忍びてなさんには位も富も得らるべきに、流石に男児一片の意気を棄て人に媚び世に諛《おもね》る事の堪えがたきまま、足らぬ勝なる境涯に甘じて深く恨まざる事を清貧とはいうなるべし。足らぬ勝なる境涯とは是非にも座右に備え置きたき書巻も日々の費の為めに購う事をためらい、又月よき晩など親しき友と心残りなく飲んとする酒も山妻の手前を憚りてひかえ目にする事なぞ、これ等もその一例に数えて然るべし。貪りて飽くことを知らざる心根ほど浅間しきはなし。貪らんと欲して貪る事を得ず他人の貪れるを見て羨み憤る心に至りては更に浅間しき限りなり。足らざるを足れりとして人を羨まざる心をさして詩人は清貧といいしなるべし。近頃演劇の興行及び劇場内部の事に関する論談文人の間に喧伝せらる。俳優の給金と作家の報酬との多寡を比較して論ずるものもありと聞けり。事の是非は問わざるなり。われ等は強いてもかかる事を口にするを欲せざるものなり。

○

一立斎広重の漫画に団十郎の暫《しばらく》と吉原の桜と初鰹とを描きて其の価皆千両なるを示せしものあり。俳優演技の価は国家宰相の俸禄にまされり。古来世に迎えらるるもの俳優にまされるものなし。俳優の其の名を番附に掲ぐるものにして未曽て甚しく轗軻《かんか》不遇《ふぐう》の歎をなせしものあるを聞かず。然りと雖俳優の演技は唯是劇場に集る観客の見て喝采するに過ぎず。芭蕉の句蕪村の画の如く決して不朽なる事能ざるものなり。これを思えば俳優の世に時めくや生前の奢侈よく王侯を凌ぐものありとするも甚しく羨むに当らんや。現代の俳優たるもの若し豪奢を極めんと欲すれば僅に自動車を以て足れりとすること莫れ。何ぞ一世を驚倒するの気概を示さざるや。われは常に現代の俳優にして未だ一人も木場の親玉の昔に比すべき豪気を示したるもののなきを悲しむものなり。奢侈は笑うべしと雖男児豪放の気概の発する処論か見て快事ならずとせんや。

○

人はおのれの為す事能わずして他人の能く之を為すを見るや必《かならず》羨望の思いを抱く。蓋し自然の情なり。われは抑《そもそも》何をか欲して止まざるや何をか最も羨しと思えるや。老いたるフワウストは毒盃を捧げて欲するものは青春なりと絶叫す。老羸《ろうるい》の身誰か青春を欲せざらん。然れどもわれは既に色に飽きたり。功名由来欲する所にあらず。羽帽長剣の魔王若し来ってわが手を把り、わが欲する所のものを何ぞと問わばわれは直に答うべし。わが得んとして止まざるものは青春にあらず。世態人情の変遷を見て甚しく悲しみ深く憤らざる寛容の心これなりと。移り行く世につれて容易《たやす》く衆と共に娯しむ事を得たらんには老境もさして悲しむには当らざるべし。青春去って還らざるも更に歎くには及ばざるべし。売名に汲々たる当世の俳優伝来固有の特技を放棄しダンスまがいの新舞踊を考案するやわれも亦世人と共に能くこれを嘆賞し、沢正一座の立廻を見るや手に汗を握り、安来節の腰をゆすぶるや我も亦容易に春情を催す事を得たらんには、大正の現代は正に天上の楽園に優るものありと謂う可し。わが悲しむ処は青春の去って還らざるにあらざるなり。学の浅きにあらざるなり。才の拙きにあらざるなり。唯わが偏狭《へんきょう》の性世の新しきものを見て能く娯しむ事能わざるにあり。自ら此れを知りて猶改むること能わざるに至っては遂に施すに術なし。余の平生好んで幕府遺臣の随筆を読むは時に遇わざるの感慨平々淡々たる行文の中自ら言うべからざる悲調をなせるものあるが故なり。成島柳北の紀行随筆の類は余が青年の頃より今に至るも読んで猶飽かざるものなり。柳北は世人の知れるが如く旧幕府の儒臣なり。瓦解の後明治政府に仕うるを好まず。明治五年浅草本願寺の法王に随って欧洲に漫遊し帰後朝野新聞社に聘せられ才筆一世を風靡せり。明治十七年十一月晦日四十八歳を以て瀝上の邸に逝きぬ。向島長命寺に半身像を浮彫にしたる石碑ありき。十年前に余の見たりし時既に其鼻のかけてありし程なれば今はいかがなりしや。文久年間江戸の町奉行たりし浅野梅堂が寒檠璅綴《かんけいそうてつ》も亦わが愛読書の一なり。梅堂瓦解の後入谷村に閑居し古書の蒐集骨董の鑑賞に余生を送りぬ。随筆寒檠璅綴六巻は専ら古書画鑑賞の事を記し亦支那歴朝詩文の研究より近くは江戸の草双紙浮世絵の事にも論及せり。支那の筆硯墨紙の鑑別考証甚精細を極む。後学の徒を裨益する処僅少ならず。随筆中に梅堂一日そが家の近くなる某寺の庭に蓮花を賞せし時偶然旧幕府の御数寄屋坊主たりし人に邂逅し、往年柳営にて見覚えたる書画調度の行衛を聞知り共に池畔に立って天下の珍宝の散佚破壊せられたるを悲しむの一章あり。これを読むに宛然亡国の悲歌を聴くの思あり。

○

冬の暖き日ほどうれしきはなし。まして日一日と押詰り行く歳暮の空幾日となく晴渡るを見れば過ぎし夏の頃の疫病また秋の長雨なぞ皆忘れられて其の年ほど好き年はなきようなる心地するものなり。暮れ行く年の夜毎に月の明なるはまた更にうれし。春を欺くばかり暖き日の風も吹き出でず穏《おだやか》に暮れかかる夕、青き靄も一しほ深く立迷うが中に、昼の中より空高く泛《うか》びいたる弦月の光忽《たちまち》冴え渡る時黄昏の頃をも深夜の如くに思いなす事屢《しばしば》なり。冬の月の趣夏秋とはおのずから異る所あるが中にわけて冬らしく覚ゆるは、日は電車の中にてとくに暮れ人通り少き山の手の坂道または寺の塀に沿いて一人とぼとぼ月下にわが痩せたる影を踏みつつ歩み行く折から一声二声空のはずれに雁の鳴く音を聞くさびしさなり。友の尋来《とめく》りて炉辺の閑談に夜半の鐘を聴きやがて其の帰るを送りて家の戸口を引きあくるや、庭一面冴え渡る月の光に寒さも打忘れ猶も語りつづけつつ電車ある表通まで歩み行く時の心地も忘れがたし。裏庭の枯尾花に月の光の照添いて針の如くに輝きたる。枯木の影の物すごきまで土蔵の壁にうつりたる。いずれも冬の深夜厠の窓より見るさまなり。長き橋の上に人影なく唯欄干の影のみ鮮に橋板の上に描かれたる。凍りし敷石の面に鳥居の影の横りたる。此れ等も夏秋よりは冬の月の見どころならん歟。(壬戌十二月)

○

風俗流行の変化はさながら季節の推移に異らず。いまだ春ならざるに先立ちて羽織もぬぎすてたき程の暖き日あり。花開きて後雪の降る事もあり。大寒の半に暖き日あるは軈《やが》て来るべき春の先がけにして花時の雪は去りし冬の残れるなり。いつの世にも流行には必さきがけあり。さきがけありて後世の中あまねく此れに従う。従い得ずして後るるものあり。

上の好む処下これより甚しきはなしと云うことあれど流行は必下より生じて上を犯すものの如し。されば心あるもの新しき流行を見れば必眉を顰《ひそ》むと雖もいつか世上一般の風俗となりて怪しと見し姿も忽目に馴れ来るや初めに怪しみしもの却て怪しみ笑わるるに至る。今の世に妻女の元服するものを見ば人却ってこれを怪しむべし。幅せまき女の半帯は芸妓より生じ今は良家の婦女も更に恥とせず。男の長襦袢は芸人にのみ限られしを今は堅気の老人もこれを着て意となさず。万事斯くの如し。女用訓蒙図彙《おんなようきんもうずい》に曰く、「流行物といふは大方は破志《ばし》なるものなり、破志風には一際目おどろかす処ありといへども必取りいりて見劣りせられ程なく飽くものなり。是幽玄に恭しからぬ故なり。若盛の頃は一破手《はで》にもし又は一くすみくすみたるも面白し。然れども十人の中八九人は皆破手を好めり。下輩などが良き人のまねはせねども良き人の下輩が真似をばするなり。いかなるをか下輩といふに袖大きに角をあらせのけ襟にして胸ゆたかにくつろげるなり。此の様は当時歌舞伎女方の風を好み似せたるものなり。此れを始めて髪眉のかゝり帯の仕様わきて近年都一様に変り侍べるなり。此等の風を下輩破志《げはいばし》といふなり云々。」これを見れば風俗人情の赴く処むかしも今も異ることなし。

○

江戸時代の流行は都《かつ》て演劇より生じたり。此事普く史家の言う処なれば細説せず。江戸伝来の嗜好は明治に至りても四十余年容易に衰えざりしが大正の世となるに及びて俄にあらたまりたり。わが見る所にして誤らずば現代流行の勢力は花柳界を去りて女優と活動写真とに移りたり。若き女の髪をちぢらせて網をかけ白粉濃くしたるが上に頬紅をさし飛模様の羽織に絹の手袋したる。又若き男の髪を長くして後ざまにかき上げ大なる鼈甲縁の眼鏡をかけたる。車夫も中折帽に繻子《しゅす》または天鵞絨《びろうど》の上衣を着たるいずれも西洋最新の流行を巧に日本化せんと欲するものの如し。流行は新らしきを追うものなれば皆軽浮にして穏雅ならず。されど一面よりこれを観れば時代の反映なり人心の赴く所を示すものなり。これを阻止せんとするも決して能くすべき所にあらず。唯時間の経過を待ちて目に馴れしむれば可なるのみ。目に馴るれば穏雅の趣自ら生じ来るべし。穏雅の趣生じ来れば流行の意義始めてここに失わるるなり。

○

流行に対して慮《おもんぱ》かるべきは唯選択の如何にあり。選択はその人の趣味に基く。趣味に基きて取捨よろしきを得ば流行必しも厭うべきにあらざるべし。肥えて身丈ひくく頸短き女の例えば荒き鼈甲繋の大島紬なぞ着たらんにはその姿ますます悪しかるべし。痩せたる女の荒き御召の竪縞を着たらんにはいよいよ痩せ細りて見ゆべし。鼻低き平顔の女の白粉濃く塗り立つれば其の顔ますます平たく見え頬骨の出でたるものの頬紅を濃くすれば人に遠ざかりて猿に近づくべし。流行に対しては髪の形衣服の色合縞柄すべて如何なるものの最もよく其の身に似合うべきやを考うべし。こは人にききたりとて事毎には教え示さるべき限にあらず。諺にもいう如く人のふり見てわがふり直すに在り。経験を積み反省を重ねるより外に道はなかるべし。かくては流行の選択もその身の修養に同じく容易のことにあらず。世に美貌の婦女は多しされど衣裳持物の選択よろしきを得たるものはまず百人に一人なるべき歟《か》。

代価の一見して知らるるものは凡て趣味に遠し。金無垢の煙管金剛石の指環の如きつぶしにしても幾程になると初めより相場の知れたるものは、其の価高ければ高きに従ってますます下品なり。櫛簪《くしかんざし》より指環帯留の如きものは細工の精巧なるを以って初めて誇りとなすべきに、唯金剛石の大粒なるを競いて見得とせんはあまりに能なし。金剛石のピカピカひかるをたあいも無く打喜ぶは愚なる女心のさもあるべき事なれど男にして洋服のカフスボタンなぞに金剛石をつけたるは何とや云わん。指環も男には禁物なり。女とて数多く指毎に穿つは好ましからず。薬指に唯一個あまり輝かざる珍らしき珠入れたる細工のよきもの穿つこそ却て品好く価も尊く思わるるものなれ。頭髪の間に金剛石をきらめかすは洋装の折は知らず日本の風俗には猶ふさわしからず。

○

わが国伝来の趣味は住居服装はさらなり万事にわたりて淡泊清洒《せいしゃ》鮮明なるものを上乗となせり。枕草紙に「女の上着は薄色、えび染、萌黄、桜、紅梅、すべて薄色のたぐひ」と言い、兼好が家居の事を論じて、「多くの匠の心をつくして磨き立て唐の大和の珍らしく得ならぬ調度ども並べ置き前栽の草木まで心のまゝならずつくりなせるは見る目も苦しくいとわびし」といえるを見て知るべきなり。淡泊清洒の趣を喜び尚ぶは蓋し日本の風土気候の致す所これ民族自然の趣味と称すべし、されば西洋の風俗を移入るるに当りてもつぶさに伝来の趣味如何につきて鑑みるところありなば、同じ天鵞絨の外套にハンドバッグ提げたる扮装とてやがてはおとなしく落ち付くところ出で来ぬべし。

○

化粧の秘伝は強いて粧いつくらざるに在り。人は誰しもおのれのあしき所を隠さんとするものなれど殊更に過ればあしき所それが為に却て目に立ち易し。眉の薄きを憂いて描く引眉毛をなし頭髪の癖ありて縮れたる又は薄くして赤毛なるを隠さんとて染薬をつけ入毛を多くするなぞ余りに苦心の痕見えすく時は人目には何より先に気の毒なる心地せらるるものなり。欠点を補い蔽わんとする化粧は好き程に留め置くこと肝要なるべし。女の三十二相揃いたるは元より罕なり。されど又二目と見られぬ醜婦というもさして多くはあらざるべし。容貌姿勢の中一二点あしき所あるも又他によき所ありなば悲しむには当らず。目鼻立のあまりに打揃いて一点非の打ちどころなしと言うような美人は観世音の像にあらずば京人形のようなる心地して男の目には却て趣少くまた淋しく冷に見ゆるものなり。これに反して欠点は屢《しばしば》風情と愛嬌とを添うる種となる。例えば片頬に靨《えくぼ》を寄せて女の微笑む時受口なる唇の間より歯並揃わざる糸切歯の少しく見ゆるなぞ男の目には却て忘れがたき事あり。眼の縁の黒子、雀斑《そばかす》なぞも殊更にこれを隠さんとて生地のよしあしを問わず厚化粧せんよりは其儘に捨て置くこそ無事なれ。白粉のつけ方は既に元禄のむかし女用訓蒙図彙に顔の生地《きじ》面様《おもざし》に応じて用捨する事肝要なりと言いたる今日に於ても同じ事なり。

○

三世相大雑書に掲げたる美人の相の解説を見るに、○丈高からず低からず身体の色いたって白く白き中に光あり格別に肥えず中肉にして肌理《きめ》濃《こまやか》なり○頭は円るく面のそなえ少し方長《おもなが》にして髪の生際綺麗に厚からず薄からず髪の尺長く光あって黒し眉より髪の生際までせせこましからずゆったりとし○眉細く三日月形に長く目と眉との間狭からず大概一寸ほどあるべし○眼細長く魚尻下らず又つらず烏睛大にして中に光あってぎらつかず○鼻筋痩せずむっくりと高く孔小さく円く向より見れば孔見えず小鼻怒らず鼻梁さし通り口小さく唇いたって紅く紅粉をさしたる如し○歯大小なく能く揃いて白く光あり○耳大にして円くしかも厚く肉あってつねつね薄赤色を含むなり○髪の生さがり長からず生さがり長きは淫乱なり首筋の生さがりも是と同じ○右体の相そろいたるを美人の相といいて大に貴し万人に一人有ること稀なり云々。これ古来日本人の理想とする美貌の標本なり。理想は時代によって変化す。審美の鑑識亦常に一ならず。婦女容姿の美は周囲の光景ならびに服装と関連す。三世相大雑書は天保の初に出でたる書なり。婦女の洋装するもの少からざるの今日三世相の言う所尽く聴くに値するや否や。一時当世風の円ぽちゃという事をよく聞きたり。定められし美人の型にはあらざれども捨つべきにもあらざれば当世風とは言いしなるべし。男の好く女必ずしも美人に限らず。あまり美人の聞え高きものは男の目には近寄り難く見えて興少し。干菓子の美麗なるよりも手の出し易きは餅菓子団子の類なり。ここに男好きのする顔立という言葉あり。目鼻立整わざるも男の心を惹く力あるもの即男好のする顔立なり。一言二言物いいかわしなぞする中もしこの女と恋仲にでもなりたらばなぞ男の胸に思いの種を蒔くようなる女こそ最男好のするもの。美醜の論とは少しく別の事なるべし。

小股のきり上った女また小褄《こづま》のきりりとした女なぞいう言葉もあり。これ顔の男好きするという事を姿のよしあしに移して言えるものなり。着物の着こなし上手にして立居の様子甚軽快なれども決して色気を失わず、しなやかにして而《しか》も厭味なきもの即小褄のきりりとしたものと言うべし。でぶでぶ肥りたるもの、痩細りたるもの、素足の醜きもの、腰太くして尻の大きなるもの皆共に小股の切り上ったとは言われず。髪は結いたるばかりにて後毛一筋もなく絹物ずくめの新しき衣裳に綺羅をつくしたる女を見てはいかに姿よきも別に小褄のきりりとしたとは言わぬようなり。されば上流の婦人また良家の令嬢なぞに対してはこの言葉は用い難かるべし。町の女芸妓なぞいずれも既に男の肌よく知りたりと見ゆる女のさして取りつくろわぬ姿につきて言うものと知るべし。

○

簾越に見る女皆美人なり。湯帰りの芸者一人として仇めかざるはなく稽古通の娘皆かわゆらし。女給仕のエプロン姿、茶屋女の襷掛け、町女房の鯉口半纏、看護婦の白服なぞ其姿あたりの光景に調和すれば容色も一段立優りて見ゆるに色好む男のつい心迷いて外へと連れ出せばこれはいかにとばかり見劣りせらるるが常なり。芸者は白襟の紋付裾模様しっくりと身につくようになれば相応に売れるものなるべく男の洋服燕尾服着てボーイに見まがわざるようになれば始めて紳士の風を得たりというべくや。手習も行草のくずしは学びやすく楷書は難し。

○

流行は世上一般に於てのみならず職業階級によりて又それぞれの好みあり。学生運転手車夫職工牛乳配達にも皆それぞれはやりすたりの風あり。近頃の事はよく知らねど、われ等中学校に通いし頃の事を顧るに制帽の前を潰して徽章を隠し水兵用のズボンに薩摩下駄をはき上衣のボタン下の方ばかり一ツ二ツ掛け上の方をはずして胸をあけ左の肩を釣上げ腕を組む事流行りたり。ニヤケたる男の金縁の黒眼鏡に天鵞絨の鳥打帽をかぶり絹半巾を三角に折りて首にまき口をかくせしもその頃の風なり。当節は男女ともに西洋活動写真の役者を学ぶが如し。絹天鵞絨の洋服に襟飾わざと無造作に結び頭髪を長くしたるは芸術家風ともいうべきか。眉目清秀なるものは格別なり。色黒く眼ぎろつき無性髯むさくろしきものの髪長きは亜米利加印甸人《インジアン》に彷彿たり。日本人の頭髪は西洋人と異りて太く硬く重くろしきものなれば女の束髪にもあまり振乱したるように縮らすは見苦しかるべし。

○

わが国にては婦人の美を論ずるに目鼻立にのみ重きを置きて肩手足の形を等閑にする傾

あり。古くは枕草紙より近きは春水種彦の人情本を見ても手足のことを言わず。これ袖ゆるやかに裾長き服装の自ら手足を蔽えるが故なるべし。然るに近来家の内外ともに女の腰かくる事多くなりたれば従って手元足先の人目に触るる事も多くなりたり。日々電車にても女の傘の柄を握りし手元、膝の上に書物ひろげたる足先を見る事幾人なるを知らず。手の指長くしてしなやかに腕細からず短からざれば形よし。腰かけたる折の手足の扱いざま西洋には定まりたる礼法あり。これを據り所とせば過ちなからんか。アナトオルフランスの随感録に人柄は顔立によりてのみ知らるるとは限らず手にも悧発なる手あり愚なる手あり。膝に偽善の心顕われたるあり。我欲の肱、横柄の肩、善良の背なぞありと言えり。これ重に男につきての事なるべけれど手はその限にあらざるべし。手足の形のよくも見え又あしくも見ゆるは生付の形よりも寧立居の挙動に応じてその置きどころ扱ざまの如何によるものなり。されば手の形をうつくしくせんとて徒にマニキュウルとやらに時と金とを費し又足の形を気にして履物に奢をつくさんなぞは心得違の甚しきものなり。指にささくれなく爪の間に垢をためず。足袋はよく洗いたるもの。履物には雨上りの泥さえつきてあらずばそれにて事は足れり。戸障子の開閉、物の持運び、万事立居の挙動に平生不断の心掛を失わずば手足は身体と共におのずから其の処を得て形よく見ゆべし。法ありて法に捉れず、自由にして乱れざるは独礼法のみならず凡ての道の極意なり。

○

わが住める麻布の高台より赤坂麹町へかけては今の世に時めく人々の広大なる家屋敷を構えたるところ多し。われ移居の当初近隣のさま目新しく覚えしがままに、まず近きあたりの邸宅のさまより筆を起しやがては市中各区に散在せる邸宅の重なるものを列挙して其の体裁を論評せんには、おのずから我が嘗て物したる東京散策記の足らざる処を補うことにもなるべしと思いき。されど更に考うれば個人の邸宅は神社仏閣とは異りて私有のものなり。若し憚る所なく庭園家屋のよしあしを論じなば勢その所有者に対して礼を欠く所多かるべきを知り筆を執るに至らずして止みぬ。邸宅の体裁を論ずるは恰も人の服装携帯品の奈何を品評するに異らず。家屋敷は住む人の其身の分に応じて安らかに住みなせるもの、外より窺うものの目にも亦心地よく感ぜらるる事、猶衣服持物のよく其の人の柄に合いたるを見るに均し。物の善悪価の高下には関せざるなり。芸者の貴婦人らしく見せかけたるは素人の意気がりたると同じく笑止の沙汰なるべし。居宅も亦此の如し。画家の名声に心おごりて料理屋の如き楼台を築造するが如きは、正に株屋成金の風流がりて茶室を建つると等しく皆柄に合わざるものなり。富豪の家の門前、敷きつめたる玉川砂利に箒の目もあざやかに植込の樹木も手入を怠らず塀もよく洗われたるは万事行届きたるようにて心地よし。それに引かえ、旧華族の屋敷の古びたる門構昔の面影を残して、練塀の瓦の少しは雨にくずれたるなぞ却て奥床しかるべし。医者と弁護士との家の貧しげなるは心細く、官吏実業家の新宅のあまりに豪奢なるは賄賂の沙汰も思出されて果敢《はか》なし。

○

近頃市の内外を問わず新築の邸宅を窺い見るに、門に面する表の一部を西洋造となし裏手の一部を日本家につくりなせるもの十の八九を占む。西洋館は応接間と主人の書斎なるべく日本座敷は家族の起臥する処なるべし。これ和洋二重の生活を便宜となせる今の世に在りては怪しむに足らざる所なるべしと雖も洋服に下駄はきたるに同じく体裁をなさざるものというべし。殊に西洋づくりの入口玄関前に立石を置き据え松の古木を植付けたるなど、其の調和を欠きたる事西洋料理の皿に杉箸を添え染付の猪口にウイスキイを盛りたるにも譬うべくや。家を西洋風となさば庭のつくりざま樹木の種類にも宜しく撰択する所あるべきなり。官庁学校などの門内を見るに建築と樹木との調和を無視したるもの多し。

日本風の住宅も今はその造りざま我等従来見馴れたるものとは異りて、上方風といわんか名古屋風といわんか、或は待合風といわんか、殆その様式の何たるやを知るに苦しむもの多くなり行けり。二階づくりの屋根に見すぼらしき破風をつくるが如きは最初われ等の見て甚奇となせし所にして、是れ上方風のはばき（を付けたる土塀と共に大正の初頃より目に触れそめしものなり。市中に残りし大名屋敷の瓦を積み重ねたる練塀も大正の初には既に大方は赤煉瓦またはセメントの塀に改築せられたり。赤き煉瓦塀は倉庫の如く金網を心になしたるセメントの塀の殊に御影石に見せかけたるものは啻に風致を欠くのみにあらず残暑の西日烈しき折は照返し甚しく近隣に住むものと塀外を通行するものとを苦しましむる事一方ならず、トタンの塀に至りては更にその甚しきものなり。虫喰の船坂塀は忍返しをつけたる渋塗の黒板塀と共にいずれも過ぎし世のものとはなれり。数年前までは山の手の家大方は杉枳殻《からたち》カナメなぞの生垣を結い廻らしたれど今は墓地の外市中に生垣を見ること稀になりぬ。生垣はわれの最好むところ。わが住む家の塀も出来得べくば生垣に変えたしと思えるほどなり。友の家を訪う折にも生垣の間より庭の花のちらほらと見ゆるなぞ限り知れずなつかしき心地せらるるものなり。市中にいまだ電車通ぜざりし頃小石川牛込の奥深きあたり何処も同じようなる垣根道の其処此処にて番地を問いつつ友の家に尋ね到る長閑《のど》けき心のさまは、頭髪をちぢらせ鼻眼鏡かけたる現代の青年の想像する事能わざる所なるべし。されどいかに生垣の趣あるをよしとなすとも、今は出入商人の濫《みだり》に自転車を寄せ掛くるあり児童の花を盗まんとて此れに攀《よじのぼ》るものあり隣家の下婢の来りて古足袋を干すものあり。生垣は三日ならずして破り倒さるべし。実に今の世はセメントまたはトタンの塀にあらざれば到底浮世の風の荒きに勝えざるを如何にせん。

○

家の周囲に樹木を植るの必要あるは外観の美と実地の用とを兼ねしむるが為なり。軒端の梧桐《あおぎり》は啻《ただ》に秋を報ずるにとどまらず、又よく残暑の斜陽を遮るべし。庭前の喬木は夏夜涼月を懸くるのみにあらずして家屋を撲たんとする風雨の勢を挫き、塀際に植込みたる椎《しい》樫《がし》の梢は徒に蟬声鳥語を聞くが為のみにはあらず、街路の塵埃の家に入るを防ぐによろしきは言うを俟たず。外より観て家屋の周囲に樹木の配置の欠くべからざるは恰も画工の山を描きて雲を添え水に石を点じ河に舟を配するに異らず。然り而して家屋の形状に従い此れに配合すべき樹木を択ぶべきは前章に於て既に之を述べたり。赤き煉瓦造の家の前に幹も洞となりたる梅の古木なぞ植えたるは耳かくしの西洋髪に黄楊の櫛をさし襟つきの唐桟に飛模様の羽織を襲《かさ》ねたるにも譬うべし。ハイカラの服装にはおのずからハイカラの好みあるは言うに及ばず。されば洋風家屋の戸口に荼蘼《とび》または薔薇の棚をつくり窓に郁子《むべ》蔦など纏わしむるは誰が目にもふさわしく見ゆべし。棕櫚《しゅろ》蘇鉄のたぐいは西洋づくりの入口には調和すれども日本造の玄関前にこれを植えなば寺の庭らしき心地すべし。椎は火を防ぐとて昔より屋敷の周囲に植えられたるものなり。椎と樟《くすのき》とは木立の姿西洋の櫟《くぬぎ》に似たる所あり。槐《えんじゅ》榎のたぐいは米国のエルムの如く碧梧《あおぎり》はその葉プラタヌスに似たればいずれも洋風の家につり合うべし。永田町なる独逸大使館の門際に円く天幕をひろげたる如き大なる椎の木立あり。煉瓦塀と鉄の門とに対していささかも見苦しき心地せず。梅は是非にも軒深き茅葺の家に見るべきものなり。縁側に硝子戸建て廻したる現代の家にはつり合ず。桜も其の花爛漫として開く折には住宅の庭よりも神社仏閣の境内に在るべきものなるべし。黐木《もちのき》、木斛《もっこく》、槙《まき》のたぐいは石燈籠なぞ置き据えたるつくり庭には必植えられたるものなれど、今は料理屋待合の小庭を思出さしむるが故に却て風致に乏しく、屋根をつけたる門構に松をあしらい、又柳の枝を垂らしたるなぞ、これも今はあまり極った形にて珍しからず。

竹は山の手の崖また郊外の手広き庭の隅なぞに鬱蒼として生茂りたるはよし。町中の小庭に二三本の竹植えて其の幹を植木屋に磨かせるなぞ月並宗匠の好みらしくて厭味なり。然らば家の和洋を論ぜず庭の大小を問わずいかなる住宅にも調和するもの何ぞと言わば、まず楓《かえで》カナメ檜葉《ひば》なぞなるべく、花あるものは山茶花木犀山椿ドウダン沈丁花のたぐいなるべし。

益軒が家道訓に「園中の草木は珍異なるを好むべからず又奇瑰《きかい》なる木を植うべからず只広敞《こうへい》なる園には花果冬青樹等を植え以て四時の推し移るを観るべし、又薬草を交へて其名を知り其花を玩ぶべし。都《かっ》て植物は密ならず疎ならざるを主とす甚疎なれば陽気乏しく甚密なれば陰気深し故に各其中を執るべし」と言えるは大にわが意を得たり。

果樹と薬草とは庭に植えて楽しみ殊に深し。柿は霜葉の紅なるをも亦賞すべく、枇杷は不吉の木なりとて忌む人もあれど、八ッ手の外は花なき冬に花をつくるが故に捨てがたし。栗、棗《なつめ》、無花果、いずれも裏庭の破れたる垣のほとり又は鶏小屋物置小屋の傍なぞに植えてよし。市中の古き家にはよく土蔵の前の中庭などに葡萄の棚つりたるを見掛けしが近頃は目にする事稀になりぬ。借家の庭に鳳仙花、向日葵、白粉花なぞ価卑しき草花を夥しく植えたるはなまなか怪し気なる石岩なぞにて作りたる庭を見るよりも風趣あり。庭のつくり方には古来伝る処の法式あり。されど今日われ等都人の住宅に樹を植えんとするに当りて、かの相阿弥《そうあみ》が法式また遠州が古実を担ぎ出さんは恰も日々三度の食事に会席の献立を論じ日常着流しの着物に有職古実を云々するにも同じかるべし。ここには唯家と木との配合につきて聊《いささか》意を用うる処あれば足れりというのみ。

○

衣食住に和洋二重の用意をなすは便宜なるに似て時に甚不便なることあり。不便なるが如くにして又便宜なる事あり。現代都人の生活は甚複雑なり。和洋二重の生活の便不便は複雑なる都人の生活の時と場合とに臨みて偶然に生ずる所なるが故に一言にして断定する事能わず。各一得あれば一失あるを免れず。靴の歩行に便なるは下駄にまさると雖、乗客雑遝《ざっとう》の電車に在りては靴は足駄の歯に踏まるるの虞あり。婦人の好んで用うる所のフェルト裏の草履の絨氈《じゅうたん》を摺り切らす事の甚しきは、恰《あたかも》街路に敷きたる砂利の靴の裏を破るに比較すべし。洋服を着て畳の上に端坐するの苦しみは日本服にて椅子に腰をかけ膝頭の出ぬように裾前を気にする煩わしさといずれか優れりとなすや。殊に近時応接室に籐編みの椅子卓子《テーブル》を用うる家多し。夏日帷子《かたびら》を着して籐編の肱掛け椅子に坐するや背と肱との痛きこと白洲の砂利に坐するの思をなすべし。斜面をなせるデスクの上にて巻紙の書信はしためがたく、万年筆は膝の上にて物書くに不便なり。ダブルベッドの上に舟底枕は倒れて置きにくく、パヂャマを着て日本の夜具の中に眠れば窮屈云うばかりなし。西洋造の家に畳を敷きて坐すれば窗《まど》高くなりて風入あしく夏の暑さ一倍甚しかるべく、日本造の家に椅子を置きて腰をかくれば光線下より眼を射て常に天井の暗きを嘆ぜしむべし。膳の上にてナイフとフホークは甚使いにくく殊にビステキの堅きを切らんとする苦しみは、蕎麦のかけをテーブルの上にて食うの難きに匹敵すべし。日本酒に麦酒とウイスキイとを併せ飲めば酔う事甚しくチイスと沢庵漬とを同時に食えば忽嘔吐を催すべし。近頃椅子に腰かけて茶を立つる事流行すと聞く。果して味いあるや否や。

和洋二重生活の混乱は啻に衣服飲食住居の外観に止らず日常の言語と又物品の名称等に於て更に甚しきものあり。売薬化粧品等の名称に Lait Crême の如き外国語をそのまま用うるは猶縦すべし。カテイ石鹼といいハータ香水というが如く日本語を片仮名にて書き外国語らしく見せかけたるはあまりに見識なく愚劣の極みなり。されど其等は元より無智蒙昧なる商人の為す所にして婦女の好奇心を惹き一時の利を貪らんとするに過ぎざれば深く咎るに及ばず。一時銀座尾張町にパンと饅頭とを作り合せたりとてパンヂウという名をつけたる菓子を売るものありき。これも市井の俗事なれば咎るに当らず。ここに聊一言なき能わざるは公共事業の広告または官庁の掲示の如き社会一般の面目に関する事につきてなり。一例を挙ぐれば節約デーというが如き新造語なりとす。日本語と英語とをつぎ合せて其の拙劣なる事木に竹をつぎたるが如し。汎く国民に向って勤倹貯蓄の道を講ぜしめんとするに当り新に此の如き生硬不熟の言語を造出すの必要何処に在りや。われ等は敢えて新語を忌むものにあらず。事に臨みてその要あれば新語の創造は大に可なり。唯浅陋蕪雑なる新語の濫出は一国文明の上より観て甚しき恥辱なるが故に速に之を排棄すべしというのみ。明治維新の際西洋文明の制度を移入るるや事毎に新語をつくるの必要に接したり。当時の新語は蒸汽車といい人力車といい保険といい株式といい郵便といい新聞紙といい何れも後世永く使用するに堪うべき言語なり。新語をつくるに際しては相応の学識と考慮とを要すべし。濫に英語と日本語とをつぎ合せてかの節約デーというが如き新語をつくるは日本語とまた日本文明との為に悲しまずんばあるべからず。今日世上頻に漢字の節限を説くの時濫に和洋混合の新語をつくらば、一を節して一を増す事その繁雑の結果に至っては更に変るところなかるべし。

○

若き小説家なにがしといえる人良家の女と慇懃《いんぎん》を通じ湘南の旅舎にかくれ住みしを女の親元より誘拐の訴に及びしかば、小説家は女の艶書を新聞紙に公表して弁疏《べんそ》せしより親元にても是非なく訴を取下げたりし一件昨今世の噂とりどりなり。或者は女の不しだらなるには気もつかで暗闇の恥をわざわざ明みに持出せし親元のおろかなるを嘲り、或者はよきにせよ悪しきにせよ一度身をまかせし男を中途にて袖にせし女の性根の定らぬを責め、八百屋お七白木屋お駒のいさぎよく恋に身を滅したるむかしを語り出せば、或者は唯わけもなく生娘を思いのままになしたる小説家の艶福を羨み、且は又その著作の売行もこの事件のために俄に増すべしとて、遂にはかの小説家の初より商売気にて女を連出せしように臆測して売名の手段の巧みに過ぎたるを憎くしというもあり。雑説紛々としていずれを正しとなすよしもなけれど、現時読書界の風潮より察するに、この事件のためにかの小説家の著作を購い読まんとするものの俄に増加すべきは蓋し疑いを容れざる所なり。日本全国の新聞紙に其名を記載せられし事のみを以てするも小説家の身に取りては徳あって損なきに引換え、あたら世の笑草となりし女の親元の独貧乏鬮《くじ》引きたるは誠に気の毒の至りなれど短気浅慮の過いかんともなし難し。

およそ人の親となりてその育てたる女の行正しからぬを見し時の心の中いかばかり情なく腹立しかるべきかは、われ幸にして未児を持ちたる事なければ身にしみじみとは知るよしなけれど、歌劇のリゴレットなぞ聴きて考うるに誘う男だになかりせば女はかかる過はなすまじきにと唯只男の身のみ憎くく思わるるが如し。子を思う親の心は煩悩なり。色好む男にはわが持てる妻は鼻につき人の持てる妻の美しさ際立ちて見ゆるを、子を持つ親の目にはわが子のみ立まさりて賢く美しく見ゆるぞ是非もなき。

世には小学校の学年試験にその児の落第せるを見て、その学力の果していかなるかをも深くは確めず、またわが家庭の教育の如何なるかをも更に省みず、一も二もなく教師の処置を苛酷なりと怨みて甚しきは学校へ膝詰談判に出掛る親馬鹿もありといえり。かかる親達の中には、其の児の席順を上にせんとて、内々教師に物なぞ贈るもありとか。かくては慈愛の心も虚栄の邪念に汚されて真情の美を傷う事も甚しというべきなり。親の愛情既に純真ならず唯徒におのれが児の他人の児に優らんことをのみ希うに至っては、恰妓家の阿母の美衣をその養女にまとわしむるの心根と択ぶところなし。近来都下の学童にして不良の性を帯びざるものは殆稀なり。其の罪を独学校教育の不備に帰せしめんとするは管見の甚しきものなり。罪は時代の空気に在り。世の父兄たるもの当今の時勢に対して何等憂憤の情を抱く事なく晏如《あんじょ》として子弟の教育を学校に一任し毫も平生家庭の教養について力むる所なきに至っては其の罪一層大なりというべきなり。

○

こは数年前のことなり。或名門の令嬢深夜十二時近き頃単身外より家に帰らんとする路すがら誤って自動車に轢かれ尽きぬ歎きを親達にかけたる事あり。われこの事を新聞紙上にて知りたりし時其の人の災難を悲しむは勿論ながら妙齢の女子が深夜の一人歩きの何とも合点行かず、且は又親達が日頃の心得もいかがと思われしがまま、試みにこれを人に問いしに、近頃は女学校にても音楽会同窓会なんぞ夜中の催し多ければ然らざる場合にても女子の夜中外出するを親達もさまで厳しくは制禁する事能わざるとの事なりけり。世に名を知られたる人の家にして既にかくの如し。電車通に店舗を開き日々薪炭米塩を売る商人輩の一度授業料を支払いしからは児童教育の全責任は悉く学校に在りという顔付して、わが児童のおのれが店頭にメンコを弄び犬のつるみたるに水を打掛けて騒ぐを見ても更にかまわず、通学の途上人の家の花を盗むを知りても更に戒むるところなきは寧ろ怪しむに足らざるなり。むかしは父兄の其子弟を戒むるも無頼にして到底改悛の心なきを見れば勘当久離と称し涙を呑んで家を追いたり。切られ与三郎は勘当せられたる息子なり。現代の父兄は其子弟の不良なるを知りながら毫も断乎たる処置を取らざるは何の故ぞや。一家兄弟姉妹の中一人の不良なるものあれば他のもの此れに感染するの虞あるを知らざるか。一人を棄るは他を救うの道なるを知らざるか。或人屡余が此言をなすを聞き答えて曰く君は自らいうが如く児を持ちたる事なき故未事情を審かにせざる所あり。時代を異にすれば人情も亦異れり。与三郎はむかしのやくざ者なり。むかしの無頼漢には猶一片の奇骨あり悪にも強ければ善にもつよしという男らしき所ありき。また先祖代々の墓へは入れぬ身と嘆息するが如きしおらしき所もありき。然るに今日の不良少年に至っては全く趣を異にす。今日の不良少年は父兄より厳しく懲戒を加えらるれば忽反抗して復讐を企つ。その一例を示せば父が少き頃の行状を調査し或《あば》は母が実家の陰事を訐き或は現在父が経営せる商業の秘密を探偵して莫大の損害を来さしむる等、その為す所全く悪徳新聞の記者に類す。或富豪の児の其父より叱責せられしを憤りて脱税の密告をなせるあり。叔父の意見に仇せんとて其の愛妾を誘拐したるものあり。その陰険凶悪なる親爺も殆閉口するの外はなし。地震雷火事親爺とは昔の諺なり。今の少年の恐るる処のものは唯花柳病のみならんと。

○

わが幼き頃には狐の祟りを説くもの多かりけり。眠れる狐に石なぞ投げておどす時は必ず後にて仇をなす故狐を見ても見ぬ振りして行くがよしというなり。今日の父兄其の子弟のアタせん事を恐れ罰せんとして罰する事能わざるは恰も狐の祟りを語る愚人の愚談に似たり。松崎堯臣が随筆窓のすさみに、某家の侍たびたび野猫に小鳥を取られしを怒り隙を窺い遂に野猫を射て殺せしによくよく見れば小禽をとりたる猫にてはあらざりしかば哀れなることとしたりと気味わるく覚えしが、その心の迷いよりやがておのれが腹中に怪しき猫の啼声するを聞きつけ日に日に病み衰え遂に詮方つきて切腹せんと覚悟の臍をきめけるに其の瞬間より妄念散じて再び猫の腹中に鳴くを聞かずなりしというはなしあり。其人の決心覚悟次第にて妖獣も祟りをなすこと能わず。人の親たるもの其の子の仕返しを恐れて懲らす事能わざるに至っては決心覚悟の鈍きも亦甚しきなり。何事をなすにも勇気が肝要とはいいながら己が育てたる子供をも今は心のままに戒しめ懲す事もできにくき世になりしかと思えば、三界の首枷なきわが身と雖余所ながら嘆息せずんばある可からず。

○

日常新聞の雑報欄に掲載せらるる市井の俗事にして万人斉しく読んで興を催すものは大抵悖徳《はいとく》不倫の事なり。悖徳不倫の記事を読めば人必ず慨歎して人情風俗の堕落を論ずるは興あるが故なり。興なければ慨歎するも黙して止むべし。何ぞ傍人を捉えて喋々の弁を費さんや。悖徳不倫の記事の中殊に世人の興を惹くものは男女の情事にして、若しその事いささか世に名を知られたる人々が閨門に関するや都下の新聞紙は全紙面を挙げて猶足らざるの意気を示す。此の類の記事にして近時人の記憶に存するもの或華族の令嬢の其家に雇われたる自動車の運転手と手を取って走れるあり、某医学博士の女その父の死後母と争い猫いらずを飲みて死せるあり、巾幗《きんかく》の歌人某女史と政治界の壮士との艶聞あり。本年に及んで横浜の医師治療に事寄せて婦女を犯し獄に投ぜられたる事件あり。神戸の富商某の妻洋風の舞踏を好み遂に外人と密通したる事件あり。近く小説家の誘拐事件落着するや、ここに又浅草某劇場の女優の貞操を某人の為に蹂躙せられたりとて金五千円の賠償を起訴せるあり。皆世人の悦んで話柄となす所なり。我輩独黙然として口を噤むに忍びんや。近来婦女の貞操蹂躙の告訴をなすもの少からず。其の慰藉料として請求する所の金額少きは二三百円にして多きは一万円に及ぶ。而して一万円を越るものは未多く其の例を見ざるが如し。抑《そもそも》慰藉料の多少は何を標準にして定むるものなるや吾人いまだ此れを審にせずと雖、既に金額に多寡の別あるを以て察すれば貞操にもおのずから上下高低の品等あるものの如し。女子既に自ら其貞操に相場をつけ金銭を得て慰藉となす。然ればこれを男子の地位より観測して、女子の請求する金銭をさえ与うれば貞操は蹂躙するも可なりとの暴言をなすも何の憚るところかあらん。裁判所の判決例によりて賠償金額の既に一万円の上に出るもの罕《まれ》なるに至っては当世女子が貞操の価格も甚廉なりというべきなり。およそ男女情事の紛擾に関して男子の最当惑困難するは金にては済されぬ事なり。良心に苦痛を感ぜしめらるる事なり。金にて済まさるる事は事の最も容易なるものなり。殴っても蹴っても執念深くつきまとわれる程男のこまる事はなし。されば男の薄情を怨める女の思うさま男を苦しめんとならば貞操蹂躙の掛合に腹癒せをなさんよりは寧静に四谷怪談でも読むがよし。柳下亭種員《りゅうかていたねかず》が草双紙白縫譚《しらぬいものがたり》に見ゆるお梅がくだりも亦参考となすに足るべし。

貞操蹂躙とはいかなる行為をさしていえるにや。またいつの頃より誰がつくり出せし言語なるや。法律家の用語の何ぞかくは物々しきや。貞操蹂躙の告訴をなす婦人は思うに皆新しき女なるべし。漢字節限をよしとする今の世に斯くの如き字画の複雑なる文字は万年筆にて書くにも甚便宜ならざるべし。蹂躙の躙また躪につくる。倶に足を以て踏み倒し踏み破るの意なり。貞操を足にて踏み破るとはいかにする事なるや。人の物を弄ぶは手にあらずんば指を以てするを通常とす。足を以てするは辱むるの意なりとてかくは名づけたるにや。藤屋伊左衛門の蹴る蹴る蹴ると蹴ちらかして病める夕霧を辱めしは正に蹂躙なり而して其の光景の何ぞ凄艶優美なるや。

○

大正十二年五月下旬松方幸次郎氏高島屋呉服店の楼上に巴里の浮世絵蒐集家アンリウェウェルが旧蔵の浮世絵を陳列し世間同好の士の観覧に供したり。陳列せられたる浮世絵は鈴木春信一筆斎文調にはじまり歌川豊国及び国政に至る明和寛政間の製板凡そ一百種なり。

是松方氏の巴里に於てウェウェルより譲り受けたる蒐集品の一部に過ぎずという。明和安永より天明寛政に至る四十年間は江戸板画の完成期たるは同好の士の既に熟知する処なり。而して今回松方氏の陳列せし一百種の板画は能くこの完成期の製作の真価を知らしむに足るべき逸品のみにして、従来わが国に於て屡《しばしば》行われたる此の種の陳列会にては見る事を得ざりしもの多きを占めたり。陳列品の中殊に余の珍らしく思いたるは栄松斎長喜の涼舟五枚つづきなり。長喜は歌麿栄之等と時を同じうせる画工なれど、笹屋邦教の浮世絵類考既に其の名を逸して録せず、製作の板画亦多からざるが故に、蒐集家のこれを得るもの必ず珍蔵して以て誇となすという。細田栄之が青楼芸者撰と題せる二品は其の彩色並びに図中婦女の髷大きく身丈の高きところ歌麿が晩年文化時代の製作を聯想せしむ。また菊川英山が初期の製作、葛飾北斎が寛政末年の製作等にも似通いたるところあれば、かかる比較研究の材料として余の眼にはめずらしく思われたり。勝川春潮が墨摺美人の図は楽翁公寛政の改革に世俗の華美に流れしを戒めたる当時の製作なるべき歟。鈴木春信の板画の中にて雨中傘を持ちたる美人の図の如きまた笠森稲荷茶店の図の如き、いずれも明和末年の板画製作の精巧なるを見るべく又蒐集家の此を保管したる方法の宜しきを思うに足るべし。明和より今日まで凡百六十年を経て其彩色更に変じたる迹《あと》なく、紙面亦一点の汚疵を留めず、恰も摺師の家より運び来れるが如き観あり。

浮世絵板画の妙味と其の価値とは脆薄なる日本紙と植物性顔料との結果によりて生じた

る特種の色調に在り。されば浮世絵を愛蔵するものの此を公開の場所に陳列するに当りて甚しく乾燥せる空気に曝し或は日光に直射せしむる事を忌むは変色を来すのおそれあるが為なり。聞くところによれば巴里のウェウェルは浮世絵蒐集家の中にてもこれが保管の方法につきては最焦慮苦心せし人なりという。

余の招かれて高島屋呉服店の陳列場に至りし時写真機を提げたる一人の客あり。陳列の絵画に接近する事三四尺の間に写真機を据えマグネシウムに火を点じたり。一閃の怪光雷声に伴い黒烟濛々として画中の美人を掩えり。場中看覧の雅客は皆顧みて眉をひそめ店員は驚いて眼を睁ると雖その新聞記者なるを知るが故に、後難の測りがたきを慮りて一人の進んで之を制止せんとするものなし。新聞記者は巻煙草を口にし随処に機械を立てて怪火を燃すこと数次始めて其の意を得たるが如く悠々闊歩して去れるさま、恰も花見の人中に長刀をたばさみ来れる田舎侍にも似たりけり。歌麿画中の美女も定めてイヤナ人ザマスと思いしなるべし。

○

浮世絵を鑑賞して感嘆措く能わざる毎に、余はまた江戸時代の画工をして此の如き不朽の逸品を製作せしめたる原因の何たるやを思い、必ず怪訝の念に打たるるを常とす。浮世絵はその製作せられたる当時にありては識者の之を見ることを屑しとせざりしものにして、浮世絵師も亦其の技能才学両ながら他派の画人に及ばざるものとなし甘じて其の下風に立ちたり。彼等が商估の注文に応じて或は小説稗史の挿絵を描き、或は団扇暦摺物等の意匠をなし或は名所の風景妓女の風俗を描きしは、恰も染物師の衣を染め植木師の盆栽を作りて口を糊すると異る所なし。たまたま司馬江漢葛飾北斎の如く浮世絵師中にも稍圭角あり覇気あるものなきにあらざりしと雖この両者の世に伝聞する奇行の如きは寧ろ放縦なる其の性癖のなす処にして特に板下絵師の地位を向上せしめんと欲して為せしものとは言いがたかるべし。然れば今日吾人の浮世絵に対して絶賞する処の色彩の配合布局の整頓光線の感覚等の如きは全く製作者の意識せざりし所なりしと言うべし。意識なくして唯結果を得たるものとなせば其の成功は全く偶然なりと言わざるべからず。余の浮世絵を賞する毎に不可思議の思に堪ざるは此の偶然の何たるかを尋ね究めんと欲して究むる事能わざるが為なり。

今日吾人の眼より科学と批評との未今日の如く整然として樹立せざりし過去の時代の芸術を見その製作の動機と行程とを思うや、神秘不可解の思をなさしむるもの独り浮世絵あるのみに止らず。建築音楽演劇よりして蒔絵彫金等諸般の工芸美術に至るまで一として皆然らざるはなし。人文発達の道程の時間と比例すべきは自然の法則にして軽々しく疑うべきにあらず。只芸術の製作のみに至っては屢吾人をして昨日の却て今日に優れるものあるを思わしむるは果して此れ何の故ぞや。たまたま草花を栽培するものの為すところを見るに多く花を開かしめんがためには枝を剪《き》り葉を除くことを怠らず。草木の枝葉徒に蓊蔚《わいうつ》に過ぐれば其の精気ここに吸集せられて花輪大なるを得ずという。芸術は人智の花なり。人間の繁殖頻にして人智の発達文明の進歩迅速に過るや、芸術は却て萎微の兆を示す事、恰も牽牛花《あさがお》の蔓いたずらに延びひろがりて其の花却て小きに至るが如きものにあらざるか。

○

浮世絵の真価を発見して世界の美術史上に動すべからざる定評を下したるものは日本人にあらずして欧米の好事家なり。近時わが邦人の浮世絵に意をそそぐもの多きに至りしは、これ亦欧米文化の影響に他ならず。若し欧米好事家の先例なかりせば吾人の浮世絵を見ること果してよく今日の如くなるを得たりしや否や疑なきを得ざるなり。現代に於ける日本人の生活と思想とは大小の別なく悉く西洋文明の反映に過ぎず。たまたま玆に省み忸怩たるものあり奮起してわが民族固有の文明を樹立せんと欲するものありとなすも、其の民族といい固有の文明と称するが如きは、此れまた要するに其の源泉を西洋思想より汲み来れるものにあらずして何ぞや。新奇を追うも西洋思想なり。温古を説くも亦全く西洋思想の感化なしとは言いがたし。五十年来西洋を模倣したる東洋現代の文明は、恰も接木の法によりて容易に果実を収穫したるものに他ならず。吾人は只その方法の甚怜悧にして巧智に長《たけ》たるを誇れば足れり。また何ぞ深く他の事を問うの要あらんや。

○

鷗外先生著述の全集は其刊行書肆旧臘《きゅうろう》購読者予約の募集をなし、本年初春より月毎に必ず一巻を刊行しつつあり。五月配本せられたる史伝部第七巻は先生の令弟森潤三郎氏の編纂せられしものにして、巻首に能久親王《よしひさしんのう》事蹟を載せ次に西周伝、つづいて山房札記中の諸篇と渋江抽斎の伝とを収めたり。先生の著作は小説舞姫の国民の友に出でたりし頃より晩年の諸作に至るまで、余は大抵発表の当時一読しいたりしが、能久親王事蹟と西周伝との二部は両ながら非売品にして且は文芸に関するものに非らざりしを以て未見のまま怠りて今日に至りぬ。また渋江抽斎の伝は新聞紙に連載せられしが為め当時は耽読の興を専にする事能わざりしが今回全集に収載せらるるに及び燈下に此等の諸編を精読して其感興全く筆紙に述べがたきものあるを覚えたり。ここに抽斎伝再読の所感を記するに当り、先ず能久親王事蹟並に西周伝の二書につきて聊言うところあらんと欲す。此の二書の文体及び考証の方法叙事の体裁は蘭軒抽斎等儒医の伝記に対照するに幾分かその準備となれるが如き思あればなり。

○

能久親王事蹟及び西周伝の二書はいずれも嘱に応じて編述せられしものなり。然れども此二書又全く先生の生涯と因縁なきものにはあらざるなり。日清の役能久親王の満洲に出征せられし時、先生も亦その軍営にありき。西男爵は先生の恩師たるのみならず親族の関係あるは伝中の記事によりて審なり。この二書は年次を追うて其の人の行状を記述するのみにして其の間寸毫も編纂者の私情を挟むが如き言辞を弄せず、文体は簡潔厳正を極めたり。これ史伝体の文としては元より当然の事なるべしと雖、その簡古冷静の文辞は人事世態の波瀾重畳を極むる所に至るや読者をして却て無量の感慨を催さしむ。其の筆致彷彿として左氏の古伝を思わしむるものあり。今その一例として能久親王事蹟の中明治元年の条を見るに、

三月朔、宮、大総督の小田原に到著せさせ給ふに先だちて、本陣を撤せさせ給はんとて、杉山小源太に移るべき家を尋ねしめさせ給ふ。然るに御旅館に適すべき家なし。遂に正恩寺を借ることに決せさせ給ふ。（中略）四日払暁（提燈引）雨中小田原を立たせ給ふ。前夜供奉のものに令して、餱糧《こうりょう》を準備し、午餐に充てしめ給ふ。箱根湯本村を

過ぎさせ給ふとき、薩長の兵の小田原に向ひて往くに遭はせ給ふ。兵卒大声に唱歌し、（歌謡に云はく。雨の降るよな鉄砲玉の中へ、上る宮さんの気が知れぬ。とことんやれ、とんやれな。）故らに宮の乗輿に薄り、銃剣、槍の鐏等輿の扉に触れんとすること数次なり。かねて御小憩所にあてさせ給ひし米屋門右衛門の家には兵卒集りて、立錐の地だになし。宮は早雲寺に憩はせ給ふ。（下略）

戊辰五月上野東叡山の兵燹《へいせん》にかかりし時の一節を抄録すれば次の如し。

宮は是日の朝、例の如く升堂看経せさせ給へりしに、銃砲の声聞え来ぬれば、昵近のものども下堂せさせ給はんことを請いぬ。されど宮は看経全く畢りて後下堂せさせ給ひぬ。朝餉まゐる頃、重役等多く至り、竹林坊光映も亦伺候しつ。宮執当覚王院等を進ましめて、今日の戦につきて与り知れることあらば、詳に申せと宣給ふ。覚王院頭を低れて黙せり。仏舟院亮端等覚王院の袖を引きて云はく。御身は今に至るまで、群議を聴かずして、独り事務を執行し給へり。宮はいかにか目下の境遇に処し給ふべき。願はくば御身の意見を聞かんと。覚王院答へず。既にして銃丸本坊の瓦を撲つ。表詰の士御動座を請ふこと頻なり。内仏役僧浄門院邦仙、常応院守慶等、兼て非常に備へさせ給へる衣服を捧げまつる。鼠色真岡木綿の単衣、黒の麻衣、白地錦の環袈裟、白地紋綸子の脚纏、草鞋なり。（中略）未刻の頃、関根仁兵衛（小人）等黒門口敗れたりと報ず。附き添ひまつれる人人も、いづかたへ落しまゐらせんともえ思い定めねど、東叡山の北界なる二段の辺に案内し奉る。こは東西南の三面戦闘ありて、此二段より千住に至る道のみ危険なしと思われぬればなり。此時敗兵ありて、二段口に結ひたる防禦用の木柵三十間許を毀ちて奔りぬ。宮はその跡より出でて、根岸なる麻生将監の家に入らせ給ふ。御跡を慕い来る敗余の士卒漸く多くなりぬれば、諭して辞し去らしめさせ給ふ。榊原、松平等もこれより別れ去りぬ。宮は泥深き畷道を、領地三河島村のかたに歩ませ給ひ、植木屋紋左衛門の家に憩はせ給ふ。行厨、茶器等を持てるもの来て、午餉をまゐらす。執当龍王院来て、敗兵の又多く集へるを見、竹林坊、両内仏役僧の外は、宮を累しまつらん虞あれば、分散せよと命じつ。宮の家臣等涙を流して去りぬ。天野八郎も追ひすがり来て、光映につきて供奉せんと請ひしかど、許されねば別れまつりぬ。（下略）

○

西周伝の文体は能久親王事蹟の和文の調を帯びたるに比して漢文の語勢に富みたり。この二書の全集中に収載せらるるに当り今日吾等一般の読者に興味ある所以は戊辰の戦争に関する記事多きがためなり。試に西周の伝中西氏の将軍徳川慶喜公に従って京師より大阪に至らんとする時の一節を抄録せんか。

十一月中諸藩士の来り集まるもの漸く多く、京師の人心恟々《きょうきょう》たり。十二月二日宗則書を周に寄せて曰く。近ごろ聞く、仏蘭西の公使幕府に献替する所ありと。僕其志の存ずる所を推すに、是れ英吉利の印度を略せし術なり。幕府に勧むるに諸藩の権を殺ぐことを以てし、諸藩を激して巨艦大砲を買はしむ。是に於いてや、今の急務は復た外患に在らずして、卻《かえ》りて内憂に在り。僕以為らく。これに処する道は、私を去りて公に就くに在り。封建の制は私の最大なるものなり。若し早くこれを除かずんば、恐らくは不測の禍あらん。僕足下と閑楼に対飲して、細かにこれを論ぜんと欲す。請ふ時と処とを指定せんことをと。是より先き是歳春宗則欧羅巴より還り、一たび周を榎木町に訪ひしが、後郷に帰りて、今又京師に至りたるなり。九日周宗則と割烹店八新に会する約あり。夙く起きて往き、待ちて午に近づく。家僕来りて、二条城戒厳すと告ぐ。乃ち書を宗則に与へて約に背くことを謝し、直ちに帰りて登城す。至れば則ち新選組の兵ありて守れり。故を問へば曰く。薩摩の兵禁闕を擁せり。干戈の興ること瞬間に在らんと。周留まりて城に居る。（中略）十二日夕酉牌ばかり慶喜城を出でゝ大阪に往く。将に発せんとするとき、慶喜将士を広場に会す。会津の松平容保《かたもり》、桑名の松平定敬《さだあき》より以下、吏員には勝静、尚志等あり。樽のかゞみを抜き、酒を瓦器に盛りて衆に賜う。瓦器は金粉もて桐章を画けるものにして、其数幾千なるを知らず。蓋し東本願寺の献ずる所と云ふ。周以為へらく。此行幕士と藩士と糅雑《じゅうざつ》弁ずることとなし。途上事あらば、近侍のもの何に因りてか相認めんと。定敬の嘗て周が洋書を講ずるを聴きしことあるを以て、周これに説いて暗号を定めしむ。定敬慶喜に稟《ひん》して、直ちにこれを定む。慶喜、容保、定敬、勝静、尚志等は騎馬、其余は皆徒歩す。周病後疲れ易しと雖、亦意を励まして跟随《こんずい》す。鳥羽街道より進む。夜暗うして提燈の備なし。八幡山崎の辺を過ぐるとき、嚮導採る所の両炬火を望めば、十余丁の前にあり。而して会桑の藩士は猶多く背後に列せり。周の途上変あらんことを慮れる故なきに非ず。十三日天将に明けんとして大阪に至る。（云々）西周伝の文章よく朗々として誦読に値すべきもの何ぞ啻《ただ》に此の一節のみに止まらんや。今意に随って抜萃するの余白なきを憾みとす。読者宜しく本伝について親しく其文を味いたまわんことを。

○

渋江抽斎の伝は全集第七巻の三分の一を占めたる長篇なり。回を重ねること一百十有九章。その初めて大正五年正月東京日日新聞紙上に掲載せらるるや月を閲すること五箇月にわたれり。今全集を得てこれを再読するに興味津々として巻を掩うこと能わず。試にその所以を列記せんか。第一は森先生がこの伝記の執筆を思い立ちたる動機なり。大正紀元の頃より先生は頻に江戸武鑑の蒐集に力を尽されしが偶然その事より江戸時代の一学医渋江抽斎なるものの生涯と性行との甚よく先生と相似たるものあるを知り、且つその伝記の審かならざるを遺憾となし、遂にこれが考証に従事せらるるに至りしと云う。ここに於てや森先生の抽斎伝は啻に考証穿鑿《せんさく》の文字たるのみに留らず、古人に対する畏敬と親愛の情を陳抒し能く伝中記載の諸人物を描写して宛然生けるが如くならしめたり。これ抽斎伝の精細なる考証の価値と相並んで純然たる文芸の傑作として目せらるる所以にして、即ち吾人の最も感歎する理由の第二なりとす。その第三は伝中の人物を中心として江戸時代より明治大正の今日に至る時運変動の迹《あと》を窺い知らしめ読後自ずから愁然として世味の甚辛酸に、運命の転黠然たるを思わしむる処にあり。若し人生悲哀の感銘の深刻なるを以て西欧自然派文学の本領たりとせんか。抽斎伝は遥にフロオベルの小説に優れりというを得べし。第四は伝記の文体なり。言文一致の体裁を採りて能く漢文古典の品致と余韻とを具備せしめ、又同時に西洋近代の詩文に窺うべき鋭敏なる感覚と生彩とに富ましめたり。先生の言文一致体はこの渋江抽斎以下幕末学医諸家の伝に於て古今独歩の観をなせり。

以上の分類に従って更に進んで読後の所感を述ぶべし。渋江抽斎は安政五年五十四歳を以て歿したる津軽家の医臣にして経学に精通し幕府直轄の医学校躋寿館の講師たりしが其の名は死後甚世に知られず纔《わずか》に経籍訪古志八巻の編纂者として一部少数の好事家の間に記憶せられしに過ぎざりき。されど森先生が渋江氏の何人なるかを知りしは少しく其の道を殊にせり。伝記の第三回に曰く、

わたくしの抽斎を知つたのは奇縁である。わたくしは医者になつて大学を出た。そし

て官吏になつた。然るに少い時から文を作ることを好んでゐたので、いつの間にやら文士の列に加へられることになつた。其文章の題材を、種々の周囲の状況のために、過去に求めるやうになつてから、わたくしは徳川時代の事蹟を捜つた。そこに武鑑を検する必要が生じた。

武鑑は、わたくしの見る所によれば、徳川史を窮むるに闕くべからざる史料である。然るに公開せられてゐる図書館では、年を逐つて発行せられた武鑑を集めてゐない。（中略）そこでわたくしは自ら武鑑を蒐集することに着手した。

此蒐集の間に、わたくしは弘前医官渋江氏蔵書記と云ふ朱印のある本に度々出逢つて、中には買ひ入れたものもある。わたくしはこれによつて弘前の官医で渋江といふ人が、多く武鑑を蔵してゐたと云ふことを、先づ知つた。

これより抽斎伝の記事は森先生の武鑑及び江戸絵図の最古のものに関する考究に移り、第四回に及んでその討究の結果の復偶然抽斎なる一古人の適確なる考証と符合せるを発見し、つづいて抽斎の渋江氏が雅号なるを知りここに始めて隔世の友と相識るに至る行程を記して第六回に入れるなり。その章に曰く、

抽斎渋江道純は経史子集や医籍を渉猟して考証の書を著したばかりでなく、古武鑑や古江戸図をも蒐集して、其考証の迹を手記して置いたのである。上野の図書館にある江戸鑑図目録は即ち古武鑑古江戸図の訪古志である。惟《ただ》経史子集は世の重要視する所であ

るから、経籍訪古志は一の徐承祖を得て公刊せられ、古武鑑や古江戸図は、わたくし共の如き微力な好事家が偶一顧するに過ぎないから、其目録は僅に存して人が識らずにゐるのである。わたくし共はそれが帝国図書館の保護を受けているのを、せめてもの僥倖としなくてはならない。

わたくしは又こう云ふ事を思つた。抽斎は医者であつた。そして官吏であつた。そして経書や諸子のやうな哲学方面の書をも読み、歴史をも読み、詩文集のやうな文芸方面の書をも読んだ。其迹が頗るわたくしと相似てゐる。只その相殊なる所は、古今時を異にして、生の相及ばざるのみである。いや。さうではない。今一つ大きい差別がある。それは抽斎が哲学文芸に於いて、考証家として樹立することを得るだけの地位に達してゐたのに、わたくしは雑駁なるヂレッタンチスムの境界を脱することが出来ない。わたくしは抽斎に視て忸怩たらざることを得ない。

抽斎は曽てわたくしと同じ道を歩いた人である。しかし其健脚はわたくしの比ではなかつた。迥《はるか》にわたくしに優つた済勝の具を有していた。抽斎はわたくしのためには畏敬すべき人である。

然るに奇とすべきは、其人が康衢通逵《こうくつうき》をばかり歩いていずに、往々径に由つて行くことをもしたと云ふ事である。抽斎は宋槧の経子を討《もと》めたばかりでなく、古い武鑑や江戸図をも翫んだ。若し抽斎がわたくしのコンタンポランであつたなら、二人の袖は横町の溝板の上で摩れ合った筈である。こゝに此人とわたくしとの間に暱《なじ》みが生ずる。わたくしは抽斎を親愛することが出来るのである。

森先生はかくの如く抽斎の為人を畏敬して止まず其の述志の詩を中村不折氏に嘱して揮毫せしめ書斎の床に懸け置かれたり。抽斎が述志の詩は三十七年如一瞬。学医伝業薄才伸。栄枯窮達任天命。安楽換銭不患貧の二十八字にして伝記一百十九回に渉れる大篇は実にこの七言絶句によりて書き起されたり。而して伝記のいよいよその本題に入るは第十回より以下にしてまず渋江氏の家系と父祖の行状とを審にしたる後、主人公の誕辰より順次年を追うて安政五年の死に及ぶの傍、その師友門人等の生涯を列記するのみならず、また其の子孫とこれに関係せる人物の生死を細叙して、主人公の死後六十年、大正五年執筆の時に至って始めて局を結べり。第六十五回にその所以を記して曰く、

大抵伝記は其人の死を以て終るを例とする。しかし古人を景仰するものは、其苗裔《びょうえい》がどうなつたかと云ふことを問わずにはゐられない。そこでわたくしは既に抽斎の生涯を記し畢《おわ》つたが、猶筆を投ずるに忍びない。わたくしは抽斎の子孫、親戚、師友等のなりゆきを、これより下に書き附けて置かうと思ふ。

わたくしは此記事を作るに許多の障礙《しょうがい》のあることを自覚する。それは現存の人に言い及ぼすことが漸く多くなるに従つて、忌諱すべき事に撞着することも亦漸く頻なることを免れぬからである。此障礙は上に抽斎の経歴を叙して、その安政中の末路に近づい

た時、早く既に頭を擡げて来た。これから後は、これが弥《いよいよ》筆端に纏繞《しんじょう》して、厭ふべき拘束を加へようとするであらう。しかしわたくしは縦しや多少の困難があるにしても、書かんと欲する事だけは書いて、此稾を完うする積である。

著者の意気頗熾《すこぶるさかん》なり。篇中の人物一人として躍動せざるものなきは蓋し忌憚なき叙述の功にあらずして何ぞや。試に第七十二回（文久元年）石塚豊芥子の訃を記するの条を見よ。

人の死を説いて、直ちに其非を挙げんは、後言《しりゅうごと》めく嫌はあるが、抽斎の蔵書をして散佚せしめた顛末を尋ぬるときは、豊芥子も亦幾分の責を分たなくてはならない。その持ち去つたのは主に歌舞音曲の書、随筆小説の類である。其他書画骨董にも、此人の手から商估の手にわたつたものがある。

著者の精細なる考証と鋭利なる筆鋒とは、主人公抽斎の友にして共に経籍訪古志を編纂したる阿部侯の医官森枳園《きえん》の放縦洒落の性行と、また抽斎が不肖の児優善の遊蕩無頼の生涯をも叙し尽して更に憚るところなし。森枳園は演劇を好むのあまり大名のお抱医者たる身柄を忘れ俳優に伍して共に舞台に出で、此が為に主家を追われたり。後相州大磯に僑居し屡抽斎が神田お玉ケ池の邸に訪来りて宿泊するや其の婢の美貌なるを見て頻にこれを挑み夜半行燈を顚したるが如き滑稽を演じたり。著者の筆致この般の事を叙して軽妙を極む。蕩子優善は父抽斎の存命中既に座敷牢に幽閉せられんとしたる事あり。或時は遊里に流連し博奕に耽り、或時は寄席の高座に上りて身振声色をつかい或時は舟を大川に浮べて影芝居をなす。父の病中悪友と謀り蔵書を運び去りし事其の数を知らず。父の死後一家津軽の弘前に移りし時老母と幼弟とその妻とを遺棄して雪中独り江戸に還り来り妓家の箱丁となれり。此の如き二人の逸事は恰演劇の時代狂言につづく二番目物の如き体裁をなし謹厳なる抽斎の伝記に却て幾多の色彩を添え又よく江戸末代の人情風俗を窺い知らしむる所以となれり。若し此れなくんば抽斎の伝記は著者が円熟の筆を以てするも或は枯淡に傾くの嫌ありしや知るべからず。優善枳園の二人は抽斎が生前三万五千部と称せられし蔵書の散佚につきて最も責を負うべき人物なり。然れども維新の後二人は倶に官員となって終を全うせり。これ積善の家必ず余慶あるを証するものにあらずや。

○

およそ人の子たるもの、其父死するの後其の家を守らず其蔵書を市に鬻《ひさ》ぐは罪の甚軽からざるものなり。余抽斎の伝を読み蕩子の行状に及ぶや自ら省みて羞悔禁ずべからざるものあり。森先生は栄枯窮達任天命。安楽換銭不患貧の一詩により篤学の生涯を抽斎に比せられたり。然れば余は遊惰廃懶の身を以て其の蕩子に比するの当に然るべきを思う。この事今は聊《いささか》余談に馳るの虞あるが故に筆を他日に譲りここには伝記の中最も活躍せる抽斎の夫人山内氏のことを論じて此の稿を終えんと欲す。
渋江抽斎は三度其室を失い最後に神田紺屋町の鉄物問屋日野屋忠兵衛の二女にして多年武家奉公をなせし五百という才色双備の婦人を迎えたり。伝記を読むものは主人公がこの最後の配偶者のいかによく家を治め良人に事えしか、又いかによく来客を迎え門生を待遇せしか、又主人亡き後いかによく子孫を教育せしかを思い、翻って大正今日の婦女の性行を目覩して歎息せざるを得ざるべし。第三十五回の一節を見よ。

五百が抽斎に帰《とつ》いだ時の支度は立派であつた。日野屋の資産は兄栄次郎の遊蕩によつて傾き掛つてはゐたが、先代忠兵衛が五百に武家奉公をさせるために為向けて置いた首飾、衣服、調度だけでも、人の目を驚かすに足るものがあつた。今の世の人も奉公上りには支度があると云ふ。しかしそれは賜物《たまわりもの》を謂ふのである。当時の女子はこれに反して、主に親の為向けた物を持つていたのである。五年の後に夫が将軍に謁した時、五百は此支度の一部を沽《う》つて、夫の急を救ふことを得た。又これに先つこと一年に、森枳園が江戸に帰つた時も、五百は此支度の他の一部を贈つて、枳園の妻をして面目を保たしめた。枳園の妻は後々までも、衣服を欲するごとに五百に請ふので、お勝さんはわたくしの支度を無尽蔵だと思つてゐるらしいと云つて、五百が歎息したことがある。

伝記には夫人の容貌風姿につきて濫に形容の辞句を連ぬるところなしと雖読過おのずから眼前に浮び来るものは、品格威風ありて又如才なく、質素にして身仕舞よき容姿なり。

その立居振舞は軽快にして又婉順に言葉使は明亮にして又柔和なりしなるべし。その藤堂家に事えし頃武術を鍛錬する事男子に異ならず家中に男之助と綽名せられしといえど、今日の洋装せる運動家婦人の如く不潔にして粗放ならざりしは未その嫁せざるの時佐竹永海の手を取りて戯れんとせし逸事によりても想像し得らるるなり。五百が胆力よく男子にまさる所ありしは第六十一回及七十三回の興味ある記事によりて知るを得べし。いま此に録せず。抽斎伝の文体につきてはわが此の所感の中既に本伝より引用するもの尠しとせざれば、重ねてここに解説を加うるに及ばざるべし。およそ文章の体裁は猶平常の言語談話の如し。談話に漢語英語を交え口角沫を飛すは即書生の黄吻にして喧囂耳を聾すといえども其の意は却て達し易からず。士人の閒談は平俗を嫌わずしておのずから風韻あり。蓋しその為人より来れるなり。作文決して筆端の技ならんや。余が抽斎伝の文につきて特に感歎措く能わざるものは、全篇一百十九回の長きに渉りて意気一貫、文勢更に弛緩の迹なく、時に応じ処に臨みて一揚一抑自由自在なるに在り。正に大河の洋々として山を廻り林を潤し街を貫き細流を合せて海に入るの気概あるものと云うべし。美辞を連ねて文を飾るは易し。文の簡疏も亦推敲の苦を厭わずんば敢て為し難きにあらざるべし。独文勢抑揚の間、語路委曲の中、おのずから一気貫穿の妙を失わざらしむるに至っては学ばんとして容易に学ぶべきにあらず。

抽斎の墓誌を撰したる海保漁村の著書に漁村文話二巻あり。開巻まず声響の何たるかを説いて云わく、

文ハ古人ノ語気ヲ学ブナリ（中略）コレハ文ヲ学ブノ道ハ只管ニ古人ノ文中ニ浹洽シ目ニハコレヲ注視シ口ニハコレヲ吟誦シ心ニソノ模様ヲ摹シ取リ手ニコレヲ書キ習イナバ文骨文気自然ニ古人ノ風格ニ推シ移ルベキヲ教ルナリ古人ノ声響ヲ学ブノ道コノ言コレヲ尽セリト謂ベシ

漁村と抽斎との交情は森先生の記伝に詳なり。ここに森先生の抽斎伝を読みて我が雑感を記述したるは、只管《ひたすら》其の文中に浹洽し以て先生が文の声響を学ばんと欲するに他ならず。

○

千朶山房《せんださんぼう》晩年の文学、専その資料を江戸時代の事蹟に取るに至りしは、大正紀元の年に始れり。興津弥五右衛門の遺書の一作は其の端緒なり。是より先明治四十二年正月雑誌スバルの山房を帷幕となして文陣に臨み、つづいて翌年五月三田文学亦山房の指揮を俟って

騒壇に出るや、累月この両誌に掲載せられし山房の新作には、憚るところなく主人が日常の生活を記述するもの尠しとなさざりき。其の最も痛切なるを「半日」となす。其最も艶冶なるを「キタセキスアリス」となす。

「青年」と「雁」との二作は其の最すぐれたる長篇なりき。而して「雁」の未全く局を結ばざるに先立ちて、興津弥五右衛門の遺書の一作大正元年十月の中央公論に現れたり。爾来山房の新作の諸雑誌に発表せらるるもの続々として尽きざりしが、其の材となすもの悉く過去に属し、叙事の現代に触るるもの全く其迹を断つに至れり。誰かこれを見て所以なしとなさんや。

○

鷗外全集は漸次巻を重ぬるに従って山房の日誌書牘《しょとく》語録のたぐいをも採集すべしといえり。されば全集完成の暁に至らば山房文学一変の由来もおのずから之を詳にするを得んか。今日吾人は只渋江抽斎の伝中「……文章の題材を、種種なる周囲の状況のために、過去に求めるようになつてから、わたくしは徳川時代の事蹟を捜つた。」……といえる一節によりて揣摩《しま》臆測するに過ぎず。当時山房の筆を拘束したる状況、既に種々ありて一ならずという。吾人の臆度するところ亦一ならずと雖、ここに公言して其の誤なきを証し得るは、著者が官職の羈束《きそく》と時運の変遷とに影響せられたる事なり。世人は明治四十三年の春幸徳秋水及び其与党四十余人の刑に処せられたる事を記憶すべし。この事ありてより時の首相桂太郎の西洋思想を忌むこと恰も鳥居甲斐の蘭学を排斥したるが如きものあり。之が為に文学芸術の累禍を蒙むる事また尠しとなさざりき。大正二年三月暴民の市内に蜂起せるあり。白昼官衙を襲い警吏と戦い、又火を国民新聞社に放たんとして血を街路に流したり。国民新聞は官党の走狗として目せられたるが故なり。世態かくの如きの時、森先生の著作は忽如としてその内容を一変せり。然れども今日全集の刊行せらるるに当りて、先生の所謂その題材を過去に求められたるものを通読するに、其の過去は単純なる過去にあらず、却てよく現在を説きまた未来を暗示するものたるを知れり。明治四十五年の秋陸軍大将乃木希典屠腹の事ありて後幾も無くして興津弥五右衛門の遺書の一作発表せられたり。これ寛永の末細川侯の家臣興津が殉死の事を題材となせるもの、三箇月を経て阿部一族の作あり。同じく殉死の状況を説きて更に一層の精緻を加えたり。これに由ってこれを観れば山房の歴史小説は文芸と社会と過去と現在との二重の意義を有するものというべきなり。然りと雖若しこれあるが為に、山房晩年の文学を以て直に事蹟を古に借り時事を諷刺するものとなすものあらば、われは其の見解の浅膚なるを憫まざるべからず。芸術の制作と之が鑑賞批評の法とは両ながら此の如き簡単なるものにあらず。山房晩年の文学の因って来れる所以は純然たる温古懐旧の感激にあり。江戸時代の士風学芸の憧憬にあり。これ制作の興会にして、過去社会の討究とその描写とは山房文学の本領となすところなり。たまたま題材の如何によりて時事の諷刺となり批評となれるは制作に附随し来る余影に過ぎず。

○

山房晩年の文学の中江戸時代の事蹟を述るものを列記すれば次の如し。発表の年月は全集を編纂せる森潤三郎小島政二郎二氏の調査に基き傍余が備忘録を参照せり。

興津弥五右衛門の遺書　大正元年十月中央公論所載
阿部一族　大正二年一月中央公論所載
佐橋甚五郎　大正二年四月中央公論所載
護持院ヶ原の敵討　大正二年十月ホトトギス所載
大塩平八郎　大正三年一月中央公論所載
堺事件　大正三年二月新小説所載
安井夫人　大正三年四月太陽所載
栗山大膳　大正三年九月太陽所載
津下四郎左衛門　大正四年四月中央公論所載
ぢいさんばあさん　大正四年九月新小説所載

最後の一句　大正四年十月中央公論所載
高瀬舟　大正五年一月中央公論所載
椙原品　大正五年一月自一日至八日 東京日日新聞 大阪毎日新聞 所載
渋江抽斎　大正五年自一月十三日至五月十七日 同前
寿阿弥の手紙　大正五年自五月十八日至六月廿四日 同前
伊沢蘭軒　自大正五年六月廿五日至大正六年九月五日 同前
都甲太兵衛　大正六年一月自一日至七日 同前
鈴木藤吉郎　大正六年自九月六日至九月十八日 同前
細木香以　大正六年自九月十九日至十月十三日 同前

細木香以につぐに小島宝素北條霞亭二家の詳伝あり。これ森先生が歴史小説の一段落を示すものにして同時にまた山房文学の終局を告るものなり。蘭軒宝素霞亭三家の伝は章を新にして別に論ずべし。今これを除きて以上列挙の諸作十四篇につき読後感ずる処を言わんと欲す。十四篇は全集の第四巻と第七巻とに分載せられたり。

余は読後の所感を述るに臨みここに此等の諸作を総括して能くその内容を示すに適すべき名目を求むるに窮しめり。嘗て先生の余に寄せられたる書簡の中北條霞亭の伝を以て歴史物残槀と言われたる事あれば、山房晩年の諸作を総称して歴史小説或は歴史物となすは固より可なるべし。然れども従来世人の稗史小説と称し来れるものとは全くその撰を殊にす。先生の所謂歴史物は実に先生独創の文学にしてわが文学史上曽て其の類例を見ざるものなり。今仮に阿部一族大塩平八郎栗山大膳等の諸篇を以て小説体の史伝となさんか。椙原品《すぎのはらしな》寿阿弥の手紙細木香以等の諸篇はこれを随筆体の記録とも称すべし。

此の如く著作の様式全く旧套を脱せり。されば此れを読んで興味のおのずから清新なるは蓋し当然のことなり。吾人の既に世に流布する所の江戸時代の史伝を読みて感ずるところのものは何ぞや。只事変の顚末と時代の推移とを知るのみにして過去人物の生活思想感情の如何にいたっては甚漠然たり。江戸士人の手に成れる随筆漫録のたぐいはつぶさに街談巷説を輯集して正史の遺漏を補い、所謂稗官の任を全うするものありと雖聊散漫雑駁の嫌なきにあらず。講談師の舌技はよく前代の人物を活躍せしむれども事の虚実混淆して弁別しがたく、稗史はその構想文体の陳套今日の読者のよく堪うるところにあらざるべし。然るに山房の小説体史伝に至っては、正史の威厳と随筆の興趣と稗史講談の妙味とを併せ有して、その間更にまた著者平生の卓見高識を窺い知らしむ。修史を尚ぶものは山房文学の考証該博精緻なるを見ておのずから敬意を表すべく、野乗の興を娯しまんとするものは記事の絶妙なるを見て賛賞の辞を求むるに窮しむべし。山房の小説体史伝は江戸時代の所謂硬軟両派の文学を合せたるものにして、又史学と芸術との合致を示したるものなり。

鈴木藤吉郎の伝の初に、史伝を編纂するに考証の尊ぶべきを論じて、先生平常の善謔頗味うべきものあるを見る。其の文に曰く、

○

人は或はわたくしに忠告して、わたしの言の俗耳に入り難く、随て新聞紙に載するに適せざるは考証あるがためだと云ふ。わたくしも必ず否とは云ひ難い。しかしわたくしは今こそ寄席劇場に遠ざかつてゐるが、少壮時代には殆毎夕寄席に往き、殆毎月劇場に入つた。そして講釈師が既往の事蹟を討ねんがために、わざ〳〵其境を踏破し、席に上つて旅次の見聞を叙するを聴いた。又俳優の故実を問うて技芸の上に応用するを観た。明治初年の聴衆看客は啻に之を厭はざるのみならず、却てこれを懌《よろこ》んだ。今の新聞紙を読むものが、果して言の考証に渉る毎にうるさがり、もどかしがり、絮語聞くに堪へずとなすならば、是は時運の変遷である。わたくしは多大なる興味を以て此変遷に留目する。わたくしは復自家の文章の世に容れられざるを憂ふるに遑が無い。或は想ふに此の如きは聡明なる操觚《そうこ》者の夙く知る所で常識なきわたくしが独遅れて醒めぬのであらうか。果して然らばわたくしは愈その妙なるを覚える。わたくしは復自家の檮昧を歎くに遑がない。

又細木香以の事を記するに臨みて冒頭まず言うところあり。

わたくしは少年の時、貸本屋の本を耽読した。貸本屋が笈の如くに積み畳ねた本を背負つて歩く時代の事である。其本は読本、書本、人情本の三種を主としてゐた。読本は京伝、馬琴の諸作、人情本は春水、金水の諸作の類で、書本は今謂ふ講釈種である。さう云ふ本を読み尽して、さて貸本屋に「何かまだ読まない本は無いか」と問ふと、貸本屋は随筆類を推薦する。これを読んで伊勢貞丈の故実の書等に及べば、大抵貸本文学卒業と云ふことになる。わたくしは此卒業者になつた。

これに由って想察すれば、山房晩年の文学は著者が其の少壮の時代に対する追憶回顧の情より出でたるものとも見るべきなり。往年著者が毎夕寄席に赴きて聴きたりし講談と、攻学の余暇愛読したりし古老の随筆とは偶然著者が晩年に至って自家独特の新文学を大成せしむる遠因となりしなり。芸術制作の興会は凡て偶然に発するものなり。偶然に発したる興会を捉えて逸散せしめず能く制作の功を収めしむるものは蓋し其人平生の蘊蓄と制作に対する熱誠との二者に他ならず。著者が少壮の時聴くを悍びたる講釈師は伊東燕尾、松林伯円、邑井一、田辺南龍の如き斯界の名手なりしなるべし。其の好で読みたる随筆は塩尻、翁草、甲子夜話、及び蜀山人の雑著、また燕石十種のたぐいなりしなるべし。山房の著作の中最後の一句と題せるものは窓の須佐美追加に出たる逸事なり。高瀬舟の翁草に出で、佐橋甚五郎の続武家閑話に出でたるは倶に著者の記する所なり。護持院ヶ原の敵討は当時市中を売り歩きたる瓦板にも記されたり。されど著者が記述するところの精細なるは当時の瓦板の比にあらず。思うに町奉行所または藩侯の旧文書によりて調査せられしものなるべし。ぢいさんばあさんの一作はわれ今其の出処を審にせざれど、何人かの随筆に記載せられし逸事に基きて更に綿密なる考証をなせしものたるや明なり。そは篇中の主人公が名刀を購わんと欲して金を其の朋友に借り、これが為に酒席にて恥辱を受け憤激して友を斬りしあたりの情景、よく既往の随筆漫録の趣を存するところあればなり。（蜀山人が一話一言第廿三巻にありしを後に心づきたり。）

○

山房の史伝十四篇の中最もよく講談を聴くが如き興を覚えしむるものは「阿部一族」の一篇なるべし。細川公の家臣阿部の兄弟三人妻子を刺して其の従僕と共に私邸に立籠り討手の将士と乱闘するの状を細叙したる一節の如き殺気筆端に迸り腥風人を襲う。もし南龍燕尾をして世に在って是を一読せしめんか必や舌を巻いて三舎を避けしならん。文例を左に抄録す。

討手として阿部の屋敷の表門に向ふことになつた竹内数馬は、武道の誉ある家に生れたものである。（中略）

あすは討入と云ふ四月二十日の夜、数馬は行水を使つて、月題《さかやき》を剃つて、髪には忠利に拝領した名香初音を焚き込めた。白無垢に白襷、白鉢巻をして、肩に合印の角取紙を附けた。腰に帯びた刀は二尺四寸五分の正盛で、先祖島村弾正が尼崎で討死した時故郷に送つた記念である。それに初陣の時拝領した兼光を差し添へた。門口には馬が嘶いてゐる。

手槍を取つて庭に降り立つ時、数馬は草鞋の緒を男結にして、余つた緒を小刀で切つて捨てた。（中略）

寛文十九年四月二十一日は麦秋に好くある薄曇の日であつた。

阿部一族の立て籠つてゐる山崎の屋敷に討ち入らうとして、竹内数馬の手のものは払暁に表門の前に来た。夜通し鉦太鼓を鳴らしてゐた屋敷の内が、今はひつそりとして空家かと思はれる程である。門の扉は鎖してある。板塀の上に二三尺伸びている夾竹桃の木末《うら》には、蜘《くも》のいが掛かつてゐて、それに夜露が真珠のやうに光つてゐる。燕が一羽どこからか飛んで来て、つと塀の内に入った。

数馬は馬を乗り放つて降り立つて、暫く様子を見てゐたが、「門を開けい」と云つた。足軽が二人塀を乗り越して内に這入つた。門の廻りには敵は一人もゐないので、錠前を打ちこはして貫の木を抜いた。

隣家の柄本又七郎は数馬の手のものが門を開ける物音を聞いて、前夜結縄を切つて置いた竹垣を踏み破つて、駈け込んだ。毎日のやうに往来して、隅々まで案内を知つてゐる家である。手槍を構えて台所の口から、つと這入つた。座敷の戸を締め切つて、籠み入る討手のものを一人一人討ち取らうとして控へてゐた一族の中で、裏口に人のけはひのするのに、先づ気の附いたのは弥五兵衛である。これも手槍を提げて台所へ見に出た。

二人は槍の穂先と穂先とが触れ合ふ程に相対した。「や、又七郎か」と、弥五兵衛が声を掛けた。

「おう。兼ての広言がある。おぬしが槍の手並を見に来た。」

「好うわせた。さあ。」

二人は一歩しざつて槍を交へた。暫く戦つたが、槍術は又七郎の方が優れてゐたので、弥五兵衛の胸板をしたたかに衝き抜いた。弥五兵衛は槍をからりと棄てゝ、座敷の方へ引かうとした。

「卑怯ぢや。引くな。」又七郎が叫んだ。

「いや逃げはせぬ。腹を切るのぢや。」言ひ棄てゝ座敷に這入つた。

その刹那に「をぢ様、お相手」と叫んで前髪の七之丞が電光の如くに飛んで出て、又七郎の太股を衝いた。入懇の弥五兵衛に深手を負はせて、覚えず気が弛んでゐたので、手錬の又七郎も少年の手に掛かつたのである。又七郎は槍を棄てゝ其場に倒れた。

勇士奮闘の状を叙するに臨んで、或は門内の夾竹桃にかかりし蜘の糸に朝露のむすびたるを挿記し、或は悠然事なきが如く飛び来れる燕を配合する所その妙言うべからず。著者は「寿阿弥の手紙」の作中に其文を欣賞して「叙事は精緻を極めて一の剰語をだに著けない。実に拠って文を行る間に（略）空想の発動を見る。」と言えり。この讃辞は直に採って著者が文章の上に移すべきなり。

○

阿部一族は徳川時代の君臣の関係、武士の気風生活習慣等を窺い知らんと欲するものの必一読せざる可らざるものなり。世人は屢竹田出雲の仮名手本忠臣蔵及び曲亭馬琴の里見八犬伝を以って善く武士の精神を描き忠孝の道を説き得たるものとなせり。文学をして教化の具たらしむるの非なるは今日既に論なしといえども、若し此の如き利用の目を以て文学を観るものあらば、阿部一族の一篇の迥《はるか》に八犬伝忠臣蔵に優れるものあるに一驚すべし。阿部一族の作中には獣類の人間の婦女に恋慕するが如き卑猥の事を説かず又娼楼歌舞の状を描ける処なし。此の作中に見る所の猟犬は人と同じく君恩に感じて殉死せんとし、二羽の鷹は主君の訃を悲しんで井に投じて死せり。

著者の此の一篇を草したる所以を按ずるに、時恰も乃木希典切腹の事より世人の頻に殉死を云云するに当り、著者平生の博識たまたま寛永年間阿部一族の事蹟あるを想起し其の顚末を討究して此の如き悲壮の作を成したるものなるべし。

わが近時の文壇西欧十九世紀末の文学を仰いで宗となせしより、許すに名篇佳什を以てするもの恋愛を説くにあらざれば憂傷病衰の状を描くに止り、悽愴凜烈の気概を写すもの全く其跡を断つに至れり。阿部一族堺事件の如き作品は正に群芳妍を競うの間孤松の亭々たるを仰ぐの思あり。

○

堺事件は幕府瓦解の際泉州堺に駐屯せる土佐藩士の一隊仏蘭西海軍の士卒を銃殺したりし為朝庭よりその謝罪として切腹を命ぜられたる事件を記したるもの。其の一節を抜いて全篇を想像するの便とすべし。

切腹はいよ〳〵午の刻からと定められた。

幕の内へは先づ介錯人が詰めた。（略）いづれも刀の下緒を襷にして、切腹の座の背後に控へた。

幕の外には別に駕籠が二十挺据へてある。これは死骸を載せて宝珠院に運ぶためである。埋葬の前に、死骸は駕籠から大瓶に移されることになつてゐる。

臨検の席には外国事務総裁山階宮を始として、外国事務係伊達少将、同東久世少将、細川、浅野両藩の重役等が、南から北へ向いて床几に掛かる。土佐藩の深尾は北から東南に向いてすわる。大目附小南以下目附等は西北から東に向いて並ぶ。フランス公使は銃を持つた兵卒二十余人を随へて、正面の西から東に向いてすわる。其他薩摩、長門、因幡、備前等の諸藩からも役人が列席してゐる。

用意の整つたことを、細川、浅野の藩士が二十人のものに告げる。二十人のものは本堂の縁から駕籠に乗り移る。駕籠の両側には途中と同じ護衛が附く。駕籠は幕の外に立てられる。呼出の役人が名簿を繰り開いて、今首席のものゝ名を読み上げようとする。

此時天が俄に曇つて、大雨が降つて来た。寺の内外に満ちてゐた人は騒ぎ立つて、檐下木蔭に走り寄らうとする。非常な雑沓である。

切腹は一時見合せとなつて、総裁宮始、一同屋内に雨を避けた。雨は未の刻に歇《や》んだ。再度の用意は申の刻に整つた。

呼出の役人が「箕浦猪之吉」と読み上げた。寺の内外は水を打つたやうに鎮つた。箕浦は黒羅紗の羽織に小袴を着して、切腹の座に着いた。介錯人馬場は三尺隔てゝ背後に立つた。総裁宮以下の諸官に一礼した箕浦は、世話役の出す白木の四方を引き寄せて、短刀を右手に取つた。忽ち雷のやうな声が響き渡つた。

「フランス人共聴け。己は汝等のためには死なぬ。皇国のために死ぬる。日本男子の切腹を好く見て置け。」と云つたのである。

箕浦は衣服をくつろげ、短刀を逆手に取つて、左の脇腹へ深く突き立て、三寸切り下げ、右へ引き廻して、又三寸切り上げた。刀が深く入つたので、創口は広く開いた。箕浦は短刀を棄てゝ、右手を創に挿し込んで、大網《だいもう》を摑んで引き出しつつ、フランス人を睨み付けた。

馬場が刀を抜いて項を一刀切つたが、浅かつた。

「馬場君。どうした。静かに遣れ」と、箕浦が叫んだ。

馬場の二の太刀は頸椎を断つて、かつと音がした。

箕浦は又大声を放つて、

「まだ死なんぞ。もつと切れ」と叫んだ。此声は今までより大きく、三町位響いたのである。

初から箕浦の挙動を見てゐたフランス公使は、次第に驚駭と畏怖とに襲はれた。そして座席に安んぜなくなつてゐたのに、この意外に大きい声を、意外な時に聞いた公使は、とう／＼立ち上がつて、手足の措所に迷つた。

馬場は三度目にやう／＼箕浦の首を墜した。

○

大塩平八郎は余の挙げたる山房の史伝十四種の中阿部一族と並び称すべき力作なり。天保八年二月十九日大塩中斎の事を挙げたる一日間の行動を細叙したるもの。著者は別に解説とも称すべき一文を添えて、執筆の由来を審かにし叙事の方法を説き又本篇中に記載すること能わざりし諸般の考証と中斎の年譜とを掲げたり。されば此の正副両篇を対照せんか、史伝の編纂に関して後学の徒を裨益すること僅少にあらざるべし。本篇の叙事は終始著者一家の筆法とも称すべき純然たる客観の態度を厳守すと雖、解説の文中には中斎を称して未覚醒せざる社会主義となし、又陰謀の密告に関する道徳的意義の如何を論ぜり。この二の問題は本篇の主眼とする所なり。密告の是非につきて著者の言う所次の如し。

個人の告発は、現に諸国の法律で自由行為になつてゐる。昔は一歩進んで、それを褒むべき行為にしてゐた。秩序を維持する一の手段として奨励したのである。中にも非行の同類が告発するのを返忠と称して、これに忠と云ふ名を許すに至つては、奨励の最著なるものである。

而して此の返忠をなしたる東組同心平山助次郎なるもの、事変の翌年自殺せることを記するに当り、著者は「人間らしく自殺を遂げた」となせり。「人間らしく」の一語以て著者が意の在るところを推知すべし。

○

佐橋甚五郎津下四郎左衛門の二作は各その時代を異にすれども倶に刺客の伝たるや一なり。栗山大膳は黒田侯の家臣にして寛永年中其忠節材幹よく君家の危難を救いたる事蹟を述べたるもの。都甲太兵衛また寛永の頃細川侯に事えて決死果断の勇君家の為に尽すところ多かりし事を説きたり。安井夫人は幕末の鴻儒安井息軒の室川添氏佐代の自ら進んで痘面隻眼の醜男子に嫁し善く内助の功を全くしたる事を述べ、椙原品は人口に膾炙せる伊達騒動と遊女高尾に関する誤伝を訂したり。その末段に曰く、

私は此伊達騒動を傍看してゐる綱宗を書かうと思つた。外に向つて発動する力を全く絶たれて、純客観的に傍看しなくてはならなかつた綱宗の心理状態が、私の興味を誘つたのである。私は其周囲にみやびやかにおとなしい初子と、怜悧で気骨のあるらしい品とをあらせて、此三角関係の間に静中の動を成り立たせようと思つた。しかし私は創造力の不足と平生の歴史を尊重する習慣とに妨げられて、此企を拋棄してしまつた。

静中の動は著者の好んで筆にするところなり。克己の勇よく忍び難きを忍ぶものは即静中の動の最も痛切なるものにあらずや。栗山大膳が禁固晩年の生涯は即静中の動なり。ぢい

さんばあさんの一篇もその作意は蓋しここに在るものの如し。碩学鴻儒の世と相遇わざるの生涯は大抵静中の動なり。英雄髀肉の嘆亦然りとす。著者のここに詩興を催したるは決して偶然にあらず。

○

以上の諸作を通読して寿阿弥の手紙鈴木藤吉郎細木香以の三篇に移るや、局面一転して興味又更に新なるを覚ゆ。その趣恰左伝史記を読んで後西京雑記北夢瑣言を繙くが如く、竹本浄瑠璃を聴いて後清元の前弾に心を奪わるるが如し。

鈴木藤吉郎は伯円の講談安政三組盃のあるが為に汎く世に知られたる与力鈴木が伝に対する弁妄なり。寿阿弥の手紙は水戸家の用達菓子商真志屋五郎作のこと、細木香以は通人津藤の伝なり。事皆市井の伝聞に属するもの多きのみならず、叙事の体裁、亦阿部一族堺事件等の純客観の描写と異り、著者自ら行文の間に現れ出で、親しく考証の径程とその苦心とを陳ぶるところ往々随筆の体をなせり。これ余の先に此等の諸篇を挙げて漫録体の史伝となし以て小説体の史伝との別を明にせんと欲したる所以なり。

寿阿弥の手紙は山房考証の文学につきて、未よく其の興趣を解せざるものの為、これが注釈をなすには最も適当せるものなり。著者はその敬愛せる渋江抽斎を伝せんとして其資料の蒐集に努むるの時たまたま某処に於て、抽斎と交遊せし寿阿弥なるものの某友に寄せたる長文の書束を得たり。寿阿弥五郎作の生涯は其死後猶七十年ならざるに早くも暗黒裡に葬り去られんとするを見、著者はその得たる書牘の記事と記事中の人名とを典拠となして考証に着手せり。まず二三の古老を尋ねて其幼時親しく寿阿弥を見たりし時の事を問いしが、その談話は未正確に寿阿弥を伝するの材となすに足らず。討究の途ここに尽きて著者は空しく筆を抛たんとして、突然未一たびも寿阿弥の墓を展せず徒に文書の渉猟に腐心せし事の非なりしを思い、倉皇として走せて某寺の門に至り僧を訪えり。僧は著者に告ぐるに、今猶寿阿弥の墓に香華を手向くる一老嫗の存在せることを以てす。僧は又寿阿弥の塋域には水戸の奸臣藤井紋太夫と力士谷の音二人の墓ある事を語れり。これを聞いて著者は覚えず勇躍して直に老嫗を訪う。この一段（第十四回）叙事の軽妙なる、そぞろに著者欣喜の状を推知せしむ。

命日毎に寿阿弥の墓に詣でるお婆あさんは何人であらう。わたくしの胸中には寿阿弥研究上に活きた第二の典拠を得る望が萌した。そこで僧には卒塔婆を寿阿弥の墓に建てることを頼んで置いて、わたくしは藁店の家を尋ねることにした。

「藁店の角店で小間物屋ですから、すぐにわかります」と、僧が教へた。

小間物屋はすぐにわかつた。立派な手広な角店で、五彩目を奪ふ頭飾の類が陳べてある。店頭には、雨の盛に降つてゐるにも拘らず、蛇目傘をさし、塗足駄を穿いた客が引きも切らず出入してゐる。腰を掛けて飾を選んでゐる客もある。皆美しく妝《よそお》つた少女のみである。客に応接してゐるのは、紺の前掛をした大勢の若い者である。

若い者はわたくしの店に入るのを見て、「入らつしやい」の声を発することを躊躇した。

わたくしも亦忙しげな人々を見て、無用の閒話頭を作すを憚らざることを得なかつた。

わたくしは若い丸髷のお上さんが、子を負つて門に立つてゐるのを顧みた。

「それ、雨こん〳〵が降つています」など丶、お上さんは背中の子を賺《すか》してゐる。

「ちよつと物をお尋ね申します」と云つて、わたくしはお上さんに来意を述べた。

お上さんは、怪訝の目を睜つて聞いてゐた。そしてわたくしの語を解せざること良久《やゝ》しかつた。無理は無い。此の如き熱閙場裏に此の如き閒言語を弄してゐるのだから。

わたくしが反復して説くに及んで、白い狭い額の奥に、理解の薄明がさした。そしてお上さんは覚えず破顔一笑した。「あゝ。さうですか。ではあの小石川のお墓にまゐるお婆あさんをお尋なさいますのですね。」

「さうです。さうです。」わたくしは喜禁ずべからざるものがあつた。丁度外交官が談判中に相手をして自己の某主張に首肯せしめた刹那のやうに。

お上さんは繊い指尖を上框に衝いて足駄を脱いだ。そして背中の子を賺《すか》しつつ、帳場の奥に躱《かく》れた。

代つて現れたのは白髪を切つて撫附にした媼である。「どうぞこちらへ」と云つて、わたくしを揮《さしまね》いた。わたくしは媼と帳場格子の傍に対坐した。

媼名は石、高野氏、御家人の女である。弘化三年生で、大正五年には七十一歳になつてゐる。少うして御家人師岡久次郎に嫁した。久次郎には二人の兄があつた。長を山崎某と云ひ、仲を鈴木某と云つて、師岡氏は其季であつた。三人は同腹の子で、皆伯父に御家人の株を買つて貰つた。それは商売であつた伯父の産業の衰えた日の事であつた。

伯父とは誰ぞ。寿阿弥である。兄弟三人を生んだ母とは誰ぞ。寿阿弥の妹である。

寿阿弥考証の途は危く尽きんとして僅に前程を望み得たり。著者は老媼の寄寓せる小間物商浅井氏の手より寿阿弥の歿後真志屋の家に伝来せる文書及び八百屋お七の袱紗等を借覧し、初めて真志屋の祖先と水戸西山公との関係、ついで藤井紋太夫斬首の状況等、凡て今日まで史家の筆にすること能わざりし事件を審にするを得たり。著者の考証は進んで真志屋破産の後その業を継ぎたる菓子商金沢丹後累世のことに移り、東奔西走、展墓の労を取ること数次にして、遂に金沢氏の後裔の現存せるものと面談するに至って始めて筆を擱きたり。

著者が史実討究の方法は、恰も樹間に帆影を望み竹蔭に棹歌を聞いて河流のある処を知るや、道を求めて岸頭に至り流域を跋渉して、支流に逢う毎に細水小溝糸の如きものと雖猶これを閑却せず、本流と合せて悉く其源泉を究めずんば止まざるものに似たり。跋渉の労や本より尋常ならず、然れども途上おのずから又意外の佳景よく杖を停むるに足るものあるべし。山房考証の文学を読むの興は、著者の後に随って共に探索の途を歩むが如き思いをなすに在り。而して著者の筆よく読者をして此の感をなさしむるに妙を得たるは言うを俟たず。

○

細木香以の一篇は通人香以と其父龍池の行状を叙するもの。その間説いて千朶山房の由来に及べり。千朶山房は都下駒込千駄木町に在るの故を以て名けられたるは既に騒壇周知のことに属す。千朶山房の立てる処はもと細木香以の愛顧を受けたる小倉是阿弥なるものの旧居にして、明治四年某月香以が一周忌に際して生前其知遇を受けたる通人等ここに会して仏事を営みたりという。これ謹厳なる著者の敢て蕩子の伝をつくる事を辞せざりし所以なり。著者は旧居の襖に香以が湘南紀行の草藁と其半身像との反古張にせられたるを見たりしといえり。旧主小倉是阿弥の歿したるは此の一室なりき。而して山房主人の新に来ってここに卜居するや、其の厳君森静男先生亦この旧居の一室に長逝せられたり。旧居は幾何ならずして頽破し、幾星霜を経て、大正四年に及び主人は北堂七十の賀を記念せんがために新に清洒なる四畳半の一室を築造せられしが、其の成ると共に北堂も亦世を去りぬ。以後新造の一室は主人が書斎となり、山房考証の文学即ここに大成せり。往年江戸の通人等相寄って蕩子の追福を営みし処、君子読書の楼となる事三十年、一代の文章ここに発したるを思えば、誰か又運命の奇なるに驚かざらんや。千朶山房の主人亦既に亡し。頃日人あり余に語って曰く、山房の窓外嘗て主人の栽培せし沙羅数朶の花空しく雨中に馥郁たるを看たりと。余やたまたま盛世に生れ、山房の主人森夫子と時を同じくし、親しく其の薫化に浴することを得たり。余が生涯の幸福蓋し此に過ぎたるものなし。ここに千朶山房の文学について言うところありしは固より之を品藻《ひんそう》せんとするの意あるにあらず、又徒に賛辞をつくらんと欲するものにもあらざるなり。品騭《ひんしつ》は其才学よく原著者と伯仲の間にあるものの為すべきところなり。賛辞をつくるに至っては屋下架屋の愚に近かるべし。先生の著述は全集となって十八巻、紙員正に一万枚の上に出ずべきを以て、平生読書を好むものと雖、慌忙繁累の世に在っては、或は悉く先生の著書を精読するの暇に乏しかるべきやを思い、ここに聊その綱要を記したるに過ぎず。俚諺に云う。末世の僧は祖師を売ると。泉下の先生甚しくわが罪を咎むる事なくんば幸なり。

○

江戸の東京となりてより大地震の今年までおよそ五十余年を経たり。五十余年が間にわが国人の西洋をまねして造りたる東京の市街は唯の一夜にして灰となりぬ。国破山河在とは杜少陵《としょうりょう》の感慨なれど、山河崩れて草木も焼尽したれば、時に感じて花に濺《そそ》がん涙も出でず。そのむかし草より出でて草に入りし武蔵野の月、今は焼野が原のはてより出でてはてに入り、富士の高根はどこから見ても、裾までずっと見通しの絶景ながら焼瓦に枯木のあしらい一様なれば、広重が百景はおろか、北斎が三十六景の変化も思うによしなし。そもそも地震の当夜旧暦七月下弦の月冴えしより、夜毎の清光かぎりなく、やがて彼岸の中日めずらしく中秋に当りて、しかも近年罕《まれ》なる名月なりしも看る人なくて、墨江のほとりには唯鬼哭啾《きこくしゅうしゅう》々の声を聞くのみなり。あわれ過ぎにし都の春いつの日にか再び見るを得べきや。或人いえり。東京の復興十年にてはいかがあるべき。二十年の星霜尚足れりとはいいがたかるべし。試に災前銀座丸の内あたりに屹立せし箱のようなる亜米利加風の建物につきて観よ。初め地形に取りかかりし日より足場を取払うに至るまで大抵十年の歳月を要せしにあらずや。三菱銀行本店の如きは十四五年もかかりしとか。之に由って推測せば東京市復旧の日は二十年より早かるべき筈はなしと。果して人のいうが如くならば、地震の前夜、耳かくしの婦女を擁して蓄音機のワルツに踊狂いし紅顔の少年も帝都復興の暁には大抵白頭の人なるべし。廟堂に立ちて復興の大策を審議する当路の官人、縦《たと》えコンミッションに懐中をあたたむるとも、復興の其日まで余生を保たんもの幾人なるべき。震災をつけ込んで抜目なく慰安興行とやらに人気を取りし菊五郎も沢正とやらも、帝都復興のその日には老いて駑馬《どば》の脚にも及ばざるべく、活動写真に殊更長き粉面を曝す栗島すみ子も額の皺をかこつべし。人の事は云わずもあれ。新橋の狭斜に絃歌再び起らん頃には、病衰我輩の如きは、歯既に脱落して、その次は俗諺にいう何やらも用にはたたざるべく、眼もおぼろにかすみてあるべし。今日帝都の復興を口にし筆にするの輩は将来其の局に当って復興の実を挙ぐべきものにあらざるや明なり。わが民族文化の盛衰は将来に関す。既に天変地妖なしとするも大正の世運は窮極に達して将に転換すべき危機に瀕せしにあらずや。災後民族文化の興廃は今日尚学に就ける少年子弟の素質如何によって之をトす可きなり。其の果して賀すべきか憂うべきかは、寡陋《かろう》わが輩の如き戯作者の能く知る所ならず。願くは慷慨の士について聞かん。

○

文章の盛衰は国家の運に関るとは幕末の大儒斎藤拙堂の文話に見るところなり。安政二年の震災と文化以後黒船の渡来とは幕府瓦解の萌兆なりき。然れども当時の学術芸文を見るに伝えて後世の模範と為すべきもの少しとなさず。文に山陽拙堂あり詩に詩仏星巌あり画に崋山竹田あり。幕府末造の文運は元禄の盛世に比して必しも下れりとは言う可からず。今拙翁の言に鑑みて漫《すぞろ》にわが一家の説をなさんか、幕府の滅亡は国勢の衰頽に因るものにあらずして、却て民心勃興の致す所というべし。王政復古の後、明治の文章の盛衰は如何。当時の顕官皆詩文を善くす。風流文事の盛なりし事前代にまされり。改元以降西南戦役の前後に在って経学詩文の大家殆ど枚挙に遑あらず。中村敬宇、重野成斎、鷲津毅堂、依田学海、中根香亭、成島柳北、森春濤の如き皆一世の師表たり。明治二十年代にいたり森鷗外、坪内逍遥、森田思軒、長谷川四迷の如き新進気鋭の学者出現し、文学芸術の意義解釈一変して洋風となるや、小説の作家に露伴、紅葉、緑雨、一葉の諸家輩出す。俳句は子規竹冷によりて面目を一新し、和歌は落合、佐々木、与謝野の諸大人を俟って再興の気運に向いたり。日清の戦役この間に起り、敵国敗衂《はいじく》して和を請い領土を割譲せり。これ即国家栄えて文事亦盛なるの状態ならずや。それより十年にして魯西亜と争い再び奇捷を博したり。文壇この時代に当って新に漱石、白鳥、秋声、花袋、独歩の諸家を出せり。幾《いくばく》も無くして年号改りて大正となり、其七年の冬欧洲諸国の大乱五年を閲して漸く鎮定するや、絶海遠隔の我国は此の間に立ちて漁夫僥倖の大利を占め、世を挙げて奢侈逸楽に耽りしかば、風俗忽ち壊乱し、世運衰頽の凶兆おのずから文学美術の上に顕著となれり。画伯の腰を商估の前に屈して其制作を呉服屋の楼上に鬻《ひさ》いで恥となさざるが如き、或は文士の自ら俳優の下風に立ちて其の作の戯場に上せられん事を冀うが如き、或はまた閨房の玩具に等しき婦人雑誌に名を連ねて却て得意の色をなすが如き、皆文運堕落の現象なり。酷吏は此の機に乗じて文学美術を営利の業と認定し筆に租税を課す。之に由って公帑《こうど》の欠乏亦想像するに余あり。時勢正に此の如きの時、天地俄然として震動し、帝都の大半焦土と化す。近年都下の劇場に新舞踊と称するもの流行したり。余の目撃したる此の種の演芸に、数人の俳優紅色の布片に全身を包み、四肢五体を揉じ動して、火焰の片々として飜るの状に擬したるが如きものありき。また家屋牖戸《ゆうこ》を斜に描きたる背景を用い、三個の俳優敝衣を着し牛切庖刀を逆手に持ち、蹌踉蹁躚《そうろうへんせん》、その脚地を踏むこと能わざるが如き状をなして、個々相搏って狂えるものありき。観客喝采して同じく倶に狂わんとす。今にして思えば是皆地震と火災との前兆なりしなり。近時婦人の焼鏝を以て頭髪を焼きちぢらせ頰辺に紅粉を施して喜びしが如きも、亦正に回禄の禍を占うものというべかりしなり。嗚呼恐るべき哉。

○

むかし大田南畝の住みしと聞く小石川金剛寺坂のほとりに生い立ちて、曲亭馬琴が著作堂を構えたる飯田町中坂の近くに一年あまり、やがて三島中洲の二松学舎と裏合せの一番町に移り、更に転じて大久保西向天神の祠畔に幾年月を送りて後は、築地本願寺裏の侘居も久しからず、遂に南葵文庫の近くに卜居して早くも四年あまり、今年四十余歳にいたるまで、われ一度も水火の難に遭いたる事なかりしは、畢竟人家稠密ならざる山の手に住みし日の多かりしが故と、此の度の大地震につけて山の手の徳いよいよ忝く思われたり。曽て山の手の家を住みにくしと悪み、川添の下町住いを風雅となしたるは、軍人と女学生とを毛虫の如くに嫌いしためなりしが、いざ下町に来て住めば、隣近所の蓄音機騒しく、コレラとチブスの流行には隣家と壁一重の起き臥し不気味にて、且は近年町内に軍人まがいの青年団というもの出来て、事ある毎に日の丸の旗出せというが煩しく、再び山の手の蜩鳴く木立なつかしく思返されて引移りしは、まことに天の佑なりけり。諺にも宿らば大樹の蔭といえり。家を定むるには貴族富豪の屋敷多き町内に如くはなし。金持の土蔵あたりに聳れば、貧士が家は盗賊の目にも入るまじく、溝掃除も常に行きとどき、道に敷く砂利さえ宮様門前の街は其の粒他よりもいくらか小さくして歩みよきが如し。さても地震の当日溜池より起りし火の手夜に入りて虎の門より霊南坂へ焼上り、わが住む町のあたりまで熱風砂塵を捲いて襲来りしが、坂の上なる宮家を守護する兵士の一隊必死となりて防ぎしかば、夜の明る頃には、烟もやがて鎮りたり。われ家には妻子なく、蔵儲《ぞうちょ》に珍書となすべきものなければ、身を以て逃るるに何の用意もいらぬ心易さ。昼の中より水道の水きれし故、日頃の蓄えこの時ぞと、縁の下より葡萄酒の罎取出し残暑の渇をいやしつつ、日の暮るる頃より避難し来れる人々と虫の音しげき小庭の草かげに椅子打並べ、空をこがす烟を村雲と憎みて月明の下に一夜を明したるも、今となりては話の種と、ここに益なき閒文字をつらねしは、雑誌社より例の往復葉書にて震災の感想を問来ることの頻なるを、此の際はあまり高振りて答えざるもいかがと責を塞ぐこと斯くの如しと云爾《しかいう》。

大正十二年中稿

自選
荷風百句

自選 荷風百句序

わが発句の口吟《こうぎん》、もとより集にあむべき心とてもなかりしかば、書きもとどめず、年とともに大方《おおかた》は忘れはてしに、おりおり人の訪来《とい》りて、わがいなむをも聴かず、短冊色帋《しきし》なんど請《こ》わるるものから、是非もなく旧句をおもい出《いだ》して責《せめ》ふさぐことも、やがて度重《たびかさな》るにつれ、過ぎにし年月、下町のかなたこなたに佗住《わびずま》いして、朝夕の湯帰りに見てすぎし町のさま、又は女どもと打《うち》つどいて三味線《さみせん》引きならいたる夜々のたのしみも、亦おのずから思返されて、かえらぬわかき日のなつかしさに堪えもやらねば、今はさすがに棄てがたき心地せらるるものを択《えら》みて、老《おい》の寐覚のつれづれをなぐさむるよすがとはなしつ。

荷風散人

昭和丑《うし》のとし夏五月

春之部

墨《すみ》も濃《こ》くまづ元日の日記かな

正月や宵寐《よひね》の町を風のこゑ

暫《しばらく》の顔《かほ》にも似たりかざり海老《えび》

羽子板や裏絵さびしき夜の梅

子を持たぬ身のつれ〴〵や松の内

九段坂上《うへ》の茶屋にて

初東風《はつこち》や富士見る町の茶屋つゞき

まだ咲かぬ梅をながめて一人《ひとり》かな

清元なにがしに贈る

青竹《あをだけ》のしのび返《がへし》や春の雪

市川左団次丈煙草入《ちやうたばこいれ》の筒に

春の船名所ゆびさすきせる哉《かな》

自画像

永き日やつばたれ下《さが》る古帽子《ふるぼうし》

浅草画賛

永き日や鳩も見てゐる居合抜《ゐあひぬき》

柳嶋《やなぎしま》画賛

春寒《はるさむ》や船からあがる女づれ

葡萄酒《ぶだうしゆ》の色にさきけりさくら艸《さう》

紅梅《こうばい》に雪のふる日や茶のけいこ

出《で》そびれて家にゐる日やさし柳

銀座裏の或《ある》酒亭にて二句

よけて入《い》る雨の柳や切戸口《きりどぐち》

傘さゝぬ人のゆきゝや春の雨

妓楼の行燈《あんどう》に

しのび音《ね》も泥の中なる田螺《たにし》哉

室《むろ》咲《ざき》の西洋花《ばな》や春寒し

日のあたる窓の障子《しやうじ》や福寿草《ふくじゆさう》

うぐひすや障子にうつる水の紋《あや》

色町や真昼しづかに猫の恋

画賛

門《かど》の灯《ひ》や昼もそのまゝ糸《いと》柳《やなぎ》

石垣にはこべの花や橋《はし》普《ぶ》請《しん》

送別二句

笈《おひ》を負《お》ふうしろ姿や花のくも

行《ゆく》先《さき》はさぞや門《かど》出《で》の初ざくら

鼬《いたち》鳴く庭の小《こ》雨《あめ》や暮《くれ》の春

行春《ゆくはる》やゆるむ鼻緒《はなを》の日和下駄《ひよりげた》

春惜《を》しむ風の一日《ひとひ》や船の上《うへ》

夏之部

夕風《ゆふかぜ》や吹くともなしに竹の秋

よし切《きり》や葛飾《かつしか》ひろき北みなみ

待つ人の来ざりしかば

水雞《くいな》さへ待てどたゝかぬ夜《よ》なりけり

築地閑居

夕河岸《ゆふがし》の鰺《あぢ》売る声や雨《あま》あがり

御《ご》家《け》人《にん》の傘張る門《かど》や桐の花

明《あけ》やすき夜《よ》や土《つち》蔵《ぐら》の白き壁

青《あを》梅《うめ》の屋根打つ音や五《さ》月《つき》寒《さむ》

八《はち》文《もん》字《じ》ふむや金魚のおよぎぶり

荷《に》船《ぶね》にもなびく幟《のぼり》や小《こ》網《あみ》河《が》岸《し》

四月十八日

物《もの》干《ほし》に富士やをがまむ北《ほく》斎《さい》忌《き》

芍《しやく》薬《やく》やつくゑの上の紅《こう》楼《ろう》夢《む》

卯《う》の花や小《こ》橋《はし》を前《まへ》のくゞり門

百合《ゆり》の香《か》や人待つ門《かど》の薄月夜《うすづきよ》
蝙蝠《かうもり》やひるも燈《ひ》ともす楽屋口《がくやぐち》
石菖《せきしやう》や窓から見える柳ばし
一《ひと》ツ目《め》の橋や墨絵のほとゝぎす
向嶋水神《すゐじん》の茶屋にて
葉ざくらや人に知られぬ昼あそび
散りて後《のち》悟るすがたや芥子《けし》の花
わが儘《まま》にのびて花さく薊《あざみ》かな
あぢさゐや瀧夜叉姫《たきやしやひめ》が花かざし

拝領の一《いち》軸《ぢく》古《ふ》りし牡《ぼ》丹《たん》哉《かな》
涼しさや庭のあかりは鄰《となり》から
枝刈りて柳すゞしき月夜哉
涼《すず》風《かぜ》を腹《はら》一《いっ》ぱいの仁王かな
鞘《さや》ながら筆《ふで》もかびけりさつき雨
五《さ》月《みだ》雨《れ》の或《ある》夜《よ》は秋のこゝろ哉
住みあきし我《わが》家《や》ながらも青《あを》簾《すだれ》
蚊ばしらを見てゐる中《うち》に月夜哉

藪《やぶ》越《ご》しに動く白《しら》帆《ほ》や雲の峯

中洲《なかず》眺望

深《ふか》川《がは》や低き家《や》並《なみ》のさつき空

みち潮《しほ》や風も南のさつき川

妓《ぎ》の持ちし扇《あふぎ》に

気に入らぬ髪結《ゆひ》直《なほ》すあつさ哉

秋近き夜《よ》ふけの風や屋根の草

秋之部

蘭《らん》の葉のとがりし先《さき》や初《はつ》嵐《あらし》

稲妻《いなづま》や世をすねて住む竹の奥

女の絵姿に

半襟《はんえり》も蔦《つた》のもみぢや窓の秋

四谷怪談画賛四句

初汐《はつしほ》や寄る藻《も》の中《なか》に人の骨

樒《しきび》売る小家《こいへ》の窓や秋の風

人のもの質《しち》に置きけり暮の秋

川風も秋となりけり釣《つり》の糸

象《ざう》も耳立てゝ聞くかや秋の風

鯊《はぜ》つりの見返る空や本《ほん》願《ぐわん》寺《じ》

庭《には》下《げ》駄《た》の重きあゆみや露の萩《はぎ》

かくれ住む門《かど》に目立つや葉《は》雞《げい》頭《とう》

浅《あさ》草《くさ》や夜《よ》長《なが》の町の古《ふる》着《ぎ》店《みせ》

糸《いと》屑《くづ》にまじる柳の一《ひと》葉《は》かな

病中の吟

粉《こ》薬《ぐすり》やあふむく口に秋の風

降り足らぬ残暑の雨や屋根の塵《ちり》

秋の雲雨ならむとして海の上

引汐《ひきしほ》や蘆間《あしま》にうごく秋の雲

物足《ものた》るや葡萄《ぶだう》無花果《いちじゆく》倉ずまひ

芝口《しばぐち》の茶屋金兵衛《きんべえ》にて三句

盛塩《もりしほ》の露にとけ行《ゆ》く夜《よ》ごろかな

柚《ゆず》の香《か》や秋もふけ行く夜の膳《ぜん》

秋風や鮎《あゆ》焼く塩のこげ加減《かげん》

小波大人《さざなみうし》追悼

極楽《ごくらく》に行く人送る花野《はなの》かな

妓の写真に

吉日《きちにち》をえらむ弘《ひろ》めや菊日和《きくびより》

行《ゆく》秋《あき》や雨にもならで暮るゝ空

秋《あき》雨《さめ》や夕《ゆふ》餉《げ》の箸《はし》の手くらがり

雨やんで庭しづかなり秋の蝶《てふ》

昼《ひる》月《づき》や木《こ》ずゑに残る柿一《ひと》ツ

冬之部

初霜や物《もの》干《ほし》竿《ざお》の節《ふし》の上《うへ》

降りやみし時雨《しぐれ》のあとや八《や》ツ手《で》の葉

釣《つり》干《ほし》菜《な》それ者《しや》と見ゆる人の果《はて》

箱庭《はこには》も浮世におなじ木《こ》の葉《は》かな
古足袋《ふるたび》の四十《しじふ》もむかし古机《ふるづくゑ》

代地河岸の閑居二句
北向《きたむき》の庭にさす日や敷松葉《しきまつば》
垣越《かきご》しの一中節《いつちゆうぶし》や冬の雨
よみさしの小本《こほん》ふせたる炬燵《こたつ》哉《かな》
小机《こづくゑ》に墨摺《す》る音や夜半《よは》の冬
冬空や麻布《あざぶ》の坂の上《あが》りおり
門《もん》を出《で》て行先《ゆくさき》まどふ雪見かな

雪になる小降《こぶ》りの雨や暮の鐘《かね》

湯帰《ゆがへ》りや燈《ひ》ともしころの雪もよひ

窓の燈やわが家《や》うれしき夜《よる》の雪

寒き夜《よ》や物読みなるゝ膝《ひざ》の上《うへ》

冬ざれや雨にぬれたる枯葉《かれは》竹《だけ》

襟《えり》まきやしのぶ浮世の裏《うら》通《どほり》

落《おち》る葉は残らず落ちて昼の月

落《おち》残《のこ》る赤き木《き》の実《み》や霜柱

荒庭《あれには》や桐の実つゝく寒雀《かんすずめ》

昼間から錠《ぢやう》さす門《かど》の落葉哉

冬空や風に吹かれて沈む月

寒月《かんげつ》やいよ〳〵冴《さ》えて風の声

小松川漫歩三句

あちこちに分《わか》るゝ水や村千鳥《むらちどり》

寒き日や川に落込《おちこ》む川の水

大根《だいこ》干す茅《かや》の軒端《のきば》や舟大工《ふなだいく》

下駄買《か》うて箪笥《たんす》の上や年の暮

麻布閑居
座《ざ》布《ぶ》団《とん》も綿《わた》ばかりなる師《し》走《はす》哉

行《ゆく》年《とし》や鄰《となり》うらやむ人の声

巻末エッセイ

偏奇館の高み

須賀敦子

荷風ってふしぎな作家だねえ。日本文学にくわしいイタリアの友人がつくづくわからないという顔をして言ったことがある。偉大な小説家というのとはちょっと違うのに、なにか忘れられないなつかしさが彼にはあって、いろいろな人が、荷風のことをそれぞれなふうに大切に思っている。そうね、と答えながら、私は、なかなかうまいことをいう、と感心した。私自身、荷風を大事に思っているのだけれど、たとえば、あの人はほんとうに偉大な作家だったのでしょうか、といった質問にはうまく答えられない。それでいて、文章を書きながら、ふと荷風の目を気にしている自分に気づくことがある。そして、こんなふうにも考える。荷風がいてくれなかったら、鷗外という崖は自分たちにとって、どれほど恐ろしい存在だったろう、と。ときに息づまるような鷗外の完璧主義を、矛盾にみちた荷風の生の軌跡がやわらかくとりなしてくれる。

五月はじめの休日の朝、私は思い立って麻布に行ってみることにした。市兵衛町の偏奇館跡をたずねたかったからである。何年かまえまで、まだ散歩という時間を割り出すのが自分にとって比較的容易だったころ、そして、すこしくらい無理をしてもひと晩ゆっくりと寝れば拭ったように疲れがとれたころ、私は仕事の合間に荷風の作品のあとをたずねて、ときには友人といっしょに、しげしげと向島や浅草や小石川に足を運んだ。にもかかわらず、いまは六本木という町名でくくられてしまった旧市兵衛町界隈にこれまで行ったことがなかったのは、そこからあまり遠くないところで少女時代の日常をすごした自分にとって、おなじ場所に荷風の跡をさぐることに、なにか面映ゆいものを感じていたからでもあった。それをついに敢行することにしたのは、久しぶりの休日にあたらしい気分が湧いたこともあったが、もうひとつには、戦後すぐの年に、荷風を遥かな崖のうえの高みにすえてその文学への思いを綴った石川淳の作品にそそのかされてのことだったかもしれない。

作品というのは、一九四五年の三月、東京大空襲の直後に書かれ、翌年、「三田文学」誌上に発表された「明月珠」という短篇である。中年とおぼしい、著述をなりわいにする男の一人称の語りで話は進められるが、男はある事情から自転車を乗りこなす練習をしようと決心し、日夜稽古に腐心している。近くの空き地で彼が自転車の練習をしていると、その南側の崖の上を、ときおり、ひとりの老紳士が通りかかる。

「老紳士といつても、すこしも老人くさいところがなく、せいの高い、背中もぴんとして、黒のソフトのかげに白髪の光るのがいつそみづみづしく、黒の外套をゆたかに著て、その下の背広もきつと大むかしの黒羅紗だらう、しかし履物はちびた駒下駄で、ときには蝙蝠傘をもち、ときにはコダックの革袋をさげて、径の枯笹のほとりを颯々とあるいて行く」男が藕花先生と呼ぶこの老紳士は、空き地からさほど遠くないところにある「連絲館」という館の主人で、男は多少なりともその人物の芸にあやかりたいと精進をかさねている。たとえ自分がどれほど自転車乗りの術に長けたところで、藕花先生の「駒下駄もしくは日和下駄」の威力には遥か及ばないことは百も承知のうえではあるのだが。

いうまでもなく、男は石川淳自身、また著者が「藕花」先生とハスの花をもじった名で呼ばれる老紳士は荷風、連絲館は偏奇館のもじりである。荷風が非業の死をとげたとき、石川淳は「敗荷落日」を書いて激しく死者の晩年を批判して人々を驚かせたが、いっぽう、幻想にみちたこの短篇からは作者の荷風に対する素直な傾倒ぶりが窺えて、私をほっとさせる。いかにも石川淳らしいひねりの多い作品で、さきに挙げたメイン・テーマに加えて、男が就職口を探す話、彼を毎夜たずねて来て自転車の乗り方をコーチしてくれる西隣の家の爽やかな少女の話などが、戦時下の暗い世相に交差して語られている。

作品が書かれた一九四五年（昭和二十年）の三月というのは、とりもなおさず、荷風が空襲で偏奇館を失った直後である。そのことからも、この小説を、大きな不運に遭遇した荷風への、心のこもった一種の火事見舞いと読むことも可能だし、「西隣の家の」少女や、自転車その他が象徴するものをさまざまに想像するのもおもしろい。だが、私には、終わり近くにおかれたつぎのくだりが、はじめて作品を読んだときからずっと忘れられなかった。

「わたしはまのあたりに、原稿の包ひとつをもつただけで、高みに立つて、烈風に吹きまくられながら、火の粉を浴びながら、明方までしづかに館の焼け落ちるのを見つづけてゐたところの、一代の詩人の、年老いて崩れないそのすがたを追ひもとめ、つかまへようとしてゐた。弓をひかばまさに強きをひくべし。藕花先生の文学の弓は尋常のものではないのだらう」

すぐに弓とか、強き、とか気負ってみせる夷斎石川淳のつっぱりは、たとえ戯作ふうのやつしだからといわれても、私は好きになれないのだが、蔵書が灰になるのをまのあたりにして立ちつくす丘の上の老詩人を描ききって、どこかギリシア悲劇の主人公を彷彿させる作者の筆の冴えは、稀な感動をさそう。さらに荷風を「一代の詩人」と呼び、かさねて「世にかくれのない名誉の詩人」と呼んでいる。小説、あるいは随筆といった枠にとらわれることなく、それらすべてが目標とする高みを求めつづけた荷風を「詩人」とした石川淳はただしい。

そんなわけで、その日、私が行ってみたかったのは、あの夜、荷風が焼け落ちる偏奇館をまえにたたずんだ丘であり、同時に、荷風へのひそかな思いをあの超現実的な短篇に仕立てあげた石川淳の作品のなかの丘でもあった。

六本木の交差点から、ずっとまえは市電の電車道だった坂を溜池にむかって降りて、福音町とか今井町などという停留所があったあたりを、はやばやと右に折れてしまったのが、迷いはじめだった。麻布界隈の古い地図を片手に、それでいてほとんど迷うのを愉しんでいるみたいに、地図の示す論理につぎつぎと背きながら、私は、早春のような薄日の射す坂道から坂道へと歩いた。ある坂道では、丘の下を通る高速道路の轟音が空を覆ってひびいていて、こんな休日の朝、この坂の家々に住む人たちは、どうやって朝寝坊の贅沢を確保するのだろうといぶからずにはいられなかった。さらに行くと、墓地と駐車場がひしめき侵蝕しあう、妙な谷間があった。また、もうひとつの急な坂をのぼりつめたところでは、丈の低い笹と灌木の茂みにかこまれた、おそらくはこの界隈が空襲で焼けてまもなく建ったと思われる木造家屋のわきで、髪のまっ白な、品のいい老人が地面に顔をつけるようにして、空き地ともいえない小さな三角の土地に植えた草花の手入れをしていた。道に迷いながら、三十分ほどのあいだに二度、私はその横を通り抜けた。三度目に通りかかったとき、まるでしぜんのように私が歩調をゆるめたのに、気づいたのだろう、洗いざらしの白いシャツの背中がこちらにねじられて、老人が顔をあげた。

簞笥町なら、そこの広い通りの信号を渡られて向こう側の道を、左手に坂を降りられたあたりですね。このへんは市兵衛町でございましたから。老人はしゃんと起立して、私の質問にていねいに答えてくれた。そうだった。地図で市兵衛町、市兵衛町と探していたのに、おもわず箪笥町と声に出てしまったのは、『濹東綺譚』に影響されてのことだったにちがいない。冒頭で巡査に呼びとめられた大江匡が、訊かれるまま自分の住所をこう告げている。麻布御箪笥町。同時に、偏奇館は市兵衛町のなかでも箪笥町寄りのはずだったという土地勘のようなものが、磁石の針みたいに私のなかでちろりと動いたのもたしかだった。

老人のいった「広い通り」は、一の橋から登ってくる高速道路の下を走る道だった。現在はこの近くの大きいホテルの別館になっている土地に、大学時代の友人の家があった。あれは六五年ごろだったろうか、当時、著名な通信社の社長だったお父さんの、たぶん社宅だったその宏壮な邸でさいごに彼とゆっくり話したとき、友人は目をかがやかせて、ほとんど誇らしげにいった。もうすぐ、一の橋からまっすぐ溜池に出るすごい道路ができるんだぜ。お父さんも亡くなり、友人も五十をすぎたばかりで惜しまれて数年前に他界したが、「すごい道路」はほんとうに広くて、急ぎ足で渡っても青信号がまたたきはじめた。

地域再開発ということで住人が追われたあと、膨張経済の崩壊がこの地区をも襲ったのだろう、破綻した計画の異様な沈黙が、偏奇館跡の荒れ果てた共同住宅をすっぽりと包んでいた。建物の名がグロリアというのが皮肉でおかしかった。休日のせいもむろんあったのだろうけれど、人影はなく、五月というのに鳥のさえずりさえ聞こえなかったのは、地区の死を無言で包みたいという死者たちの意志がどこかにじっと潜んでいたのか。かつて石川淳が、荷風の君臨した高みの隠喩に仕立てあげた偏奇館の崖は、周囲をとりまくホテルや外資系コンピューター会社など、肩をいからせて朝のひかりに燦めく高層建築群の谷間で、ずっと下を走る高速道路の反響が夏の日の虻の囁きのように伝わってくる、小さな虚構の高みにきっちりと縮小されて閉じ込められていた。

数日後、年譜を繰っていて、あの夜、「原稿の包ひとつをもつただけで、高みに立つて、烈風に吹きまくられながら、火の粉を浴びながら、明方までしずかに館の焼け落ちるのを見つづけてゐた」荷風の年齢が、現在の自分のそれとおなじだったことに気づいたのは、怖ろしいような収穫だった。

（すが・あつこ　作家）

＊『本に読まれて』（中央公論社刊）より再録

偏奇館跡
（東京都港区六本木１丁目６－１）

編集付記

一、本書は中央公論社版『荷風全集』第十二巻（一九四九年刊）および第十四巻（一九五〇年刊）を底本とし、「麻布襍記」と「自選荷風百句」を一冊にしたものである。

一、文庫化にあたり、俳句以外は旧字旧かな遣いを新字新かな遣いに改めた。

一、底本中、明らかな誤植と思われる箇所は訂正し、難読と思われる語には岩波書店版『荷風全集』等を参照し、新たにルビを付した。

一、本文中、今日の人権意識に照らして不適切な語句や表現が見受けられるが、著者が故人であること、刊行当時の時代背景と作品の文化的価値に鑑みて、底本のままとした。

中公文庫

麻布襍記《あざぶざっき》
——附《ふ》・自選荷風百句《じせんかふうひゃっく》

2018年7月25日　初版発行

著　者　永井《ながい》　荷風《かふう》

発行者　松田　陽三

発行所　中央公論新社
〒100-8152　東京都千代田区大手町1-7-1
電話　販売 03-5299-1730　編集 03-5299-1890
URL http://www.chuko.co.jp/

DTP　嵐下英治
印　刷　三晃印刷
製　本　小泉製本

Published by CHUOKORON-SHINSHA, INC.
Printed in Japan　ISBN978-4-12-206615-1 C1195

中公文庫既刊より

く-2-2
浅草風土記
久保田万太郎
横町から横町へ、露地から露地へ。「雷門以北」「浅草の喰べもの」ほか、生粋の江戸っ子文人による詩趣豊かな浅草案内。〈巻末エッセイ〉戌井昭人
206433-1

い-126-1
俳人風狂列伝
石川桂郎
種田山頭火、尾崎放哉、高橋鏡太郎、西東三鬼……。破滅型、漂泊型の十一名の俳人たちの強烈な個性と凄まじい生きざまと文学を描く。読売文学賞受賞作。
206478-2

の-4-12
星戀
野尻抱影
山口誓子
山口誓子の句に導かれ、天体民俗学者・野尻抱影が紡いだ星の随筆。星を愛する二人の思いが天空で交差する、珠玉の随想句集。
206434-8

い-38-3
珍品堂主人 増補新版
井伏鱒二
風変わりな品物を掘り出す骨董屋・珍品堂を中心に善意と奸計が織りなす人間模様を鮮やかに描く。関連エッセイを増補した決定版。〈巻末エッセイ〉白洲正子
206524-6

さ-77-1
勝負師 将棋・囲碁作品集
坂口安吾
木村義雄、升田幸三、大山康晴、呉清源……、盤上の戦いに賭けた男たちを活写する。小説、観戦記、エッセイ、座談を初集成。〈巻末エッセイ〉沢木耕太郎
206574-1

よ-5-9
わが人生処方
吉田健一
独特の人生観を綴った洒脱な文章から名篇「余生の文学」まで。大人の風格漂う人生と読書をめぐる随想集。吉田暁子・松浦寿輝対談を併録。文庫オリジナル。
206421-8

も-4-1
渋江抽斎
森鷗外
推理小説を読む面白さ、鷗外文学の白眉。弘前津軽家の医官の伝記を調べ、その追求過程を作中に織り込んで伝記文学に新手法を開く。〈解説〉佐伯彰一
201563-0

各書目の下段の数字はISBNコードです。978-4-12が省略してあります。